光文社文庫

エリカのすべて

『ぼくが知った君のすべて』改題

神崎京介

光　文　社

目次◆エリカのすべて

プロローグ

天気予報では夜半から雨が降るということだったのに、午後三時頃からポツポツと雨は降りはじめていた。すべてが一〇時間近く早く進んでいるようだった。

真田聡《さなださとし》は残業がなかったこともあって、午後七時には三鷹駅を降りた。

新宿西口にある会社を出た時は小降りだったけれど、雨足は強まっていた。傘を持ってこなかったことを悔やみながら、くすんだ灰色の雨空を見上げた。雨はいやだと感じた日は、それを埋め合わせてくれるだけのいいことがおきると信じていた。


真田はブリーフケースを傘の代わりにすると、本屋に駆け込んだ。傘を買うのが先かもしれないと思ったけれど、目当てにしていた女性誌を手にするのが先だった。

目当ての雑誌は月刊の女性誌「ソワレ」。夜会という意味のフランス語のタイトルをつけたその雑誌は、三〇歳前後の独身女性をターゲットにしていた。記事を読むのが目的ではない。目当ての女性が専属モデルとして表紙を飾っているのだ。

モデルの名は、今村《いまむら》エリカ。

真田は彼女を、エリカさんと呼んでいる。

一年前、三鷹駅のホームにあるキオスクでなにげなく買った男性週刊誌のグラビアの中で彼女と出会った。ビキニの水着を着ていた。陽射《ひざ》しの強い中、浜辺で横になったり、水の中に腰まで入ってはしゃいでいる写真が載っていた。真田の心は震えた。ひと目惚《ぼ》れを初めて経験した。血沸き肉躍るという感覚も味わった。

彼女の美しい肢体《したい》が微細なインクの点の集合によって描き出されていることは十分に承知していた。雑誌のグラビアとはそうした印刷技術によるものだとわかっていた。それなのに真田には、彼女の笑顔が自分にだけ向けられていると感じられた。何度も見返すうちに、それが確信に変わった。

断っておくが、ストーカーではない。

熱烈なファンだ。しかも、ファンの中で最強のファン。真田は自分のことをバランス感覚の優れた男だと信じている。だから彼女に近づくことは考えていない。つまり、ひと目惚れをしたけれど、それは永遠の片想いでもある。

雑誌を求めると、隣の喫茶店に入った。毎月、たいがいそうしている。ホットチョコレートを頼み、ウエイトレスが視界から消えるのを待って、雑誌を取り出す。「soirée」というタイトル文字の下に今村エリカの美しい写真が載っている。

ちょっと太ったかな。

頬から顎にかけてのラインが、先月号とはいくらか違っている。雑誌をテーブルに置き、顔をつけんばかりに近づけてじっくりと写真の彼女を注視する。

目次を開き、左隅の最下段に記されている表紙に携《たずさ》わったカメラマンとスタイリスト、メイクの名前を確認した。スタッフに変わりはない。いつもと同じメンバーだ。

やっぱり太ったみたいだ。

不規則な生活をつづけていたのだろうか。病気でなければいいけれど。不安がいくつも胸を掠《かす》めていく。真田は彼女についてまだまだ知らないことが多いことを痛感させられる。

ページを繰っていく。

エリカは専属モデルだから、表紙だけでなく、メイクや着こなし術といった企画物の記事にも登場する。今月号はどの企画で活躍しているのかをチェックする。

今月号では、「女のひとり暮らし生活術」という記事の中の座談会で語っていた。

彼女の発言を読んでわかったことがあった。

彼女はひとり暮らしをしていた。千葉県の浦安市出身だから、親元で生活していると思っていたが独立したらしい。

恋人ができたのか？

顔つきがふっくらと見えるのは、幸せ太りということなのか？

二五歳の彼女に恋人がいたって不思議ではない。これだけの美人なのだから、いないほうが不自然だ。恋人のためにひとり暮らしをはじめたとしたなら、真田はそれはそれで支持しようと思う。嫉妬するけれど、ファンとしては支持するしかない。

それにしても、今までにエリカについての情報を集めてきたが、知らないことが多いとあらためて思う。エリカのことをもっとよく知りたい。彼女以上に彼女のことをわかりたい。

真田は痛切に思いながら、ホットチョコレートを飲み干した。

第一章　恋せよ男子

1

今日は朝から晴れ渡っている。

窓を開け放ち、キラキラと輝く朝陽を全身で受け止める。日曜日らしい穏やかでのんびりとした雰囲気が漂っている。三鷹の駅前は別にして、バスで七分も走ったこの地域にはまだ、武蔵野の自然が色濃く残っている。都心と違って光は澄んでいて空気もおいしい。

真田は徹夜した。インターネットで、今村エリカという名前を検索すると、二三万件ちょっとがヒットする。膨大な量だ。一年前から、毎週土曜日の夜をその検索のチェックをする時間にあてていた。

今週はブログでいくつか目新しいものがアップされていただけで、彼女についての新情報はなかった。今月号の「ソワレ」も用済みだ。コンピュータ雑誌とともに玄関脇に積んでいる。彼女の写真はすべて切り抜き、五冊目のスクラップブックにおさめている。

エリカを知ってから、生活に張りが生まれた。金銭感覚や時間の遣い方にも気を配るようになった。暇つぶしにやっていたパチンコはすっかりやめたし、一日一箱だったタバコもやめた。禁煙したのだ。

彼女の載っている雑誌や出演ビデオを買い集めていた。彼女は売れっ子になるにしたがって、マスコミへの露出度が増えている。タバコは我慢できるけれど、雑誌やビデオを買わないで済ませることは許せなかった。小遣いは限られているから、何かを節約しなければならなかったわけだ。

部屋の回線電話が鳴った。

会社の後輩の長崎《ながさき》からだ。今日一緒に、銀座に出る約束をしている。その確認だろう。

「早いね、長崎。気力十分といったところかな？」

「おはようございます、先輩。本当に申し訳ないんですけど、今日の銀座、ひとりで行ってもらえませんか」

「ドタキャンはないだろう。せっかくエリカさんに会えるチャンスをなくすつもりか？」

今日の午後、今村エリカのサイン&握手会が銀座の本屋で開催されることになっている。ひとりで出かけてもかまわなかったが、一〇日程前、エリカファンだと言っていた長崎を誘ったのだ。

「無理にとは言わないけど、ファンを自認しているなら、参加したほうがいいんじゃないか？」

「わかっているつもりですけど、どうにもならないんです。急用で田舎に帰らないといけなくなっちゃって……」

「どなたか悪いのか？」

「祖父の調子が。ついさっき、電話がかかってきたんです」

「そうか、それじゃあ銀座は無理だな。ところで、田舎はどこだったかな」

「群馬です。近いから、銀座に行ってからでもいいかなと思うんですけど、じいちゃんに恨まれるのはいやだから」

「エリカさんは逃げないから、見舞ってこいよ。後でサイン会のことは教えてあげるよ。おまえの若さを、じいちゃんの生命力に吹き込んであげるといい」

真田は電話を切ると、自分がもし同じ立場だったら、どういう決断をくだすだろうかと考えた。長崎と同じように、不参加にするか？　それとも、無理してでもサイン会に行くか？

絶対に行く。たとえ父と母のどちらかだとしても行く。それは断言できる。群馬と違って実家が富山だからという理由もある。が、最大の理由は、エリカのファンだからだ。

今はまだ八時を過ぎたばかりだ。サイン会は午後一時なのにもう、身支度を整えていた。彼女の初めて著《あらわ》したエッセイ集のサイン会だ。とにかく早く書店に行き、整理券をもらわないといけない。先着二〇〇人までしかサインをもらえないことになっている。

午前九時一〇分に銀座に着いた。

銀座通りの書店の前には長蛇の列ができていた。すでに五〇人はいる。盛況だ。真田は素直にうれしいと思う。

ほとんどが男性だ。ざっと見たところ、年齢層は二十代後半から三十代前半がもっとも多そうだ。四十代とおぼしき人もちらほらといる。

真田は最後尾に並んだ。すぐ前に、大学生らしいふたりの男が話をしている。エリカについてだったから耳を傾けた。

「エリカに、妊娠疑惑が出ているんだけど、知ってる？」

「ほんとかよ」

「昨日の夜、インターネットで見たんだ。あの太り方はおかしいって……」

「太ったのか？　彼女」

「そうらしいけど、彼女、テレビに出ていないからわからないよな。噂の火元は熱烈なファンらしいんだ」

「ファン？　ファンなのに、どうして、エリカの足を引っ張るような噂を流すんだ？　理解に苦しむな。応援してナンボっていうのがファンなのになあ」

「そういうことがわからないバカだってことさ」

エリカについての会話はそこで終わり、ふたりは単位がどうだとか、どの教授が出欠をとらないとかといった話題に変わった。

妊娠で太ったのか？　真田は愕然とした。あまりのショックに軀《からだ》から力が抜けて歩道にへたりこみそうになった。

妊娠がショックだったのではない。彼女の妊娠をショックと感じたことがショックだった。事実ならば喜ぶべきではないか。それがファンとしての正統派だ。

ふたりの大学生がまた、エリカについて話しはじめた。

「そういえば、彼女、ひとり暮らしをはじめたらしいじゃないか」

「ということは、妊娠していないのかな。実家にいたほうが都合がいいと思わないか？」

「両親に子どもを産むことを大反対されたのかもしれないぞ」

「青山で働いているおれの友だちが、何度も近くのスーパーで彼女を目撃しているって言うんだ。きっと、青山近辺で暮らしているんだと思うな」

「芸能人らしいな」

「彼女は雑誌のモデルだよ。芸能人じゃない。美しさを武器にしているんであって、芸を売っているんじゃないからな」

「美しさは才能だよ。美しさという芸を売ってもいいと思うけどな」

「彼女は親からもらった美貌という才能に寄りかかった生き方はしないよ」

「会ったことがあるような言い草だな」

「人の性格っていうのは、会わなくたってわかるもんじゃないか。エリカは絶対に奥ゆかしい性格だ」

「奥ゆかしい女だったら、モデルになんてならないし、エッセイを書いて握手会なんてやらないような気がするけどな」

「おいおい、これはビジネスじゃないか。彼女の性格なんて関係のないところで進んでいる仕事と考えたほうが自然だと思うよ」

「とにかく、彼女はいい女だ」

「賛成。異論なし」

「きっと、次代を担う女優に成長するんじゃないか？　モデルの枠の中におさまらなくなってきているからな」

「異論なし」

ふたりの会話はそこで終わった。

整理券が配られはじめ、列が少しずつ動きはじめた。

真田も整理券をもらった。番号は五五番。握手してもらえる二〇〇番内に入っていると見当はついていたが、実際に番号を記した紙片を手にして安堵した。

2

午後一時。

真田は整理券をポケットから取り出した。

五五番。入口で待ちかまえている本屋の店員にそれを示し、ワゴンに積まれた今村エリカのエッセイ集『エリカ流儀』を手にして列に並んだ。

狭い店の中で、サイン会の列はゆっくりと進んでいる。

真田は胸がはちきれそうなくらい鼓動が速くなっているのを感じる。初めて今村エリカを生で見るというだけで舞い上がっているのに、有名人のサインをもらうこと自体も初めての経験なのだ。

真田の番がきた。

店員にうながされ、彼女の前に立った。

息を呑む美しさだった。オーラという言葉は知っていたけれど、初めてそれを目の当《ま》たりにしていると思った。スポットライトが当たっているわけではないのに、彼女だけが光り輝いていた。太ってなどいなかった。妊娠疑惑はあっさりと消えた。

彼女の身長は一五九センチ、体重四六キロ。さほど大きくはない。顔が小さいのに誰よりも大きく見える。肩も腕も華奢《きゃしゃ》なのに、圧倒的な存在感だ。神々《こうごう》しい。「ソワレ」の表紙に写っている顔よりも、座談会の時に笑っている表情よりも、今目の前にいる生の彼女のほうがずっと美しい。

「応援しています。頑張ってください」

エッセイ集を渡しながら言った。胸が張り裂けそうだった。別の気の利《き》いた言葉をかけようと思っていたのに、ありきたりの言葉しか言えなかった。

エリカがサインをはじめる。うつむいた途端、長い髪が垂れた。ほんのかすかに、甘い香りが漂った。真田はそれを嗅《か》ぎ取り、これが今村エリカの匂いなんだ、と胸の奥深くまで吸い込んだ。

彼女はハートマークを描き上げたところで、サイン本を隣で待ちかまえている編集者らしき男性に渡した。若いその男性は、サインの上にティッシュを挟んで表紙を閉じた。

「ありがとうございます。もっともっと応援してくださいね」

エリカはにっこりと微笑《ほほえ》むと、右手を差し出した。サインの後は握手だ。

握手をした。

てのひらも指もやわらかくて温かい。爪は薄いピンクのマニキュアをしている。細い指には関節がないかのように、すっと伸びている。

手を離さないといけないと思いながら、指先の力を抜けなかった。名残惜しかったし、彼女に自分のぬくもりも伝えたかった。それでいて、彼女の気分を害したり、気持悪がられたりしたくないという思いも強かった。

「次の方、どうぞ」

編集者らしき若い男が声をあげた。それをきっかけに、エリカは手を引いた。真田もさっと右手を離した。長く握手をしすぎたかなと後悔した。

「エリカさんのこと、ずっと応援します。何か困ったことがあったら、ぼくにできることがあったら何でもやりますから」

真田は脳裡《のうり》に浮かんだ言葉を伝えた。口走ったと言ったほうがいいかもしれない。彼女のためならどんなことでもできるという想いを知ってほしかったのだ。

「熱心なファンなんですね、ありがとう」

「ほんとに何でもしますから」

「応援してくださいね」

彼女はまた、にっこりと微笑んだ。真田は気持が落ち着くのを感じた。これほどまでの笑顔は、自分だけのために用意していたものに違いない。

真田は本屋を出た。店内に満ちていた熱気から解放され、春の陽気に包まれた。胸いっぱいに穏やかな空気を吸い込むと、てのひらを見つめた。

エリカの手の感触が甦《よみがえ》ってくる。やわらかみや温かさ。そして、やさしさと慈《いつく》しみに満ちていた。今日だけでも、握手をした手は絶対に洗わない。真剣にそう思った。そんなふうに感じるのは多感な中学生くらいのものだと思っていたのに、まさか、自分が同じように考えたことに驚いた。

右手をポケットに突っ込みつづけて、銀座から三鷹の自宅に戻った。右手はいっさい使わずに通した。左手だけで切符を買い、コンビニでの買い物も済ませた。

エリカのために何ができるか。

電車に乗っている間も、部屋に戻ってからもそればかりを考えた。

結論は、できることは何もない、ということだった。

それは考えはじめてすぐに出てきた答だった。大好きな女性のために、何もやってあげられることがないのはショックだった。それでも真田は気を取り直し、せめて彼女と握手した右手だけは使わないように努めた。


翌日の昼。

真田は後輩の長崎を昼食に誘って、会社の近くにオープンした天丼専門店に入った。

「やっぱ、きれいでしたか」

長崎は箸《はし》をとめて言った。うらやましそうとも、恨めしそうとも取れる表情だ。

「きれいなんてもんじゃない。生まれて初めてだな、女性を見てうっとりしたのは。で、おじいさんの調子はどうなんだい」

「風邪から肺炎になっちゃったらしいんですけど、どうにかおさまったみたいです。うちの両親、大げさなんですよ。これで四回目かな、じいさんの容態のことで呼び戻されたのは……。そんなことより、エリカさんって、間近で見ても、肌はきれいだったんですか？」

「透き通るような肌だった」

「サイン会だから、特別な照明はなかったんでしょう？　それなのに、肌がきれいに見えたのかあ、すごいな」

「肌の美しさも、才能ってことだな」

「美人にありがちな冷たい印象はありませんでしたか」

「まったくなかった。美人で可愛い。何もかも完璧だった。惚れ直したよ、ほんとに」

「生エリカかあ、いいなあ。偶然でもいいから、どこかで会えないかなあ」

「おれもそんな幸運がないか、いろいろと考えているんだけど、なさそうだ」

「生エリカ情報について、先輩、交換しましょうね。ひとり占めはしないでくださいよ」

長崎は覗き込むようにして言って、お茶をすすった。吐息を洩《も》らした後、いいなあ、生エリカかあ、と繰り返した。

真田は寸暇を惜しんで、インターネットでエリカについての検索をつづけた。彼女のために何かやってあげるには、彼女のことを知っていないとできないからだ。

一週間かけてネット検索の結果すべてに目を通した。調べていくうちに膨大な量の過去の雑誌を集めた私設図書館があることを知った。仕事をサボってそこに出向き、今村エリカについての記事を集めた。一〇〇ページ近いコピーは有料で痛い出費になった。

しかし、エリカのプライベートに言及した記事はほとんどなかった。彼女の生い立ちだとか家庭環境といったことを摑むことはできなかった。エッセイ集を三度読んだけれど、自作の詩が三分の一、残りは抽象的な恋愛論とポートレートだったから、彼女がどういった生活を送っているかもわからなかった。

追い求めるものがはっきりしているのに手に入らないというのは、強いストレスにつながる。執着心が生まれ、偏執的な気持が増幅していく。それでも真田は理性を失わなかった。偏《かたよ》った高まりを戒《いまし》め、バランス感覚を保った。そうすることで、「彼女のために何ができるか」という本来の目的を忘れそうになるのを避けられたのだ。

何かをしてあげるためには、エリカとまず出会わないといけない。

日に日にその気持が強まった。エリカが所属している表参道のモデル事務所を張ろうかと思ったくらいだ。でもその考えが浮かんでも、すぐに頭から追いやった。そんなことをしても知り合うきっかけはつくれないだろうし、たとえそこで彼女を見つけて声をかけたとしても、気味悪がられるだけだ。

3

六本木、夜九時。

真田は今、長崎に誘われて六本木のキャバクラにいる。長崎によると、ここは坐って四万円以上はかかるという高級キャバクラらしい。会社の同僚や大学時代の友人と新宿や三鷹のキャバクラに入ったことは何度かあるけれど、六本木では初めてだ。

ホステスがふたりついている。どちらも二十代半ばで、モデルの仕事をしているかもしれないと思ったくらいの美人だ。ふたりともドレスを着ていて、おっぱいが半分くらいまで見えている。

「お客さんは、おふたりとも若いですね。うちでは珍しいから、うれしいっ。わたし、カンナです。よろしくお願いします」

髪をアップにした色白のカンナは愛想笑いを浮かべながら名刺を差し出した。

長崎の隣に坐ったホステスのほうは、さらに年齢が上のようだった。良美《よしみ》と自己紹介した。ストレートの長い髪。笑うと目尻とともに眉《まゆ》も垂れ、人の良さそうな表情に変わった。三〇歳近いかもしれないと思わせる落ち着きがある。

「どなたかの紹介ですか」

良美が言うと、長崎は大げさに首を横に振った。

「すごくいい店があるっていう噂を聞いて、思いきって来てみたんですよ」

「あら、うれしい。それで、そちらのお客さんは同僚なの？」

「ぼくのほうが後輩。でね、先輩は普段こういう店に来ないって言っていたから、無理矢理連れてきたんですよ」

「真面目《まじめ》なんですね、先輩は」

「そんな顔に見えますか？　本当言うとね、何年か前にホステスさんに恋してフラれちゃったのがトラウマになってるみたいなんだ」

「よっぽど、ひどい目に遭《あ》ったのね。かわいそうな先輩。慰め甲斐がありそうだわ」

「実は、そのトラウマのことと、この店と関係があるんだ」

長崎は打ち明け話をするかのように、あたりを見回した。真田は彼の様子を見て何度も噴き出しそうになっては堪《こら》えていた。

トラウマなどない。この店に入る前に、話をでっちあげようと打ち合わせをしていたのだ。なぜそんな面倒なことを考えたかというと、今村エリカがこの店で働いていたという噂を確かめるためだった。

長崎がエリカの大ファンだと知った得意先の課長からの情報だ。

噂はこうだ。二年くらい前に接待で使った時、ものすごい美人が席についた。その彼女がエリカだった。当時の名前はさゆり。課長はさゆりの名刺を大事に持っていて、長崎に得意げに見せたという。

長崎はふたりのホステスに向かって話しはじめた。

「先輩の最近の好みは、ずっと変わらないんだよね」

「どういう好みなの？」カンナが訊く。

「有名人で言ったら、今村エリカ。君たちふたり、知ってる？　先輩ってさあ、フラれたホステスもそうだし、大学時代につきあっていた恋人も、エリカに似ているんだってさ」

長崎が応えた。

「この店と関係があるって、どういうことなんですか？」良美が訊く。

「噂で聞いたんだ。今村エリカがこの店でホステスやっていたって」

長崎はふたりのホステスの表情をうかがいながら、タバコに火をつけた。

「いたわよ」良美がうなずいた。

「本当？」

「彼女の名前は確か、さゆりちゃんだったかな。モデルをやっていたんじゃないかな」

良美はあっさりと言った。モデルとして成功した彼女への嫉妬などは感じられない。事実を淡々と言葉にしているだけのようだ。

「この店にいたのかあ、彼女は。インターネットなんかには書かれていないよね」

「お客さんもホステスも、口が堅いんじゃないかしら。うちの店って、売れないモデルとか女優とかタレントの卵とかが多いの。食べるためにホステスをやる。それが悪いことではないしね」

「確かにそうだね」

長崎がうなずくのに合わせるように、真田も深々とうなずいた。そして、隣に坐っているカンナに訊いた。

「何か覚えていることってある？　何でもいいんだ。実は大ファンなんだ」

「まったく覚えてないなあ」

カンナが言い終わったところで、良美が含み笑いを浮かべながら口を挟んできた。

「カンナちゃんはまだ入店して半年くらいだから、さゆりについて知らないのよ。彼女、上昇志向がすごく強かったから、いつか有名になるだろうなって思っていたんだ」

「もっと知りたいな」

「あったわよ、ひとつ事件が」

「ほんとに？　教えてくれるよね」

「それなら、ラストまでいてくれる？　それとも、アフターで食事をご馳走してくれるかなあ。ほかの面倒なことは抜きで、食事だけってことでどう？」

真田は迷わなかった。このキャバクラの料金ふたり分と良美とのアフターでの食事代に彼女と自分のタクシー代すべてをひとりで払ってでも、エリカのことを訊きたかった。

午前一時半にケータイに連絡してもらう約束をして店を出た。


腕時計を見た。午後一〇時二〇分。

約束の時間まで三時間以上もある。キャバクラに向かっている時に偶然見つけた地下の居酒屋に、長崎と入った。

生ビールを頼み、グラスを勢いよくぶつけあった。ふたりだけが知っている今村エリカの過去に乾杯だ。オーダーは焼きそばとソーセージとお新香と焼き鳥とサイコロステーキ。興奮しているせいで、食べきれないくらいの数の注文をした。そんな無茶なことが愉快で、充足感を増幅させてくれた。

「先輩、すごい収穫でしたね」

「サイン会で生エリカを見た時、こんなにも純粋で美しい笑顔の女性がいるものかと驚いたけど、まさか、キャバクラ嬢をやっていたとはなあ……」

「ぼくも、ちょっとがっかりしました」

「だけどさあ、冷静に考えてみると、彗星《すいせい》のごとく出てきたモデルじゃないんだから、マスコミに明かせない下積み時代があってもおかしくないんだよな」

「当時と今とでは、やっぱり、輝き方が違っていたんでしょうかねえ」

「どうだろうか。おれも興味があるな。忘れずに良美に訊いておくよ」

女ならば誰しも、他人に言えない過去があるはずだ。それはエリカのように、有名になろうとする女のほうが、ごく普通に生きている女よりも秘密の過去が多い気がする。

過去を非難する気はない。過去があったからこそ、今の輝いているエリカがいる。過去のどれを否定しても、今のエリカは生まれなかったはずだ。

「それにしても、気になりますよね。良美さん、エリカさんに絡《から》んだ事件があったと言っていたんですよね」

長崎は頰を真っ赤に染めていた。酒はあまり強くないはずなのに、ずいぶんと飲んでいる。彼につられて、真田も飲む。

「大したことはないんじゃないかな。あのホステス、腹が減っていて、誰かにご馳走してもらう魂胆《こんたん》だったのかもしれないからな」

「そうかなあ。ぼくの目には、策略を巡らすような腹黒い女の人とは映らなかったけど」

「おれだってそうだよ」

「明日、教えてくださいね、先輩」

「眠そうだな」

「月曜日から飲むのは、ぼくにはちょっときついですよ」

長崎はウトウトしながら言った。午前零時ちょっと前だ。これ以上はつきあわせるのがかわいそうだった。真田は地下鉄が動いている間に長崎を解放してあげた。

4

午前二時近くなってようやく、良美と再会を果たせた。

彼女はアップにした髪は店の時のままだったけれど、Gジャンを羽織り、膝が隠れるかどうかのスカートを着けていた。ドレス姿の時は落ち着いた印象だったけれど、ラフな恰好《かっこう》のせいか二十代前半の女性のようにも思えた。

朝五時まで営業しているというイタリアンレストランに連れていかれた。ホステスらしき女性三人組とカップルがいた。良美は深夜にもかかわらずカルボナーラのスパゲティと生ハム、それに生ビールを頼んだ。

「指名のお客さんがなかなか帰ってくれなくて、遅くなっちゃった。ごめんなさいね、待たせたでしょう？」

「待ちくたびれたよ。店を知らないから、時間の潰《つぶ》し方がわからなくて困ったよ」

「帰りたかったんじゃない？」

「約束したし、さゆり嬢の『事件』のことも知りたかったしね」

「そんなに好きなの？　あの子のことが」

「今村エリカの写真を初めて見た時、衝撃が走ったよ。おれの求めていた女だって」

「彼女、売れてきているわよね」

「『ソワレ』の専属モデルになったしな。このまま伸びていったら、女優としても成功するんじゃないかな。エッセイ集を発売したんだけど、その時のサイン会も盛況だったよ」

「サイン会に行ったんだ」

「握手もしてきた」

「熱烈なファンというわけね」

「で、事件って何」

真田は本題に入った。訊かれるのは苦手だし、良美に自分のことを話しても意味はないと思った。

「ロッカーから、財布が消えたの。しかも、それってわたしの」

「さゆりが、盗んだ?」

「彼女が犯人だとは言い切れないんだけど、ほかに考えられなかったから」

「大事《おおごと》になった?」

「そりゃ、当然なるでしょう。でもね、マネージャーに止められたから、わたし、犯人探しを我慢したの。でも、絶対にさゆりが犯人。今でも信じている」

エリカが盗みを働くとは信じられなかった。生の彼女を見たからこそ、そんなことをする女性ではないという確信を持てた。心に穢《けが》れを持っている女性だとしたら、顔立ちだとか表情のどこかにいやらしさや醜さが表われるはずだ。でも、彼女は聖女そのものだった。財布を盗むはずがない。

「真田さん、信じていないでしょう、わたしの言ったこと」

「信じることはできないけど、信じないわけでもない。良美さんが嘘を言っているとは思えないからね」

「彼女の笑顔には魔力があるの。あの笑顔に、当時のマネージャーもころりと騙《だま》されたんだから。平気で嘘泣きもできるし、涙だって自由自在に流せるのよ」

「恨み骨髄って感じだな」

「仕方ないんじゃない？　恨まれるだけのことを、さゆりはしたんだから」

良美は生ビールをおいしそうに飲んだ。満足そうな表情だ。

「今村エリカの実家は裕福なはずだから、生活に困ることはなかったと思うよ。もしかしたら、さゆりって子と今村エリカは、別人なのかな」

「同じ女。間違いないわ。店の古株に訊いてごらんなさい。みんな、知ってるわよ」

「知ってるって、盗みのことも？」

「そりゃ、そうよ」

「次に店に行った時、古株のホステスを席に呼んでくれるかな」

「わたしのことが信用できないっていうなら、今からでも呼ぶわよ。彼女、まだ店にいたから。電話すれば喜んで来るんじゃないかな。わたしと同時期に入った桜《さくら》って子」

良美はブランドもののバッグからケータイを取り出すと、その女性と話しはじめた。「さゆり」という名前が何度か耳に入ってきた。良美は一分ほどで電話を切り、ケータイをテーブルに置いた。

「来るって」

「ホステスさんって、夜中に強いんだな。こんなにフットワークが軽いとは驚きだ」

「愉しみにしていてね。桜のほうがわたしよりもよっぽど、ひどい目に遭っているから」

良美は意地悪そうな目で言うと、あくびをひとつした。

5

一五分程して、桜が現われた。

店ではドレスを着ていたけれど、今はジャケットにスカート姿だ。

このイタリアンレストランには、水商売関係の女性が多い。桜が来る前に、ひと目でそれとわかる女性連れが五組も入ってきた。

桜はにこやかな表情をしている。午前二時半を過ぎているにもかかわらず、疲れた様子も眠そうな気配も見られない。

　桜が良美と並んで坐った。化粧の厚さと人工的な甘さの濃い強い匂いを差し引けば、どこにでもいそうなＯＬといった雰囲気だ。良美も桜もキャバクラ嬢とはとても思えない。今村エリカと同年齢だろうか。二五、六歳。いや、もう少し上かもしれない。

「桜、この人に店でついた？」

　良美がコーヒーを飲みながら訊く。桜が首を横に振ったのを見て、

「わたしの恋人でもないし、なじみでもないから勘違いしないでね。この人、今村エリカの大ファンなんですって。それでね、桜を呼び出したの。週刊誌の記者とかじゃなくて、本当に純粋なファンらしいの。だからさあ、彼女の今の姿がいかに虚像かってことを、教えてあげてよ。わたしなんかより、ずっと困らされてきたでしょう？」

　と、おおまかに説明をしてくれた。真田はその後につづいて、

「真田といいます。二八歳で、ごく普通の会社に勤めています。今村エリカファンとしては、彼女のすべてを知りたくて、調べるうちに、あなたたちの店に辿《たど》り着いたんです」

　と、自己紹介を兼ねて言った。目の前に坐っているふたりのキャバクラ嬢を交互に見遣《や》った。どうしても、今村エリカと比べてしまう。エリカのほうがずっと美しいし、気品もある。そうかといって、このふたりに品がないかというと、そんなことはない。六本木でキャバ嬢をやっているくらいだから、そこそこのレベルなのだ。

「良美がさゆりに財布を盗まれたってことは、もう聞いたわよね？　それなら、わたしは自分のことを話せばいいのね」

「はい、お願いします」

真田は神妙な口ぶりで言って、頭を下げた。

彼女たちの言葉遣いはしっかりしている。酔ってはいないようだ。嘘をつくような雰囲気は感じられない。話の内容によっては、信用してもいいかもしれない。もちろん、悪口になるのだから、全面的に信じてはいけない。

「彼女のことを話す前に、どうして今村エリカのファンになったの？　いくらでもきれいなタレントはいるのに、よりによって、さゆりだなんて。どうしてなのか、まずはそれを聞きたいんだけど、いいかしら」

桜が言うと、ババロアを口に運んでいた良美が顔を上げ、

「それよ、それ。わたしもずっと気になっていたことなの。お腹のあたりがモヤモヤしていて、なんだろうって思っていたんだけど、そのことだったんだわ」

と言って、納得したように小さく唸《うな》り声を洩らした。

「まずは彼女の美しさかな。単に顔立ちが整っているっていう程度の美人じゃない。絶妙なバランスだと思うんです。もし、目とか鼻とか口の造作が少しでも違っていたら、男を惹き寄せる顔にはなっていなかったはずですよ。西洋的な美人というより、エキゾチックと言っ

ていいのかなあ。それに、プロポーションも最高です。ぼくは単におっぱいが大きいだけっていう女性は好きになれなくて、全体のバランスのいい女性が好みなんです。ほかには、彼女の醸《かも》し出している雰囲気。男好きのする雰囲気なんですよね」

「外見ばっかりじゃないの」

桜はあっさりと切り捨てるように言うと、可笑《おか》しそうにケラケラと笑った。

真田はひとりのエリカファンとしては飽き足らなくなったからこそ、こうして六本木のキャバクラにまで足を延ばしたのだ。エリカの本当の姿を見つけるだけではなく、どんな姿であっても彼女のファンでありつづけることが、真のファンということになる。

「ぼくはファンの中のファンになりたいんですよ」

「彼女のことを調べていったら、嫌いになっちゃうかもしれないわよ。それでもいいの？それとも、ファンをやめないっていう自信があるの？」

「たぶん」

「たぶん、かあ。わたし、恨まれたりするの、いやだなあ。さゆりって、本当に性悪《しょうわる》なんだから。真田さん、わたしの話を聞いたら、きっと呆《あき》れちゃうわ」

真田は背筋を伸ばして、顎を引き締めた。面接を受けている気になったけれど、エリカの真実を教えてもらうためには我慢するしかない。

「あの子ね、良美だけじゃなくて、わたしからも財布を盗んだのよ」

「目撃したんですか？」

「見られているところで盗みを働く人はいないでしょう？　あの子しかいないの。ロッカールームにいたのはあの子だけなんだから」

「いくらくらい？」

「五万ちょっとかな。あの日はたまたま少なかったからよかったけど……」

「その一回だけですか？」

「ほかにも盗られたわよ。わたしのお客さん。ひと晩で五〇万とか一〇〇万使ってくれる上客だったのよ。それをあの子は、寝取ったの」

エリカほどの美女が、自分の成績を上げるために軀を利用していたことに驚いた。もちろん、それが本当だとしたらの話だけれど。

「ホステスの仕事って、ぼくにはよくわかりませんけど、自分についたお客さんをほかのホステスに取られたりするもんですか？」

「ないわよ、あんまり」

「そうでしょうね。よっぽどのことがないと、そんなふうにはなりませんよね」

「だから？」

「客観的に聞いている立場からすると、エリカの問題というより、桜さんとその上客との問題のような気がしただけです」

「違うわよ、わたしたちはすごくうまくいっていたんだから。あの上客を取ったことで、彼女はナンバーワンになれたの。今思い出しても、悔しいし、頭に血が昇っちゃうわ」

「失礼ですけど、その上客とは深い関係だったんでしょうか」

「ならないわよ。そんなことをしないで店に連れてくるのがホステスの仕事なの。個人的に好きになればやっちゃうんだろうけど、そうじゃなかったから……」

「ホステス同士で客を取り合うっていうのは、仁義にもとるんでしょうね、きっと」

「当たり前でしょう、それは」

「あなたは営業マン？」

「はい、そうです」

「それなら、自分が開拓した得意先を後輩に黙って取られたらいやでしょう？　それと同じことをやられたのよ。それなのに、その後輩を弁護できる？」

「できません」

「そうでしょ？　わたしたちも一緒。仁義に反することをする女はおかしいの」

桜は胸を張った。良美のほうに視線を遣った後、にっこりと微笑んだ。頬は紅潮していて、興奮している様子が見えた。

「まだ、あったでしょう？」

良美が桜の興奮を煽《あお》るように言った。咳《せき》払いをひとつした後、言葉をつづけた。

「あの子ね、店にいられなくなって辞めちゃったんだけど、ひどいのよ、店の上客を何人も奪っていったんだから。噂によると、いつも軀を使っていたらしいの」

「したたかですね」

「女としての自尊心がないんじゃない？　いい軀だっていうのは認めるけど、自分の軀を売るなんて、ホステスとしても女としても最低だわ」

「確かにそうですね」

真田は納得して深々とうなずいた。内心はショックだった。すべての噂が事実ではないだろうけど、すべてが嘘ということもないはずだ。

「わたしたちの言っていること、信じられないのかな」

「ショックでしたけど、ありそうな話だなと思いました」

「盗みのことも、そう思う？」

「彼女は灰色なんですよね。黒に近い灰色だとは思うんですけど……。おふたりを前にして言うのははばかられるんですけど、ファンとしては、黒だと断定できるまでは無実を信じてあげたいんです」

「だめだ、この人」

良美が呆れた顔で言った。桜はめげずに明るい笑い声をあげながら、エリカのことをもっとよく知っている人を紹介するわと言った。

「彼女がほかの店に移った時に、一緒に連れていこうとした黒服がいるの。興味があるなら紹介するわ」

「その人、さっきの店にいるんですか？」

「その人、高村《たかむら》さんというんだけど、一カ月くらい前に辞めちゃった。この世界、移り変わりが激しいのよね」

「教えてください」

真田は言いながら、こんなことをして果たしていいものだろうかという戸惑いが、胸の奥底で渦巻くのを感じた。

6

真田は会社を定時の午後五時半に出て、今、六本木の喫茶店にいる。

向かい側に坐っているのは、エリカが勤めていたキャバクラで黒服をやっていた高村だ。年は三〇歳前後に見える。

「あんた、今村エリカのファンだそうだけど、本当は週刊誌の記者さんじゃないの？」

高村は露骨に不審な表情をつくった。かれこれ一五分程話しているけれど、彼は少しも馴染《なじ》もうとしない。信用していないのが伝わってくる。

「純粋に一ファンなんです。彼女のことをすべて知りたいと本気で思って行動しているだけなんです」

「ということは、あんた、普通の勤め人なんだね。身分証明書、持ってる？」

真田は財布から社員証を抜き出して、高村に渡した。彼はそれを一分近く凝視した後、

「どうやら本当らしいね。さゆりの何について知りたいんだい」

と社員証を返しながら言った。ようやく、気持がほぐれたらしい。警戒心が薄れている。白い歯を浮かべた。

「キャバクラ嬢だったさゆりが、今をときめく今村エリカに間違いありませんよね」

「そうだよ。可愛い子だとは思っていたけど、こんなにも大化けするとは想像できなかったなあ。あの店って、タレントの卵みたいなのがゴロゴロいたしなあ」

「本題から離れますけど、どうしてなんでしょうか」

「来ている客にテレビ関係者が多かったからだよ。その噂が広まって、タレント志望の子が働くようになったんだ。さゆりもそのひとりというわけさ」

「ところでエリカさんって、良美さんや桜さんに言わせると、かなりの性悪女のようですけど、本当のところはどうなんですか」

真田はコーヒーでくちびるを濡らしながら高村の言葉を待った。

高村はなかなか口を開かない。タバコを吸い、遠くを見つめるような眼差《まなざ》しで、喫茶店の

天井に目を遣る。もったいぶっているのだろうか。演技めいたところがあって、この人はこれから嘘をつくのかもしれない、といった疑念を持ってしまいそうだった。

「彼女、良美や桜が言うほどには悪い子じゃなかった。それどころか、すっごくいい子だったんだよ」

「ほんと、ですか？」

「本当でもあり嘘でもある、といったところかなあ。いい子だけど、悪魔のような心を持っているいい子かなあ」

「意味がわかりません」

「彼女には、三人のパトロンがいたんだ」

「愛人、ですか」

「あんたの好きな言葉を当てはめていいよ。彼女、三人にバレずにうまくつきあっていたんだ。しかも、泊まりにいってもやらせなかったらしいな」

「高村さんはどうして、そんなディープなことまで知っているんですか？　それって、噂話とか又聞きの類《たぐ》い？」

「実際にパトロンだった人から、直接、聞いたから間違いない。彼はまさしく絵に描いたようなIT長者でね。店に入ってくると、彼が来たってわかるくらいオーラがあったな。そんな彼がさゆりのことで、今話したような愚痴《ぐち》をこぼしたことがあったんだ」

真田はあまりに驚いて、冷静な考えができなかった。今村エリカが、愛人生活を送っていたなんて。しかも同時期に三人の愛人に。普通の神経ではやらない。常識をもっていれば、ぜったいにそんなことはしない。

真田は奇妙なことに気づいた。良美や桜が盗まれたという財布の件だ。

彼女に三人もの愛人がいたら、金に困っていたとは考えられない。盗まれたのは五万円。彼女にとっては大した金額ではないだろうに、リスクを冒《おか》して盗むだろうか。

「財布の件、知ってますよね。本当にエリカさんが犯人だったんですか？」

「ああっ、あのことね」

いわくありげな言い方をして、高村は吐息を洩らした。何を意味しているのかわからなかったが、良美や桜の言うことを鵜呑《うの》みにしてはいけないという雰囲気があった。

「真相は別にありそうですね」

高村に水を向けてみた。彼はにやりと笑った後、くちびるを開いた。

「財布の件は、店側としてはガセだということでケリをつけたんだよ」

「どういうことですか」

「店としては女の子が安心して働ける職場にする義務があるからね。さゆりに厳しく訊いたし、アリバイも調べた」

「シロだったんですね」

「それはどうかな……。とにかく、彼女はあの時、ナンバーワンだったからなあ。波風を立てないようにするためには、そう決着をつけるしかなかったというわけだ」

「良美さんも桜さんも納得しなかったから、今でもそのことを言うんでしょうね」

「彼女たちが盗まれたという額を、口外して騒ぎ立てたりしないという条件で、店が補塡した。ヴィトンの財布も、買ってあげたんだよ」

「あのふたり、ひと言もそんなこと口にしませんでした」

「そういうものさ。あんただって、自分に都合の悪いことは言わないものだろ？」

真相はわからなかったことで、真田はいくらかホッとした。盗みと愛人が三人いたということが事実だとしたら、熱烈なファンとしては辛《つら》すぎる。

「愛人生活は、いまだにつづいているんでしょうか」

真田は恐る恐る訊いた。彼は、さあ、と興味がなさそうに言った後、ケータイを取り出した。

「さっき話した愛人のことなんだけど、彼とは別れているよ。なんだったら、紹介してあげようか。さゆりの本当の姿が、もっともっとわかると思うよ」

「会ってくれるでしょうか」

「彼は独身だから、大丈夫じゃないかな。あんたが記者だったらぜったいに無理だけど、ファンだから。彼は今もファンらしいよ。ええっと、彼の名前は、杉下《すぎした》さん。三十代前半だと思うよ」

彼はさっそく電話をかけて、即座にＯＫをもらった。真田は自分が探偵にでもなっているような不思議な気分になっていた。

エリカを知ろうとしていくと、過去が見えてくる。彼女にとって隠したいことが次々に現われてくる。

第二章　それでも大好き

1

真田は今、エリカを愛人にしていたという杉下とともに六本木ヒルズに近い会員制のバーにいる。

「ようやく会えましたね。よかった……。楽しい話ではないので、ずるずると延ばされて自然消滅になるんじゃないかと心配していました」

真田は率直に言った。杉下とは齢《とし》が近そうだし、スーツではなくて遊び着のようなジャケットを着ていたから、回りくどい言い方ではないほうがいいと判断した。

「反故《ほご》にするつもりなんて、ありませんでしたよ。なんてったって、今村エリカのことですから……」

「話しにくくはないんでしょうか」

「自慢したいくらいですよ。一時《いっとき》でも、彼女を自分のそばに置いておけたんですからね。だけど結婚していたら、こんな気楽なことは言えなかっただろうな」

彼は屈託のない笑い声をあげた。杉下は社長職に就《つ》いているというのに、意外にも気さくな男だった。空になったタンブラーを摑んで揺すると、カウンターの端にいたバーテンがすかさず、オーダーを受けにきた。

「それで、何をお訊きになりたいんでしょうか」

「不躾《ぶしつけ》で申し訳ありませんが、いつからいつまでのおつきあいだったんですか」

「三年前の秋かな。最初の三カ月はごく普通の恋人同士のようだったけど、その後は真田さんも知ってのとおり、愛人契約を結んでいました」

「彼女、お金に困っていたんでしょうか。たとえば、実家に仕送りしているとか」

「そんなことはないと思うよ。お父さんは貿易関係の会社の社長とか言っていたからね」

真田は吐息を洩らした。金を持っている者と持たざる者との格差を痛感した。

「いい女だったよ」

杉下が思い出したように言った。自慢しているのでもないし、別れたことを後悔している口ぶりでもない。彼は淡々と、過去に出会った女のことを話していた。

「どういうところが、いい女だと感じたんですか？」

「ベッドの上で、かな。こんなこと言って、君、大丈夫なのかな」

「彼女のすべてを知りたいんです。どんなことでも言ってください」

「話を聞いているうちに、怒って殴りかかってこられたらたまらないからね」

「ぜったいにそんなことはしません。誓いますから、お願いします」

真田は頭を下げた。

これまでに何度、エリカとセックスしている光景を浮かべただろう。水着姿の写真を枕元に置いて妄想に耽《ふけ》ったことも数え切れない。彼女の股間だけを見つめながら、自分を慰めたりもした。妄想ではなくて、生身のエリカと肌を重ねた男が目の前にいるのだ。詳しく聞きたくなるのは当然だ。

「うまいんだ。それに大胆なんだよなあ」

「何が上手なんですか」

「わかっているだろ？　これだよ」

杉下はくちびるを尖《とが》らせた。吐息を洩らすと、もう一度彼女のくちびると舌を味わいたいなあと呟《つぶや》いた。

「タブーがなかったんだよ。ごく普通の女性というのは、自分なりにセックスにタブーをつくる。でもね、彼女には何もなかった。だから、安心して何でも言えたんだ」

「変態的なことも？」

「たとえば、外でするとか、女装して彼女とレズビアンプレイをするとかね」

「今村エリカが、そんなことまでしていたんですか！」

「そう言えば、ＡＶにも出ていたらしいよ」

「ほんと？」

真田は杉下の顔をまじまじと見つめた。もしも事実だとしたら、マスコミが放ってはおかないはずだ。それに噂好きの集まるインターネットの掲示板に書き込みがあったとしてもおかしくない。にもかかわらず、これまで一度も、そんなことが書かれているものは見たことがない。

「ＡＶで磨いたのかな、彼女のすごい技は」

「杉下さんはそのビデオ、持っているんですか？」

「残念ながらないんだ。彼女に使わせていた部屋にもなかったからなあ」

「それにしても、なぜ、別れたんですか。お見受けするところ、杉下さんは今でも今村エリカに未練があるようですけど……」

「フラれたからだよ」

「お金持のあなたが？」

「不思議でも何でもないさ。ぼくよりも金を出してくれるパトロンになびいただけだからな。ぼくはそのことで文句を言うつもりはないよ」

「それだけを聞いたら、エリカはものすごい性悪な女ってことになりますね」

「性悪だったさ。だけど、魅力的でもあったのも確かだ。男を惹きつけて離さないという点でも、性悪といえるかな」

杉下はそこまで言うと、空になったタンブラーを摑んで揺すった。バーテンが無言のまま寄ってきて、赤みがかったカクテルをつくった。

財布を盗んだ女。セックスに奔放な女。ＡＶに出演していた女。貿易会社社長の父をもち、小学校からミッション系の学校に通っていた女。これらがすべてひとりの女について語っているのだから驚いてしまう。

「真田さん……。エリカのことをいろいろと教えましたけど、今でもファンですか？　嫌いになったんじゃないかな」

「そんなことはありません。ファンです。驚いたりがっかりしたりしましたけど、それでも彼女を応援したいと思います」

「魔性の女だな」

「それって、タレントとして才能があるってことですよね」

「彼女は男に庇護《ひご》されて満足する女ではなかったということだ。その不満が高じて、もっとたくさんの人たちに、自分を見てもらいたくなってモデルになったのかもしれない……」

杉下がぼそぼそと呟くように言うのを聞いて、真田は彼女にまだ出会っていなくてよかったと思った。田舎から出てきた世間知らずの男など、彼女にかかったらイチコロだ。杉下に頼めばエリカに会えるかもしれないが、それを切り出すのを我慢した。

会うにはまだ早い。会うとすれば彼女ではなく、ＡＶで共演した男優や監督に会うことが先決だ。

2

ショッキングな真相を聞かされてから、かれこれ二週間が経った。

真田は彼から聞かされたエリカの秘密を、誰にも明かせなかった。自分と同じく彼女の熱烈なファンを自認している長崎にも黙っていた。

秘密というのは明かしてしまえばすっきりとする。黙っているからこそ、悶々《もんもん》としてしまうのだ。真田は今まさに、その情況に置かれていた。

インターネットで毎日何度も、彼女の名前を検索した。「エリカ　アダルトビデオ」「今村エリカ　ビデオ」「現役モデル　エリカ　エロ」「巨乳　エリカ」……。思いつく言葉で検索してみたが、エリカがＡＶに出演していたという記述は見つけられなかった。

真田にとっては、逆にそれが収穫となった。つまり、エリカはＡＶに出ていないという結論につながり、彼女を信じつづける勇気になった。検索はつまり、彼女の身の潔白を信じるためのものでもあったのだ。

もちろん、インターネットから得られる情報がすべてではないことはわかっている。今村エリカという名前を使っていなかったと考えるほうが真っ当かもしれない。が、それにしても、噂のひとつくらい書かれていたとしてもおかしくないと思うのだ。

しかし、安心すると疑惑を確かめたくなるものらしい。それが悶々としていた本当の理由だ。杉下に電話をかければ、彼女が出演しているAVのタイトルを教えてもらえるはずだったが、そんなことをしていいものかどうか迷っていた。

杉下に電話をかける決心がつくまで、結局、二週間が必要だった。

真田は昼休みに、使っていない会議室に閉じこもって杉下に電話をかけた。社長職に就いている彼の忙しさは理解していたから、彼を捉《つか》まえるなら昼時がベストだと考えた。

「真田と申します。今村エリカのことでうかがったものです。覚えていますか？　変な用事ではありませんから、警戒なさらないでください」

「何でしょうか。これからパワーランチがありますので」

パワーランチとはランチを食べながら会議をしたり、打ち合わせをすることを意味する。

真田は電話を切られる前に、手短に用件を伝えた。

「エリカ嬢がAVに出演していたと教えてくださいましたが、いくら検索しても、出てこないんです。もしもタイトルを知っていたら、教えてほしいんです。杉下さんの今の周りの情況が厳しければ、後ほど、教えてくださいますか」

杉下が具体的なことを言わなくても済むように言った。真田なりの気遣いだった。

「気を遣ってくれてありがとう。今は部屋にひとりだから大丈夫だよ」

「教えてもらえますか」

「ユタカという芸名だったよ。男みたいな名前で、彼女にそぐわなかったな」

「いくつも出演していたんですか」

「ぼくの知っている限りでは一本だけ。タイトルがおかしくてね、『ゆたかなユタカの豊満』というタイトル。印象に残るうまいタイトルだと思ったよ」

「どういう内容だったんですか」

「要は、アダルトビデオだってことだ。内容はあってないようなものじゃないかな。これ以上については、レンタルビデオ屋にでも行って、自分で観て確かめたほうがいいね」

「ありがとうございます。杉下さんは、それを観たんですよね。ショックではありませんでしたか」

「自分のものにしている期間だとしたらショックだったろうけど、その前だからね」

「過去は問わない、ということですか」

「彼女にぞっこんになって、自分のものにしたいと願ったんだから、過去のことを言うのはおかしいんじゃないかい？」

「嫉妬しなかったんですか」

「ははっ、君は面白いことを訊くね。彼女に嫉妬していたら、身がもたないよ。それに、女には必ず、男が聞いたら顔をしかめるような過去があるものだからね。君がエリカに清廉潔白であってほしいと願っているとしたら、彼女のファンをやめたほうがいいと思うよ」

「彼女がどんな女性だとしても、ファンをやめたりはしません。いろいろな過去があったからこそ、今の素敵な彼女になったんだと思っています。過去を否定したら、現在も否定しなくてはなりません」

「殊勝《しゅしょう》な心構えだね。その気持をいつまで持ちつづけられるか、楽しみだ。もしあなたが新事実を摑んだら、ぼくに教えてくれるかい？」

「実は、新事実があるんです」

「ほう、何かな」

「聞いたらきっと、ショックを受けると思います」

「気にしないで、言ってくれないかな。あなたが新事実と思っていることでも、違うかもしれないですからね」

「愛人が三人いたそうです」

真田は受話器に耳を押しつけて、杉下の様子をうかがった。知っていれば笑い飛ばすだろう。そんな予想を立てていたが、耳には何も入ってこなかった。彼の息遣いさえも聞こえなかった。

「新事実だったようですね」

「薄々ながらわかっていたけど、まさか、あなたから聞かされるとは……。今さらだけど、本当に驚いているし、ショックだ」

「言わないほうがよかったですか？」

「ぼくはいったい、何のために彼女を愛してきたんだろうな」

杉下がぼそりと呟いた。

意外な言葉だった。杉下は金で女の時間と軀を買ったのではないか。そこに愛という言葉はそぐわない。自分の行為を正当化するために、愛という言葉を遣うのはおかしい。

「エリカ嬢を愛したんですか」

「そうだよ」

「金で囲った女なのに？」

「人の気持も知らずに、君はずけずけと言うんだな。まあ、愛人を持ったことがないから、この気持はわからないんだろうな」

「わかりません、想像もできません」

「愛がなければ、愛人になどしないよ。性欲を満足させたり、快感を得たいという邪《よこしま》な気持だけだったら、愛人など必要ない。その都度《つど》、女を買えばいいんだから」

「ほかの男と共有していたとしても、愛していたなら、それで満足じゃないですか？」

「それはへ理屈だよ。ぼくは彼女とのことでは、きれいな思い出しかないんだ」

「ヘンタイ的なセックスをしていても、ですか？」

「そうだよ。ぼくのような立場になると、そういうことは、信頼関係がないとできない。金で躯を買った女だと、秘密が洩れるかもしれないからね」

「安心と性欲のふたつを得るために、愛人が必要だったということですか。それを愛と言われたら、ぼくは納得するしかありませんけど……」

「手厳しいな」

真田は受話器を握ったまま、黙ってうなずいた。確かに手厳しいと思った。

「ぼくは、そろそろ出ないといけない。ほかにも新事実がわかったら、電話をもらえるね。頼みましたよ」

杉下はそれまでの動揺を抑え、淡々とした口調で言った。パワーランチのことが脳裡を掠めたに違いない。

真田は電話を切った。のびをひとつした後、椅子の背もたれに上体をあずけた。

二五階の窓から、青空が見える。

もこもこっとした真っ白な雲がゆっくりと右から左に流れていく。陽光を浴びたその雲の一団がキラキラと輝いている。清廉なものを見せつけられている気がして、真田は雲の輝きから目を逸《そ》らした。

その時だ。

会議室のドアをノックする音が響いた。

後輩の長崎だった。視線が絡んだと同時に、彼はドアを勢いよく開けてにこやかな顔で近づいてきた。

「おれに用事か?」

「ずいぶんとぶっきらぼうな言い方ですねえ。女にフラれましたか」

「残念ながら違う」

「まあ、いいや。先輩の女関係に興味はありませんから。用件がひとつ。今村エリカについてなんです。すごい情報を手に入れたんです」

「何だよ、それ」

「びっくりしました。彼女、ヤンキーだったそうです。私立高校に通っていた頃らしいんですけど、未成年なのにタバコも酒もやっていたっていうんです」

「おい、ほんとか? どうしてそういうことをおまえが知り得るんだ? おまえが知るくらいなら、とっくの昔に、インターネットに出ていてもおかしくないんじゃないか?」

「ぼくの友だちの友だちが、彼女と同級生だったっていうことですから、絶対に正しい情報だと思います。先輩、もしかして、ショックでした?」

「べつに」

「ほんとかなあ……。痩《や》せ我慢しちゃって。ショックだよって、顔に書いてありますよ」

「べつに」

真田はまた同じ言葉を繰り返した。ショックはあまり感じなかった。それよりも呆れていた。次から次へと、いかがわしい過去が出てくるからだ。

彼女の過去と、田舎でクラブ活動に一生懸命だっただけの高校生活を送った自分とを比べたら、自分には何の出来事もなかったに等しい。バレンタインデーにチョコレートをもらって喜んだくらいだ。

「友だちの友だちっていうあたりが、情報源としては怪しいなあ。長崎、おまえ、直接その同級生に会って聞けないのか」

「ええっ？　そこまでする必要があるんですか？」

「おまえ、いいのか、このままで。エリカが中傷されているんだぞ」

「わかりましたよ。友だちに頼んでみます。会えないかもしれませんけど、電話で話せるくらいまでは頑張ってみます。それでいいですか？」

「不満そうだな」

「だって、ぼくは単なる一ファンですから。そこまでの労力を使わなくちゃいけない理由が見つかりませんよ」

「仕事も大切だけどな、自分が愛している女性について知ることも大切だぞ」

「愛している、ですか」

「違うのか？　長崎は」

「だって先輩の愛って、ファンの愛には聞こえませんから。現実の恋人への愛みたいですよ……。大丈夫ですか、先輩。エリカに心まで奪われちゃったみたいだなあ」

「心を奪われるのがファンじゃないか？　だから夢中になれるんだ。愛していないなら、ファンだなんて胸を張って言わないほうがいいと思うけど、どうだ」

「本当にどうしたんですか、先輩。これまではそこまで厳しいことは言わなかったじゃないですか」

「愛だよ、これは。おれは愛に目覚めたんだ、きっと」

「エリカに、ですか？」

「当たり前だろ」

真田は言うと、真面目な顔をつくって長崎を睨《にら》みつけた。

3

真田は憂鬱《ゆううつ》な日々を送っていた。

愛に目覚めたと言ってみたが、彼女を本当に愛せるのかどうか。あれから一〇日が経ったけれど、まだ自分の気持がはっきりとしなかった。

熱烈なファンであることは間違いない。しかし、ひとりの女性として愛することができるかどうか自信がなかった。

エリカの愛人だった杉下社長に聞いた「ゆたかなユタカの豊満」というビデオは、まだ見つかっていない。エリカがユタカという芸名で主演したアダルトビデオだ。

行きつけのレンタルビデオ店に頼んで探してもらっていたが、昨日、廃盤になったので入手不可能という連絡があった。自分でも数十店の中古ビデオ店のホームページをこまめに検索しているけれど、いまだにどの店にも在庫はない。ビデオを手に入れたいという強い思いがある半面、見つからないでほしいという思いもあった。エリカの痴態を観たいし、彼女の裸も観てみたい。けれども、観てはいけないという気持も同じくらい強いのだ。

とにかく複雑な気持だった。それが憂鬱な気分につながっていた。仕事をしていても集中力がないために、つまらないミスを何度もやってしまった。食欲も湧かないし、掃除や洗濯をする気力も失《う》せていた。

エリカのファンになってからずっと彼女のことを、清純な女性だと信じて疑わなかったから、ショックが大きかった。それでも愛人だったという事実はなんとか受け入れることができた。たぶんそれは、実際に愛人関係を結んでいた杉下と会ったからだろう。しかし、アダルトビデオの出演については受け入れ難かった。

真田は自分でもなぜ、エリカの過去にこだわるのかよくわからない。ビデオ出演も愛人も過去のことではないか。誰だって過去はある。それにこだわるのはおかしいと思っているのに、どうしてもこだわってしまう。

愛人とAV女優。真田はそのふたつの間に明確な線引きをしていた。そのおかげで、「ゆたかなユタカの豊満」の監督の日景園児《ひかげえんじ》に会う約束を取り付けることができたというのに、少しもうれしくなかった。


土曜日の午後九時。

真田は今、日景監督に指定された新宿駅中央東口の正面にある喫茶店にいる。もうすぐ、閉店時間だ。

目の前に、スキンヘッドで眉毛もほとんどない日景監督が坐っている。

名刺交換をした時には、怖そうな人だと思ったけれど、見かけとは違ってやさしかった。人なつっこい笑顔を絶やさないし、声の調子も穏やかなのだ。

「あのビデオってさあ、かれこれ三、四年前につくったものだから、詳しいことは忘れちゃっているんだよ」

「やっぱり、エリカはユタカなんでしょうか」

「さあ、どうかなあ……。ぼくの場合、年に五〇本近く撮っているんだ。言っちゃ悪いけど、流れ作業のようにしてビデオを撮っているから、女優のことまでいちいち覚えていられないんだよ」

日景監督はおしぼりを持つと、スキンヘッドを拭った。それを丁寧に畳んでテーブルの端に置いた後、腕時計に視線を落とした。時間がないようだ。

「ところで、『ゆたかなユタカの豊満』というタイトルはやっぱり監督がつけたんですか？すごく印象に残りますよね」

「君もそう思うかい？　普通はメーカーの担当者が知恵を絞ってつけるんだけど、あのビデオについては、ぼくがつけたんだよ」

「すごくクリエイティビティを感じます」

「ははっ、君もそう思うかな？　職人というのは、クリエイティブなんだよ」

日景監督はうれしそうに微笑みながら胸を張った。

彼に言ったことは嘘ではないが、少し誇張していた。おだてれば、少しは舌が滑らかになるのではないかと考えたのだ。

年に何十本もつくっていても、流れ作業をしているわけではないだろう。ＡＶ監督といえども、ものをつくりだす立場にいる者としての自負を持っているはずだ。

「どうして、そのビデオだけ、ご自分でタイトルをつけたんですか？」

「ユタカのおっぱいを、強調したかったんだよ」

「おっぱいの大きい子って、ほかにもたくさんいるんじゃないですか？　ユタカのおっぱいには、創造性を刺激するものでもあったんでしょうか」

「あったんだ、それが」

「彼女の、何が、刺激になったんですか」

「実は、あの子に会ったのは、あのＡＶの撮影の時が初めてじゃないんだ。四年くらい前かな、知り合いのプロデューサーが飲み会に連れてきたんだよ」

「四年前かあ……。彼女、今とは違った雰囲気だったんですか」

「おっぱいがね」

「えっ？」

「あの子さあ、四年前はぺったんこのおっぱいだったんだよ。男の胸板っていってもおかしくないくらいに平板な胸でね」

「ということは、その間に、豊胸手術をしたってことですか？」

「そりゃ、そうだろうな。平板な胸を豊かなおっぱいにする方法がほかにあるかもしれないけど、おれはそれを知らないから」

「でも、わかるんじゃないですか？　シリコンでつくったおっぱいなのか、自然と大きくなったものかってことは……」

「毎日っていうくらい、おっぱいを見ているけど、彼女のおっぱいだけは、人工のものか自然のものか、見分けがつかなかったな。どっちでもいいんだけど、とにかくそのことが、タイトルをつける時の刺激になったことは間違いないな」

エリカのあの豊かな乳房が人工物だったという新事実にびっくりした。

真田は整形手術を忌《い》み嫌っているわけではない。たとえば、年齢を重ねた芸能人が弛《ゆる》んだ肌を吊り上げる手術をしたり、一重瞼《まぶた》から二重にしたり、鼻を高くしていてもかまわない。見た目がきれいなほうがいいに決まっている。でも、それは芸能人だからだ。

好きな女性が整形手術をしたいと言ったらどう答えるだろうか。

やはり、自然のままであってほしい気持のほうが強い。

エリカの場合はどうか。

彼女は芸能人でありながら、心の恋人でもある。

彼女の美しい顔とスタイルを思い浮かべた。その後で、平板な胸の彼女を想像してみた。男を魅了する乳房の谷間がないのはおかしい。今村エリカではなくなってしまう気がする。

「監督はそのビデオ、お持ちですよね。どこを探しても見つからないんです。ぜひとも、譲っていただけませんか」

「さて、あれ、あったかな」

「ご自分の作品を残さないんですか？　クリエイターなら、自作を残しておくものだと思ったんですが……」

「当然、自分の作品は保管してあるよ。でもなあ、部屋が散らかってるから、探さないと見つからないな。でも、間違っても捨てることはないから」

「お願いします、監督……。今から、クリエイティブな作品を観るのが楽しみです」

彼はうれしそうにうなずくと、見つかったら君のところに送ってあげるから、と約束して別れた。


日景監督から郵便物が届いた。

待ち焦がれていたから、郵便ポストの中に大判の封筒を見つけた時には震えが走った。面会した日から九日が経っていたが、真田は辛抱強く待った。催促の電話をかけようと何度思ったことか。

部屋に入り、急いで封筒を開けた。レポート用紙に書かれた手紙が一枚入っていた。

「ご所望《しょもう》の品、送ります。ビデオは一本しかなかったのであげられません。DVDにダビングしておいたので、小生の力作を楽しんでください」

DVDをプレーヤーに差し込んだ。

日景監督自らがつけたタイトルが大写しになった。

高原の別荘だろうか。強い陽射《ひざ》しが森を照らしている。プールに張られた水が風に揺れ、波紋をつくっている。そんなイメージ映像が一〇秒程つづいた後、雄叫《おたけ》びにも似た女性の喘《あえ》ぎ声が響きはじめた。この作品はどうやら、単にセックスシーンだけを撮ったものではないようだ。ストーリーらしきものがある。

画面が部屋の中に切り替わった。

着替えをしている女性の後ろ姿がテレビ画面いっぱいに映る。ビキニの水着が、ソファに置かれている。長い髪だ。豊かな乳房が背中からはみ出ている。ウエストのくびれは芸術的といっていいくらいの曲線だ。お尻は弾力に満ちていて、太ものつけ根に肉が垂れ下がっていたりはしない。

主演のユタカの一糸まとわぬ後ろ姿は、エリカそのものだ。エリカであってほしいという気持と、人違いであってほしいという願いが交錯する。

いよいよだ。

裸のまま彼女が振り返った。

「あっ……」

今村エリカだった。

ユタカが微笑んでいる。いや、エリカが微笑んでいる。三年前に撮ったものとは思えないくらい、ユタカは今のエリカだった。

ユタカは裸になると、水着を着けずにソファに横になった。そして何の脈絡もなく、突然、オナニーをはじめた。アダルトビデオらしい展開だ。ストーリーがあるのかと思ったが、それはイントロだけだったようだ。

陰部全体にモザイクがかかっていて、はっきりとは見えない。それでも、黒々とした部分が縦長に映っているところから推《お》して、縦長の陰毛だと見て取れる。

乳房に注目する。ソファに寄りかかっているけれど、弾力のある乳房は横に流れたりしない。乳輪は盛り上がっていて、ピンクがかった濃い肌色だ。透明感があって、神々しささえ感じられる。硬く尖った乳首は、初々《ういうい》しい。オナニーしている高ぶりが、乳首に伝わっているようだ。

指は細くて美しい。その指がモザイクの中に消えていく。ユタカの喘ぎ声が響く。サイン会の時に話したあの声そのものだ。

真田はＤＶＤを停止した。

ショックとせつなさとやるせない気持が胸に満ちた。吐息をついてもどうなるものでもないのに、天井を見上げて深く息を吐き出した。

長崎の顔が浮かんだ。

あいつなら、これを観てどんなふうに感じるだろうか。ユタカを別人と思ったりするかもしれないと思ったら、彼にどうしても観せたくなった。しかも、今すぐにだ。

夜八時過ぎだ。この時間なら、呼び寄せるとしても迷惑にならないだろう。ケータイの番号にかけた。幸運なことに、彼は電話に出た。

「どうしたんですか、先輩。何かあったんですか？」

「長崎、今どこにいるんだ？」

「どこって、残業しているんですから、会社ですよ。先輩は帰り際に、『せいぜい頑張りたまえ』って言ってぼくの肩を叩いていったじゃないですか」

「まだ仕事しているのか？」

「出前をとってのんびりしちゃったから、今のこのペースだと、終電に間に合うかどうかのギリギリまでかかりそうです」

「その仕事、明後日の会議用の資料だったよな。だったら、明日にまわしてもいいんじゃないか？」

「ほんとですかあ？　そんなこと、聞いてません。明日の朝までに仕上げておくようにって命じられていたんですから」

「あのさ、今すぐ、うちに来いよ。今村エリカのアダルトビデオが手に入ったんだ」

「まさかあ。どうせ、激似《げきに》のＤＶＤをつかまされたんじゃないですか」

「本物だと思うんだ」

「自信は？」

「ないと言いたいところだけど、残念ながら、間違いない。でも、おまえにも観てもらいたいんだ。もしかしたら、おれの見間違いかもしれないからな」

「仕事、本当に明後日まででいいんですね。それだったら、ぼく、行きます」

彼の仕事は緊急を要するものではない。明後日の朝までに仕上がっていればいい。それは本当のことだ。


チャイムが鳴ったのは、午後一〇時を回ったところだった。

長崎は走ってきたらしく、額に細かい汗の粒を浮かべていた。

「遅くなってすみません。先輩のことを疑ったわけじゃないんですけど、仕事、とりあえず仕上げてきたんです」

「わかったから、とにかく早くあがれよ。おまえが来るまで、観ないようにしていたんだからな」

「早く観たいけど、その前に、水一杯もらえますか」

長崎は深呼吸を二回して呼吸を整えると、靴を乱暴に脱いだ。キッチンに立ち、水道水をグラスに注いでいっきに飲んだ。

ふたりでテレビの前に坐る。長崎がダイニングテーブルに置いていた灰皿を持ってきていいかと訊くので、

「真剣に観ろよ。ほかのアダルトビデオならばいいけど、これだけは、タバコを吸いながら観るもんじゃない」

と、彼を咎めた後、真田は正座した。彼もそれに倣《なら》うように正座した。

DVDを再生した。

ふたりとも黙って画面を凝視する。画面が切り替わり、高原の映像になる。

「安っぽい映像ですねえ、先輩。やっぱり、アダルトビデオだ」

「そんなこと言うもんじゃない。このDVDは、これを撮った監督からもらったものなんだからな」

「ほんとに？　先輩ってすごいですね。それにしても、どうしてエリカがAVに出ているってわかったんですか？」

「本気で調べればわかるものさ」

「怖いな、まるで本物のストーカーみたいですよ。ぼくは先輩のことをよく知っているから、そんなふうには思いませんけどね」

「ストーカーになるわけがない。エリカを怖がらせたら、本物のファンじゃない」

ユタカはオナニーをはじめた。絶頂まで昇りつめるのかと思ったが、そうではなかった。

なぜかいきなり、パンツ一丁の男が現われて、ユタカのオナニーを手伝いはじめた。

「先輩、これ、エリカですよ。絶対にエリカですよ」

長崎が興奮した声で言い、拳《こぶし》を握りしめ、ため息を洩らした。

オナニーのシーンが終わると、丹念なフェラチオに移った。

長い髪を梳《す》き上げた時の、流し目がエロティックだ。首筋の白い肌が、じわじわと赤みを帯びていく。その変化が観ている者にわかるように、カメラは極端なまでに首のアップを撮る。乳房の曲線や乳輪、そして尖った乳首までも、画面いっぱいに映し出していく。

「きれいだな……」

長崎がぼそりと呟いた。うん、そうだろう。女の魅力のなんたるかがわかっているじゃないか。真田は最愛の恋人を褒《ほ》められたような気になった。

フェラチオのシーンが終わり、全裸のままプールに入っているシーンに変わった。唐突な場面転換だ。

明るい陽射しを浴びているせいか、どぎついエロではない。そうかといって、美しい映像ということでもない。どっちつかずの中途半端な映像がつづいた。

「ところで、彼女のおっぱい、長崎はどう思うかな」

「きれいだと思いますよ、すごく。こういうおっぱいにうもれてしまいたいですね。今村エリカより、ぼくはこのユタカのほうがあけすけで好きだなって思いました」

長崎の目には、ユタカの乳房が奇妙だとは映っていないようだ。日景監督に教えてもらったユタカの秘密を明かさずに、彼に感想を聞く。

「ものすごく形のいいおっぱいだよな。長崎はこんなきれいなものをもっている女と遊んだことがあるか？」

「ありますよ、そりゃ。風俗にはこの程度の子たくさんいますからね。でも、そういうきれいなおっぱいの風俗嬢って、たいがい、整形しているんですよ」

「おっぱいを見て、わかるのか？」

「わかるに決まっているじゃないですか。とにかく不自然ですからね。仰向けになっても崩れないし、うつぶせになって後ろからせめられるのをいやがったりしますからね」

「どうして、いやがるんだ？」

「おっぱいに入れた詰め物が破けちゃうかもしれないっていう不安からですよ」

「詳しいんだな」

「当然です。ずいぶんとお金を遣っていますからね」

「この女優のおっぱい、自然のものか？」

「間違いないでしょう。ベッドで仰向けになるシーンはまだ出てきていませんけど、ソファに寄りかかっている時のおっぱいを見ると、いくらか平板になっていますから」

真田はにっこりと微笑んだ。その言葉を聞きたいがために、残業している後輩を呼び寄せたのだと思った。けれども、長崎の見解より、ユタカの胸が平板だった時を知っている日景監督の言葉のほうを信じてしまう。

長崎が立ち上がって本棚から彼女の写真集を引っ張り出してきた。

一ページずつ、写真をじっくりと眺めては画面と見比べる。

「写真とＤＶＤは同じおっぱいですね」

「どっちも整形手術を済ませた後のものなんだな」

真田は力なく言った。信じていた恋人に裏切られた気分だ。しかし、芸能界で生き残ろうとするための出演であり豊胸手術かもしれない。そのおかげで、今の売れている情況があるということも考えられる。

「今村エリカって、人工物だったわけかあ。ぼく、ファンをやめたくなりましたよ。せつないなあ……」

長崎は写真集を閉じると、深いため息を洩らした。頬の紅潮は失《う》せていて、落胆が表情に表われていた。写真集をダイニングテーブルに置き、冷蔵庫から缶ビールを取り出した。ひとりで勝手に飲みはじめた。

「先輩はどう思いましたか？　こんなビデオを観てもまだ、彼女のファンをつづけようっていうんですか？　呆れませんでした？」

「そりゃ、呆れたさ。がっかりもしたけど、今この場で、ファンをやめるって決断することはできないな」

「整形手術は許せるけど、ＡＶは……。有名になるためなら、どんなことでもする女なんて、ぼくはいやだな」

「彼女の意思ではないかもしれないじゃないか。所属している芸能プロダクションの圧力を断れなかったという可能性だってあるんだからね」

「ＤＶＤを観る限りじゃ、愉しんでいるようでしたよ。セックスが好き、男が好き、フェラチオが好き、変態的なことが好きっていう顔ですよ」

「過去を調べることが、こんなことになるとは想像できなかった……。罪なことをした気分だよ」

真田も冷蔵庫から缶ビールを取り出して飲みはじめた。ビールを飲んだところで何の解決にもならないことはわかっていたけれど、酔うしかなさそうだった。

「長崎は本当に、エリカのファンをやめるのか？」

「そのつもりですよ。ぼくは自分の好みの美人タレントを応援していたんですからね。ＡＶ女優のファンになったわけじゃありません」

「おれは今まで以上に、彼女のことを知りたくなったな」

「どうしてですか？　先輩って変わっていますね」

「だってさ、次から次へ、モデル出身のタレントの過去が出てくるんだよ。面白いじゃないか。こういう女」

「先輩、無理してるなあ。これまでに費やした時間がもったいないと思ってそう言っているんじゃないですか」

真田はビールをいっきに飲み干した。

無理していることは確かだ。でも、こんなことでへこたれない。清純な女性だというエリカへの幻想は失せたが、魔性《ましょう》の女だと考えれば魅力は十分だ。

「おれはもう少し、彼女について調べてみるよ。執着に値する女だからな」

「新事実がもっともっと出てきますよ。がっかりするだけだから、やめといたほうが、先輩のためですよ」

「わかっているけど、やめられないな。これってきっと、惚れた男の弱みかな」

「律義《りちぎ》な人だ」

「なんとでも言えばいいさ……」

長崎は大げさに呆れた表情をつくり、両手を広げた。お手上げ。そんなことを意味するしぐさのようだった。

第三章　ファンの変身

1

真田には自分がいかに幸せな男かという自覚がなかった。

今、目の前には、まだ二回しか会ったことのない菊池圭子《きくちけいこ》がいる。しかもここは、渋谷円《まる》山町《やまちょう》のラブホテルだ。

真田は二年近くも恋人がいなかったし、気軽に一緒に食事をしたり酒を飲んだりできる女友だちさえもいなかった。だから、ラブホテルの部屋に自分がいることが信じられない気持でいっぱいだった。それなのに、幸せという気持にはならなかった。

エリカがＡＶ女優の前歴をもつとわかってから、真田はさらにエリカに熱中した。エリカファンをやめた後輩の長崎と話す内容も、エリカのことが中心になっていた。

長崎が心配してくれた。オタクのような男になっていく姿を見ていられなくなった、と。

そんな彼のアイデアで、二対二の合コンが開かれた。生身の女性とつきあえば、エリカへの熱がすこしは冷めるのではないかという思惑があったらしい。

女性陣はふたりとも二六歳。長崎が去年、長野のスキー場にスノーボードをやりに行った時に知り合ったOLたちだ。そのひとりが、今ここにいる菊池圭子だ。

ラブホテルに入ったのは、成り行きと言ってもいいものだった。彼女にそこまで期待していたわけではないし、強引に引き込んだわけでもない。イタリアンレストランでの食事の後、カラオケで盛り上がり、バーで軽く飲んだ。それでも午後一一時だった。終電がなくなる前には帰るつもりだった。

酔った圭子に甘い言葉を囁《ささや》かれた。それだけなら理性を保つことができたけれど、女に恥をかかせないで、という決定的な言葉を投げつけられたことで、真田は迷いを断ちきったのだ。

圭子は結婚したがっていた。

合コンの時、一緒にやってきた沢村洋子《さわむらようこ》が彼女をそんなふうに紹介したし、結婚できるならある程度のことには目をつぶる、と圭子自身も言っていた。

真田はそんな彼女の焦《あせ》りに乗じたといってもよかった。結婚という危険と隣合わせという意識はあったけれど、久しぶりのセックスのチャンスをものにすることに心が向かっていた。

圭子はソファに坐ると、メンソールのタバコに火をつけた。ぎこちないしぐさだ。緊張しているのが読み取れる。

「長崎さんに聞いたけど、真田さんって今村エリカの熱烈なファンなんですってね」

酔っているというのに、圭子は冷蔵庫から缶ビールを取り出し、グラスに注いだ。冷えていないのだろうか。泡がグラスから溢れてガラスのローテーブルにこぼれた。彼女はそれを濁った音をあげながらすすった。

「あいつは大げさなんだよ」

「ほんと？　サイン会に行ったんでしょう？　普通のファンだったら、そこまでしないんじゃないかな」

真田はムッとしていた。エリカと自分の神聖なつながりを、穢された気になった。

「わたしね、つきあってくれる男の人には、わたしのファンになってほしいの」

圭子は気《け》だるそうにソファの背もたれに寄りかかった。そのしぐさが、尊大に感じられて、不快感が増した。

これがもしエリカだとしたら、何も感じなかっただろう。けれども、偉そうなことを言っているのは、十人並みの器量しかない女なのだ。おいおい、冗談言うなって。ファンになってほしいだって？　バカ言ってんじゃねえよ……。真田は胸の裡《うち》で舌打ちをした。

「ねえ、どうなの？」

「圭子さんはタレントに嫉妬しているのかな。それとも、ぼくの好意を信じられないからそんなことを言うのかな」

「わたし、変わったことを言っている意識はないんだけど……。わたしを好きになってくれる男の人がいいの。真田さんも聞いたことがあるでしょう?」

「何を」

「好きになって結婚するよりも、好かれて結婚したほうが幸せになれるって」

「結婚かあ」

真田は呟くように言った。勢い込んでいる彼女をかわすために天井を見上げると、こんな女と結婚してたまるか、成り行きでホテルに来ただけなんだ、それなのに結婚の材料にされるなんてまっぴらだ、といった悪態が脳裡を何度も掠めた。

結婚するなら今村エリカしか考えられない。それが不可能なら、結婚しなくたっていい。熱烈なファンとしてだけでなく、彼女の支持者であり、理解者になりたい。間違ってもその相手は、圭子ではない。

「ねえ、真田さん。わたしたちは、おつきあいをはじめたんでしょう?」

「まだわからないよ。二回しか会っていないんだから」

「おつきあいをする意思があるから、ホテルに来たのよね」

真田は曖昧《あいまい》な笑みを湛《たた》えた。彼女は成り行きでラブホテルに来たのではない。男とつきあうためでもない。結婚相手をゲットするためなのだ。

セックスしたい。でも、やってしまったら最後だ。この女にからめ捕られてしまう。性欲を抑え込むだけの理性が全身に拡がった。それとともに、胸の端に無理矢理追いやっていた今村エリカの存在が中心に戻ってきた。やはり、彼女しかいない。あらためて、自分がいかに彼女を愛しているのかということを思い知らされた気がした。

真田は大げさに手を上げて、腕時計に視線を落とした。

午後一一時三二分。

今ここを出れば、終電に間に合う。

彼女にはまだ指一本触れていない。帰るなら今だ。今しかない。エリカのために生きるか、二度しか会っていないこの女にからめ捕られるのを選ぶか。

答はわかりきっている。エリカを選ぶ。それしか考えられない。

「帰ろうか」

真田はソファから腰を浮かしながら言った。圭子は白目を充血させながらうなずいた。何も言わずに立ち上がると、

「わたしたちって、うまくいかないのかな。長崎さんはお似合いのカップルだって言ってくれたのに……」

と、自嘲《じちょう》気味に言った。

圭子が悪いわけではない。彼女よりも大切な女性がいるというだけのことだ。でも、そん

なことは言えるわけがない。

「今はまだ、友だちでいいじゃないか。結婚を前提にしたつきあいなんて、息苦しいよ。もっとじっくりと、互いのことを知り合う必要があると思うけどな」

「ええ、そうね」

「とにかく、部屋を出よう。話は後日、ゆっくりとしようよ」

「これっきりというわけじゃないのね」

「もちろん、そうさ。ぼくにとっては、圭子さんは、貴重な女友だちだ」

真田は意識的に女友だちという言葉を遣った。たったそれだけだったけれど、圭子を冷静にさせるだけの効果があった。

「最後にひとつ、訊いてもいい？」

「なんなりと、どうぞ」

「わたしのこと好きだった？」

「そりゃ、そうさ」

「今村エリカとわたしだと、どっちが好きだった？」

「比べられないな、それは……。さっ、部屋を出よう。ぐずぐずしていたら、終電に間に合わなくなっちゃうからね」

真田は玄関に向かった。靴を履《は》きながら、好きなのはエリカのほうに決まっているじゃないか、と胸の裡で答えた。


日曜日の午後だ。

真田は今、ひとりで部屋にいる。

金曜日に圭子とデートしてから二日が経つけれど、彼女からの連絡はない。

当然といえば当然だ。久しぶりに巡ってきた新しい出会いを、たぶん失ったのだろう。それでも真田はわずかに後悔しただけだった。

今村エリカの写真集をぼんやりと眺めている。かれこれ、三〇分は過ぎているだろう。日曜日だというのにやることがなかった。

ケータイに電話がかかってきた。

液晶画面に表示された、長崎という文字を見て、真田は軽い舌打ちをした。

会社にいる時と変わらない屈託のない声が響いてきた。日曜日にかけてくるくらいだから、長崎も暇なのだろう。

「どこにいるんですか、先輩」

「家だよ。何か用か？　おまえの暇つぶしにつきあっている時間はないんだ。用事があるなら、さっさと言えよ」

「圭子さんのことなんですけど……」

彼はそこで言葉を切った。

反応をうかがっているようだ。あの夜のことを、圭子から聞いているのだろうか。真田はとぼけて応えた。

「合コンの時の彼女か？」

「何言っているんですか。あの後、ふたりきりで会ったってことくらい、調べがついているんですからね」

「彼女が言ったんだな。そうでなくちゃ、おまえが知っているはずないからな」

「違いますよ。ぼくは彼女の友だちから聞いたんです。ほら、合コンの時に圭子さんと一緒にきた洋子さん、覚えているでしょ？　圭子さんが全部、洋子さんに話したみたいで、それをぼくが又聞きしたんです。先輩、なかなかやりますね」

「何のことだよ」

「だから、指一本触れずに、ラブホテルから出てきちゃったんでしょう？　おれ、先輩のこと、尊敬します。絶対にできないことをやったんだから」

「おまえだって、彼女と一緒に入ったらできるはずさ。やったら最後、強引に結婚まで話を進められそうだったからな」

「結婚？」

「そうだよ。会って二回目だっていうのに、彼女は結婚する気満々でいたんだからな。そんな女とできるはずないだろう」

「そういえば、彼女、合コンの時も、結婚したいってしきりに言ってましたね。洋子さんには、そういうことは説明していなかったみたいだなあ」

「彼女、どんなふうに言ったんだ？」

「有り体《ありてい》に言えば、恥をかかされたってことですよ。女としての自尊心を傷つけられた。恥をかかせるためにラブホテルにわざわざ連れ込んだって」

「自分の非を認める女はいないだろうから、そう言われても、仕方ないな……」

真田は大げさに吐息を洩らした。その後、咳払いをすると、長崎の反応など気にすることなく言葉をつづけた。

「でも、今はとにかくよかったと思っているよ。必要なことと、そうでないことの区別がはっきりとつけられたからな」

「漠然としすぎています。どんな意味なのか、わかりませんよ」

「おまえの親切には感謝しているんだ。女を紹介することでおれがオタクに突っ走るのを防ごうとしてくれたんだろうからな」

「わかっていたんですか」

「それはそうさ。自分でも怖いくらい、エリカにまっしぐらだったからな。合コンの話がきて、ちょっと立ち止まることができたよ」

「偶像を追うより、生身の女のほうがいいってわかったでしょう？　空《むな》しいだけじゃないですか、エリカを追いかけたって……。で、さっきの漠然とした言い方は、そういう意味だったんですか」

「違うよ。エリカが必要だってわかったんだ。いちばん好きな女を抱きたいと願うのが、自然なことだと思ったんだよ。そうだろ？　セックスできる女なら誰でもいいんじゃない。おれは、エリカとセックスしたいんだ。圭子さんと一緒にいて、おれが望むことはそれだったと気づいたんだ」

「無茶なこと言ってますねえ」

「いや、無茶じゃない。頑張ってみるつもりさ。望みは高くもたないとな。目の前にある低い山に登るんじゃなくて、チョモランマを目指すんだ」

「目の前にある山に登るもんじゃないですか？　それを繰り返しながら、世界最高峰にアタックするチャンスを待つべきだと思うんですけどね。いきなり、チョモランマに登ろうとしたって、失敗するだけですよ」

「わかってるさ、それくらいのことは」

「だったら、圭子さんともう一度、つきあってみたらどうですか」

「ないな、その可能性は」

「どうして」

「だから、おれはエリカを目指すんだって。自分の願望を満足させるには、それしか方法がないんだ。圭子さんと寝たって、空しいだけだからな」

「すごいや、先輩。そこまで禁欲的な人だとは思いませんでした」

「長崎、おまえ、バカじゃないの？　今まで何を聞いてたんだ？　おれは禁欲的なんかじゃない。欲望にまっしぐらに突き進んでいるじゃないか」

「そうですけど、無理でしょう。エリカとセックスできるはずないもの。実現できないことだとわかっていて、それに向かっているわけでしょう？　それを理由にして、目の前のおいしいものを食べないなんて、やっぱり禁欲的ですよ」

長崎とは意見が合致することはなさそうだった。ならば、エリカとつきあっているところを見せつけて、彼を驚かせてやろう。そう考えると、闘志が湧いた。今は何の手がかりもないけれど、出会いのチャンスは必ずどこかにあるはずだ。

「おれはつきあうよ」

「ほんとですか」

「サインももらってあげるからな。腰を抜かすなよ」

「ほんとすごいや、先輩は。圭子さんじゃないんですね、つきあう相手は」

「エリカに決まってるじゃないか」

真田はきっぱりと言った。

躯の奥底からメラメラと熱情が燃えあがってくるようだった。全身がカッと熱くなった。自分には不可能などない。どんなことでもできる。自信がみなぎる。これはきっと、目指す相手がエリカだからだ。圭子だとしたら、こんなふうに奮い立つことはないだろう。

「長崎はもう、エリカファンをやめたんだよな。惜しくないか？」

「先輩には悪いですけど、彼女のことは、もう頭にはありませんよ。有名になるためにしろ生活のためにしろ、とにかく、愛人をやったりAV女優だった女に、ぼくは夢中になれませんから」

「そうだとしても、おれには協力してくれるよな」

「圭子さんとやり直すっていうなら、どんなことでも協力しますけど、エリカに関わることならいやだな」

「どうして」

「だって、時間の無駄だもの」

「おれの願望を叶《かな》えるために協力しろよ。そう考えれば、圭子さんだろうがエリカだろうが関係ないだろ？」

「何をしてほしいんですか」

「彼女に会える手段だよ。彼女の友だちを探してくるとか、出入りしている店を見つけてくるとか。いろいろとあるだろう？」

「サイン会で会うのが精一杯だったのに、そんなこと、無理ですよ」

「やりもしないうちから、無理だなんて言うなよ。それだから、仕事で伸びないんだぞ」

「いやんなっちゃうなあ。仕事のことを持ち出すなんて……。とにかく、知り合いに当たってみますけど、期待しないでくださいよ」

真田は長崎の答にある程度満足して電話を切った。

午後の陽射しが部屋に射し込んでいる。日だまりの中に入り、深呼吸をひとつした。やる気と自信は、電話を切ってからも失せることはなかった。


真田は窓を開け放ち、二階からの風景を見遣った。

東京には一三〇〇万人以上の人が住んでいる。その中から、見ず知らずのエリカと知り合おうなんて無茶な話だ。でも、世間は意外と狭い。

実際にこれまでだって、別々の友だちだと思っていたふたりが、友だち同士だったとわかって驚いたことがある。若手の俳優と中学校の時の同級生だったという取引先の若い男もいる。だから、エリカと知り合うことは不可能ではないはずだ。

まずは自分がエリカと友だちになりたいということを知ってもらわないといけない。そこで考えたのが、とりあえず、彼女が所属している表参道のモデル事務所に赴くことだった。

事務所の前で待っていれば、エリカが来るかもしれない。芸能人には日曜など関係ないはずだから、万にひとつの可能性を信じようと思ったのだ。

部屋を出る。ひとりだけで事務所に行くことに不安が掠める。しかしそれを漠然とした自信が消していく。悲壮感のようなものがじわじわと胸に迫る。やり遂げなければいけないという思いと、無理だろうなという諦めの予感がせめぎ合う。

真田はこうした感覚を愉しみたいと思ったし、これはエリカが与えてくれた快楽のひとつとも考えていた。ひとりでいることの空しさはない。彼女を知らない頃は、ひとりでいることが恐怖だったことを考えれば、今は充実していると自信をもって断言できる。

原宿まで小一時間で着いた。

事務所は表参道ヒルズの裏手だ。真田は肩身の狭い思いで欅《けやき》並木をひとりで歩いた。恋人がいた頃は何度か来たことがあるが、男ひとりでは滅多に訪れない場所だ。

事務所はすぐにわかった。

十代の女の子二〇人程が一列になって、コンクリートの打ちっ放しの三階建てのビルと向かい合うようにして立っている。ゴスロリ風に着飾った女の子もいれば、信じられない高さのヒールの靴を履いている女の子もいる。とにかく、皆、若い。

真田はそれを見て気づいた。モデル事務所だからてっきり、所属しているのは女性ばかりだと思っていたが、よくよく考えてみると、男性タレントや俳優も所属していたのだ。

二八歳の真田は、ひるみながらも近づいた。

ここまで来て帰るわけにはいかない。彼女たちが熱烈なファンのように、自分だってそれに負けてはいない。臆《おく》することはないし、恥ずかしがることもない。エリカと出会うためなら、この程度の恥ずかしさに負けていてどうする。自分を鼓舞して、十代の女の子の列に加わった。

冷たい視線がすぐさま飛んできた。

痛い。身がすくむ。

頬に突き刺さってくる視線が、軽蔑と不信感をはらんでいる。隣の女の子が身を縮めながら離れる。汚らわしいものを見るような眼差しだ。

「君たちも、タレントさんたちが出てくるのを待っているんだよね。ぼくは今村エリカさんのファンなんだ」

隣に立っているゴスロリスタイルの女の子に言った。馴れ馴れしさが漂わないように気をつけながら、自己弁護を織り交ぜた。

「わたしたちは、俳優のTさんを待ってるんだけど、なかなか出てこないの」

隣の女の子はTとイニシャルで言ったわけではないが、真田はその名前を知らなくて、イニシャルだけが頭に入ってきたのだ。

「君は今村エリカさんが事務所に入るところを見たかい？」

「一時間前くらいから待っているけど、彼女、見なかったな」

「そうですか、ありがとう。ところで、ここで待っている女の子たちって、みんな、友だちなのかな？」

「わたしはひとりで来たんだけど、たぶんTさんファンだと思う。だから、知らない人でもぜんぜんかまわない。ファンはつながっているわけでしょ？　だから、友だち同然」

「そうだよね、ファンはつながっているんだよね」

「でも、おじさんがTさんファンだったら、どうかな」

隣の女の子は意地悪そうな目つきで言うと、ククックと小さな笑い声を洩らした。真田は無視して微笑を湛えた。皮肉のひとつでも返したかったけれど思い止《とど》まった。そんなことをしたら、列に並べなくなりそうだったし、今村エリカについても訊けなくなるかもしれないと咄嗟《とっさ》に判断した。

十代の女の子というのは、自分が優位に立っていると感じると、寛大になるし、馴れ馴れしくもなる。意地悪そうな顔のゴスロリ少女は、二八歳の男よりも立場が上と感じたようだった。表情が柔和になり、友だちに話すような言葉遣いで声をかけてきた。

「おじさんさあ、変わってんね。わたし、一年以上ここでTを待っているけど、おじさんの年齢の男の人が来たことってないから」

「いくつになっても、ファン心理は変わらないってことですよ」

「そっか。でも、ちょっとキモ悪い」

真田はそう言われて怒るよりも、新鮮な気持になった。ネット上だとか雑誌の活字で「キモ悪い」という言葉を見かけたことがあったけれど、生で聞いたのは初めてだった。

ゴスロリ少女が首にきつく巻き付けたチョーカーを緩《ゆる》めながら、視線を送ってきた。少女は正直だ。自分の立場のほうが圧倒的に優位だという確信が、彼女の表情に滲《にじ》んでいた。

「おじさんさあ、今村エリカは来ないんじゃないかな。わたし、もう一年以上ここに通ってきているけど、彼女を見たことがないんだよね」

「へえ、そうなんだ。時間を無駄にしないで済んだよ、ありがとう」

「Tと同じ事務所のタレントのファン同士ってことで、教えてあげたんだからね。わたしが気があるなんてふうに、勘違いしないでよ、おじさん」

ゴスロリ少女は可笑《おか》しそうに言った後、あははっ、と笑い声をあげた。彼女以外にも二〇人程の少女たちが、いっせいに好奇の目を向けてきた。しかし、それが二八歳の男を笑っているのだとわかったところで、少女たちの視線は芸能事務所のドアに戻った。ゴスロリ少女を除いてだ。彼女はニヤついた顔で、口を開いた。

「おじさん、今村エリカのこと、ものすごく好きなんだ」

「大好きかな」

「だったら、秘密を教えちゃおうかな」

「何？　秘密って」

「エリカって女の秘密」

彼女はほかの少女から離れると、囁くように小声でつづけた。

「あの女ってさあ、ひどいんだよねえ」

「ちょっと待った。『あの女』っていうのは今村エリカさんのことだよね」

「だって、ひどいんだもん」

「何が？」

「Tを利用して有名になろうとしているからよ。ひどくない？　その噂が出る前はね、あの女ったら、事務所の社長と関係があるって、ずっと言われていたんだから」

「ほんとかな。そんなことがあったら、インターネットの掲示板に書かれるんじゃないかな。写真週刊誌に撮られたとしてもいいくらいのネタだと思うよ。だけどさ、掲示板にも書かれていないし、写真誌にだって載ったことがないよ」

「熱烈なファンになっちゃうと、真実が見えなくなるんだね。おじさん、真実はわたしが言ったとおりなんだから……」

「でも、それって噂なんだろう？」

「わたし、二度見てるわよ。たぶん、今日も見られるんじゃないかな」

「どういうこと？」

「たぶんね、あと三〇分もすればTが出てくるはず。先週も先々週も、今村エリカと待ち合わせしてたんだから。頭にきちゃう」

「事務所の同僚なんだから、一緒に食事したり、酒だって飲むんじゃないかな」

「西麻布のカノッサっていうお店に行ってごらんなさい。今村エリカがきっと待っているはずよ」

「どこ、それは」

「広尾ガーデンヒルズのすぐ近くにある、カフェバーのような喫茶店。あの女、目立つようにわざわざ、窓際の席で待っているんだから。計算高い、いやらしい女なのよ」

真田はそれから三分近く、ゴスロリ少女の嫉妬混じりのたわ言を聞いた。その後、カノッサという店の場所をさらに詳しく教えてもらって彼女と別れた。

2

カノッサはすぐに見つかった。

ゴスロリ少女が言ったとおり、広尾ガーデンヒルズの並木が見渡せる場所にあった。商店街から外れているからか、人通りはほとんどなかった。

歩道から窓際の席を見たが、今村エリカの姿は見当たらない。騙されたかな。少女に意地悪をされたかもしれないと思いながら、店に入った。

ジャズが流れている。トランペットが主旋律を奏でる中、緊張感に満ちたピアノの音色と腹に響いてくるベースのやわらかい音が絡んでいた。

真田は息を呑んだ。

エリカだ。

狭い店のもっとも奥の目立たないテーブルにいた。驚きは大きかった。同時に、落胆もした。エリカがこの店にいたということは、Tという俳優とつきあっているという噂が本当ということにもなる。

真田は目の端にエリカが入る位置にあるテーブル席を選んで坐った。

客はエリカと自分のふたり。カウンターに白いワイシャツに黒い蝶ネクタイをつけたマスターがいるだけだ。コーヒーを頼むと、足を組み、天井を仰ぎ見た。胸が高鳴る。もう少し、マシな恰好をしてくればよかったと後悔した。

エリカを見つめたいが、我慢する。いくら相手が芸能人だからといって、チラチラと見るのは失礼だ。かといって、堂々と見つめるわけにもいかない。

コーヒーが運ばれてきた。ひと口流し込んでみたけれど、胸の高鳴りは鎮《しず》まらない。三メートルしか離れていないところに、夢にまで見た今村エリカがひとりで坐っている。声をかけようと思えばできる距離だ。

彼女の小首を傾げるしぐさ、長い髪の毛先に触れる指の動き、視線をチラとドアに向ける眼差しまで、目に入ってくる。写真集ではわからない上品な身のこなしだ。

顔が小さい。そのために、瞳の大きさが際立って見える。軀つきも華奢だ。でも、胸の膨らみは豊かそうだ。こんな素敵な女性が愛人だったというのか？　信じられない。ここまで美しい女性は、滅多やたらにいるものじゃない。美貌だけでも、世の中を驚かせる才能といっていい。

真田は自分がどうすべきなのか迷っていた。声をかけるべきか。プライベートの時間を愉しんでいる彼女をそっとしておくべきか。

千載一遇《せんざいいちぐう》のチャンスだということはわかっている。でも、彼女の気分を害することはできない。熱烈なファンとしては、常に気分のいい情況をつくってあげたいのだ。

長崎の顔が浮かんだ。あいつならどうするだろうか。後輩に教えを乞うことになるのが癪だったけれど、彼のケータイに電話をかけた。もちろん、エリカに背を向け、電話をかけているいることを気づかれないようにだ。

「長崎か？　緊急事態だ。おれは今、小声でしか話せないところにいるから、そのつもりで聞けよ」

「どうしたんですか、先輩。ずいぶんと緊張した声じゃないですか」

「冗談を言っている情況ではないんだ。おれは今、西麻布の喫茶店にいる。客はおれともうひとりだけ。こぢんまりとした隠れ家のような店だ」

「デートでもしているんですか？　自慢のために電話をかけてきたなら、おれ、切りますからね」

「違うんだ、話を聞けって。すぐ近くに今村エリカがひとりでいるんだ。どうしようか迷っているんだよ」

「ほんとですか？」

「間違いない、彼女だ。有力情報を元に、西麻布までやってきたんだからな」

「だったら、放っておく手はないでしょう。迷う時じゃないですよ。知り合うチャンスがなくって、ツテをずっと探していたんですからね。今を逃したら、もう二度と、チャンスはありませんよ」

「そうだよな……」

「先輩が声をかけないなら、おれがこれから行きますよ。どこですか、正確な場所は」

「おまえなんかに教えられるはずがない」

「独り占めしている情況なのに、勇気が出ないんですね」

「そういうことかな」

「だめだなあ、先輩は。声をかけたからって、何がどう変わるっていうもんでもないでしょう？　おれなんかに電話しているうちに、エリカが帰っちゃったらどうするんですか。ほらほら、真田先輩。電話を切って、声をかけるんですよ」

「わかった、やってみる」

真田はケータイの通話ボタンを切った。けしかけられたおかげで、迷いが失せた。背中を押してもらった気になった。席を立とうとした。

が、浮かした腰を椅子に戻した。

エリカが泣いていた。

涙は美しかった。

滴《しずく》の粒がキラキラと輝いていた。肌理《きめ》の細かい肌を滑っていく。理知的な印象を与える薄い上くちびるが震えている。妖《あや》しさを湛えている厚い下くちびるが、泣いているにもかかわらず艶《なま》めかしい。

涙の原因などわかるはずがない。喫茶店で泣く女。それを考えただけでも尋常ではない。しかも彼女は、有名人だ。客がいくらひとりしかいないからといって、人目を気にせず泣くのは無防備すぎる。

どうしよう。勇気が萎《しぼ》んできた。このまま見なかったことにして、やり過ごしたほうがいいような気がする。こういう時、田舎者は臆病風に吹かれてしまう。都会育ちだったら、きっと、さらりと声をかけられると思う。それができないのは、人口の少ない田舎で育ったせいだ。見知らぬ他人と会話するという経験をほとんどしてこなかったからだ。

真田は勇気を振り絞って立ち上がった。

だめで元々。今ここで声をかけておけば、自分という男のことを覚えてもらえるかもしれない。サイン会などで次に会った時のためにも、声だけはかけておこう。

店の奥に進む。彼女の坐っているテーブルの前で立ち止まった。エリカはうつむいたまま、ハンカチを握り締めている。摑むと壊れてしまいそうな肩が小刻みに震えている。

一歩踏み出した。通路側にあるエリカのテーブル席の椅子に手をかけると、いっきに引いて坐った。

エリカが顔を上げた。

頰をつたう涙は今もキラキラと輝いていた。厚い潤《うる》みに覆《おお》われた大きな瞳には戸惑いと驚きの色が浮かんでいた。

「驚かせてしまって、すみません。今村さんがあまりにも辛そうだったから……。どうにかしてあげたいっていう衝動に駆られて、許しも得ずに坐ってしまいました」

エリカは救いを求めるように、チラッとマスターに視線を遣った。

ここで引き下がるわけにはいかない。真田は言葉をつづけた。自分でも信じられないくらい饒舌《じょうぜつ》だった。

「ずっとずっとファンでした。そんじょそこらのファンではありません。熱烈なファンです。ここにいるのは偶然ではなくて、表参道の事務所に行って、エリカさんが現われるかもしれないと思って待っていたんです。Tを待っていた少女が、ここにエリカさんがいることを教えてくれたんです。だからって、怖がらないでください。ぼくはストーカーではありません。エリカさんが幸せになることを心の底から願っているファンなんです……。泣いていましたね。何があったかなんて、ぼくは詮索《せんさく》しません。芸能マスコミとは無縁ですから、その点についても安心してもらってかまいません。何かをしてあげたいんです。エリカさんのために。ぼくはそのために存在していると思っているくらいですから」

エリカの緊張した表情がいくらか緩んだ。彼女はそれでも黙ったままだ。

言葉をかけてほしかった。けれども、それは無理な相談だということも承知していた。ファンということがわかっただけで、彼女には、目の前に坐った無礼な男が何者なのかわからない。そんな男に、馴れ馴れしく声をかけるはずがない。

「ぼくは今二八歳で、恋人はいません。つくろうとも思いません。ぼくにとって、エリカさんが心の恋人だからです。気持悪い男と思わないでください。エリカさんに警戒心を解いてもらおうと必死なんです」

「あなたと、どこかで会ったような気がするんですけど……」

エリカが口を開いた。

美しい声だ。軀に染み込んできた声が、細胞にまで届くようだった。幸せだ。覚えていてくれたんだ。

「銀座の本屋さんでのサイン会だと思います。握手もさせてもらいました。エリカさんがあの本の中で書いている詩、すごく気に入っています」

「ありがとうございます。そうでしたか、サイン会に並んでくれたんですか。わたし、あの時、すごく不安だったんです。ひとりも並んでいなかったらどうしようって……」

「そんなわけがありませんよ。ぼくのような熱烈なファンが、全国に何十万人もいるはずですからね」

エリカが微笑んだ。ようやくだ。さりげなく、目尻に溜まっていた涙をハンカチで拭った。気品の漂うしぐさを、真田はうっとりしながら見つめた。

距離にして約六〇センチ。こんなに間近に、彼女と向かい合える幸福を味わう。しかも、一対一だ。胸の高鳴りはつづいている。興奮しすぎて息をするのが苦しい。膝が震え、下腹部にまで響く。そのせいで、腹筋に力が入らない。軀がくの字に折れそうだ。

女性と向かい合って、ここまで興奮したことはない。

中学時代に片想いの同級生と初めて話した時よりも興奮している。大学一年の時に初体験をした時の高ぶりよりも、今のほうがずっと性的にも刺激があるように思う。

エリカは女神だ。これまでいろいろな噂を耳にしてきたけれど関係ない。そうでなければ、ここまでの興奮を味わえるわけがない。

真田は黙っていた。何を話題にしていいのかわからなかったからだ。芸能人とファンとの壁のようなものを痛切に感じた。

ひとりの女とひとりの男の関係になりたい。深い関係でなくてもいい。気軽に雑談ができる友だちの関係になれたら、どれだけ幸せか。

「熱烈なファンって、芸能人にしてみたら、気持悪くありませんか？」

「とんでもない。ファンがいてこそ、わたしは芸能界で生きられるんです。ないがしろになんてできません」

「でも、今のぼくみたいに、図々しいファンもいるわけでしょう？」

「あなたって、おかしな人。自分のことをそんなふうに卑下して……」

「ぼくがエリカさんの立場だったら、気分よくないと思うんです。見知らぬ男がいきなり、声をかけてきて、しかも同じテーブルにつくんですからね」

真田は言いながら、自分を否定するまずい方向に話を進めていると思った。でも、こんなことしか話題にできないこともわかっていたから、止めようがなかった。

「芸能人って、気の休まる時がないんじゃないですか？　エリカさんのようなとびきり目立つ美人の場合は、特にそうですよね。外出したら必ず見られるわけでしょう？」

「そんなことはないですよ。わたしのことを知らない人のほうが圧倒的に多いですからね。これからも応援してくださいね」

「席を離れたほうがいいですか？　迷惑だったらはっきりと言ってください。熱烈なファンですけど、ぼくはひとりの社会人としてもエリカさんと接したいから」

「やっぱり、あなたって面白いわ。そんなことを言ってくれた人って、初めて。えっと、お名前は……」

「真田、聡と言います。三鷹に住んでいます。仕事は、えっと……。そこまで訊かれていませんでしたね」

真田は照れ笑いを浮かべた。つられるように、エリカも口元に輝くような微笑を湛えた。ブラウスの胸元が上下に揺れ、乳房の豊かさが垣間見えた。

「この店によく来るんですか？　そうなら、ぼく、三鷹から来てみます」

「たぶん、もう、二度と来ないかな」

彼女のくちびるを見つめながら、どうして、という言葉を喉元で抑え込んだ。涙を流すことになった理由と関係があると察しがついた。わかっていながら訊くのは、無礼だ。大切な女性に、やさしさのないことは絶対にしたくない。

「どこかで、また会えますか」

「そうね……」

彼女は曖昧に応えただけで、具体的なことは何ひとつ言わなかった。

彼女の視線がドアに向いた。

Tという俳優だろうか。美形の若い男がドアに近づいてくるのが見えた。その後ろに、見覚えのあるゴスロリ少女の顔もあった。真田は約束を取りつけられないまま、慌《あわ》てて席を立った。

エリカと西麻布の喫茶店で話をしてから五日が経った。

彼女のことを思うあまりに仕事に集中できないのではないかと不安だったけれど、不思議なことにその逆で、以前よりも集中力が増していた。処理能力が上がっているのが自分でもわかるくらいだった。

エリカと再会するために、西麻布の喫茶店に通う時間がほしかった。その一心から、仕事中に怠けず、同僚との飲み会の誘いも断っていたのだ。

午後六時ちょっと前だ。

今日の仕事もほぼ終わりだ。いつもなら残業しても終わらないくらいの仕事量だったけれど、予定したとおりに片づけられた。デスクの下に置いたバッグを取り出していると、長崎が声をかけてきた。

「先輩、どうしたんですか？　最近、帰るのが早いじゃないですか」

「まあな」

「冷たいよなあ。エリカに会った時のこと、ろくに話してくれないし……。軽くあしらわれたんだろうってことは想像がつくから、深くは訊きませんけどね」

「いい出会いをしたから、ファンじゃないおまえには話したくないだけさ」

「悔し紛れに、嘘をついて……。かわいそうになってきますよ、先輩が。早いとこ、夢から醒めて、現実の世界に戻ったほうがいいと思いますよ」

「夢が現実になろうとしているんだ。こんなに愉しい時はないな。おまえの見当外れの説教を聞いてやる時間はないんだよ」

真田は立ち上がった。長崎を残して、会社を出た。

こんなに晴れやかな気分がつづいたことはない。やる気が躯中に満ちている。ひとりになっても寂しくならないし、つまらないとも思わない。誰でもいいからセックスしたいという気も起きないし、長崎を誘って風俗に行こうという発想も浮かばない。気持のすべてが、エリカに向かっている。それが晴れやかな気分になる理由だ。

今日は必ず現われる。そんな予感がしていた。エリカが表紙を飾っている雑誌の発売は毎月二八日。とすると月のはじめには撮影は終わっていると予想をつけていた。月の半ば頃なら、時間が空く。根拠はそれだけだったけれど、店に近づくにつれて、予感が現実になるという思いが強まった。

午後七時過ぎだ。

ドアを開ける。今週でもう三度目。マスターにようやく顔を覚えてもらったことが、唯一の成果だ。

深呼吸をしながら狭い店内を見渡す。エリカはいない。七席あるカウンターに、常連らしき男がいるだけだ。

　エリカが坐っていた奥のテーブルに坐った。ここに坐るたびに、彼女の体温が感じられる気がする。それだけで幸せな気分になる。真田は文庫本を取り出しながら、ビールと軽食を注文した。

　まだ早過ぎるのかもしれない。そんなことを思いながらも、夜中にひとりでは来るはずがないとも考える。文庫本に目を遣る。活字は滑り、頭に入らない。マスターに、エリカを待ち伏せしていることを悟られないためだけに、活字を追う。

　ビールを飲み干し、食事を終えた。ゆっくりと時間を遣ったおかげで、一時間近くが経った。さすがに、ひとりでいることが苦痛になりかけていた。その時だ。

　ドアが開いた。

　まばゆいばかりの光に包まれた女性が現われた。

　エリカだ。

　店内を見渡すような眼差しはなかった。ただ、奥のテーブルが埋まっているのを確かめたのだけはわかった。

　隣のテーブルに坐った。ワンピース姿だ。つばの広い帽子をかぶっていたが、席についたところでそれを取った。長い髪が揺れ、甘い香りが漂った。

　有名人特有のオーラが放たれている。彼女が愛人をしていたとか、ＡＶに出演したとはとても考えられない。真田はＤＶＤに映った彼女の裸体を想い浮かべたが、隣に坐っている彼女と同一人物とは思えなかった。

「こんばんは」

真田は思い切って声をかけた。席についてすぐのほうがいいと思った。時間が経ってからでは難しくなる。

エリカは戸惑った表情を浮かべながら、視線を絡ませてきた。頭の中の友人リストを引っ張り出しているのが、手に取るようにわかる。顔と名前が一致するはずがない。戸惑いの表情に警戒心が加わっていく。真田はにこやかな顔で、言葉をつづけた。

「一週間前にここでお会いしました」

「覚えています……。だけど、偶然ですか？　それとも、待ち伏せしていたんですか？」

「正直言うと、待っていました。今日で三度目です。きっと会えると思って通っていたんです。気味悪く思わないでください」

「正直な人なんですね、確か、名前は……」

「真田です」

「そうそう。真田さんだったわ。真田幸村《ゆきむら》の真田だって思ったから」

「待ち合わせですか」

「さあ、どうかな」

エリカの顔に、薄らいでいた警戒心がまた浮かび上がった。まずい。彼女のプライベートの領域に踏み込んでしまったようだ。二度目ということもあって気が緩んだ。彼女とは、ファンと芸能人としての関係なのだ。残念だけれど、自分からそれを乗り越えることはできない。彼女が許してくれるかどうかにかかっている。

「わたしのことを追っかけていて、真田さんは愉しい？」

彼女の思いがけない問いかけに、真田は驚いた。心の距離が縮まった証拠だ。

「そりゃあ、愉しいですよ。ぼくの生き甲斐なんですからね」

「追っかけをすることが生き甲斐なの？　それだけ？」

「言葉がきついですね、『それだけ』だなんて」

「ごめんなさい。熱心なファンの気持がわからなくて……」

「熱烈なファンならいっぱいいるでしょう、今をときめく今村エリカなんですから」

「そんなことはないわよ。雑誌ではちょっと売れているけど、芸能界では吹けば飛ぶような存在なんだから」

「厳しい世界なんですね」

「才能がないとやっていけないってことが、よくわかるわ。モデルのように笑ってポーズをつけていればいいってわけじゃないから……」

「それだって、美しさという才能がないとやっていけない世界でしょう？」

「この顔と軀は、わたしの才能というより、親が与えてくれたものだわ。自分で才能を見つけて培っていかないと、ほんとに消えてなくなっちゃうわ」

「大丈夫です。熱烈なファンがついているんですから」

「ファンでいるだけなんて、つまらないんじゃないかな。わたしだったら、もっと積極的に行動するけど？」

「こうして話をさせてもらっていると、ファンでいるだけでは物足りなくなりそうです。でも、これだけでも十分、幸せを感じています」

「欲がないのかな」

「芸能界で登っていこうとする人からすると、ごく普通のサラリーマンの欲なんて、小さなものに見えるかもしれませんね」

「ごめんなさい。そういうつもりで言ったわけじゃないの。欲があるのに、それをわたしの前だからってことで隠しているのかなって思ったの」

「たぶん、そうでしょうね」

「わたし、欲を隠す人は好きじゃないんだ。心を隠しているのと同じでしょう？　そんな人と話していてもつまらない。友だちにもなれないかな」

「サラリーマンの世界は、欲を隠していないと生きにくいんです。出る杭《くい》は打たれる。芸能界もそうでしょうけど……」

真田は言いながら、情けなくなっていた。欲を剥《む》き出しにしてエリカと話したいと願っていたのに、それができなかった。彼女に嫌われたくないという思いがあったからだ。それも、長年のサラリーマン生活で染み込んだいやらしい根性によるものだった。

「飲みに行きたいかな」

ようやくそれだけ言えた。

「飲むだけ？」

「すごいなあ、エリカさんは」

「何が？」

「意味深なことを言われると、いろいろなことを想像しちゃいますよ。熱烈なファンですけど、男でもあるわけだし」

「わたし、ファンなんかと一緒に飲みたくない。飲みたいのは男とだけ」

彼女はごく当たり前のように表情を変えずに言った。

「本当のことを言うと、男として認めてくれるなら、一緒に飲みたいですよ。だけど、それを決めるのはぼくじゃない。決定権はエリカさんにあるんですからね」

「だったら、真田さんは今からファンを卒業して男になること。いいこと、わかった？」

「うれしい、と素直に言うのが正しいんでしょうかね」

「好きなように思っていいんじゃない？」

「エリカさんもうれしいと感じてくれるのがうれしいかな。そうすれば、ぼくとあなたは対等になれるわけだから」

真田は心のもやもやを払うかのように言った。ファンと芸能人。ファンのほうが年上だとしても、芸能人のほうが立場が上だ。それが拭えない限り、芸能人とファンという関係を変えられないと思ったのだ。

「うれしいかどうか、今はよくわからないかな」

エリカは満面に笑みを浮かべた。

輝いている。雑誌のグラビアでも、アダルトビデオでも観たことのない笑顔だ。真田は幸せな気持になって、彼女を見つめつづけた。

第四章　立身出世

1

夜八時半過ぎ。

真田は後輩の長崎と並んで、会議室の大きなテーブルについている。ちょうど夕食の弁当を食べ終えたところだ。箸を置き、ペットボトルのお茶を口元に運ぶ。長崎はのんびりと箸を動かしている。残業時間を稼ごうとしているかのようだ。

「先輩、この前のことですけど、訊いてもいいですか」

「何の話？」

「エリカがいるって電話をかけてきたじゃないですか。どうなったんですか？　すっごく気になってるんですよ。あの後、エリカに話しかけるきっかけをつくったんですか？」

長崎は好奇心をあらわにした眼差しで見つめてきた。真田は小首を傾げ、曖昧な笑みを浮かべるにとどめた。

　今村エリカに誘われたあの日。最高の日であり、最低の日でもあった。行きつけのバーに連れていってもらったまではよかった。でも、その後が最悪の連続だった。彼女の顔見知りが何人もいたためだ。テレビ番組の制作をしているらしき人もいれば、いかにも映画関係者とわかる人物もいた。彼らに、一般人と一緒にいるところを見られたくなかったのだろう。ふたりで店に入ったのに、エリカに相手をしてもらえなかった。男としての自尊心だとか自負心といったものが、あっさりと打ち砕かれたようなのだ。

「秘密なんですか？　怪しいなあ。まさか、最後の一線を越えちゃったんじゃないでしょうね。そうでしょう、きっと」

「バカ言うなって。あるわけがない。そんなことをしたら、大スキャンダルだ」

「先輩にとって、ですか？」

「バカか、おまえは。芸能人っていうのは、売れることを常に考えている人種なんだぞ。エリカはそのために、いろいろな経験をしてきた。ようやく、全国レベルで売れるようになってきたところで、おれみたいな一般人と、親密な関係になるわけがない」

「ということは、当然、話しかけられなかったわけですね」

　真田はまた曖昧な微笑を口元に湛えた。エリカと飲んだことを打ち明けたかったけれど、親しくなったわけではないから、真田は口にするのを我慢した。自慢になるどころか、逆に、バカにされかねない。意気地なしの男、チャンスをものにできない男と、口の悪い長崎に言われそうな気がした。

「先輩、本当なんですか？　何かあった気がしてならないんですよ。まさか、ぼくがエリカファンだから、秘密にしておこうっていうつもりじゃないでしょうね」

「おまえさあ、調子がよすぎるぞ。エリカのファンをやめたんじゃないか？」

「親しくなるチャンスがあるんなら、もう一度、ファンに返り咲いてもいいかな」

「お気楽なこった」

「エリカを独り占めされたくないなあ」

「そういうことがあれば、人生、楽しくなるんだけど……。やっぱさあ、一般人と芸能人とは違うんだよな」

「違いがわかったということは、彼女と接触できたからですか？」

「そうじゃないって。あの日、結局、話しかけられなかった。知り合いのプロデューサーが来て、楽しそうに話してたよ。一般人の出る幕なんてなかった」

「プロデューサーか。ははあ、いわゆる業界人っていうやつですね。先輩、それで打ちのめされちゃったのかあ……」

長崎はうれしそうな表情で言った。癪に障ったけれど、そのとおりだったから、言葉を返せなかった。打ちのめされたのだ。そのショックは、二週間経った今も薄らいでいない。

真田は壁掛けの時計に視線を送った。

午後九時ちょっと前。あと一時間程度頑張れば今日の仕事は片づけられるだろう。

もう一度、エリカと会うために西麻布の喫茶店に行ってみようか。

長崎が乱暴に箸を置いた。一本の箸が床に落ちた。

その時だ。真田は胸元に手を伸ばした。ケータイが震えていた。

長崎が屈《かが》みこんで箸を拾う。真田は液晶画面に目を遣る。０９０からはじまる見知らぬ番号。誰かわからないが、恐る恐る通話ボタンを押した。

「もしもし」

真田は息を呑んだ。

エリカだった。咄嗟に席を立ち、廊下に出た。

彼女からまさか電話がかかってくるとは。二週間前、一緒に酒を飲んだ時のことが甦る。

プロデューサーといる時に見せた笑顔、豊かな乳房の輪郭、細い足、キラキラと輝く瞳……。

ＡＶに出演していたとしても、三人もの男の愛人になっていたことも、財布を盗んでいたとしても、彼女はやっぱり理想の女性だ。

「真田さん、のケータイ、ですか？」

不安げな声が耳に届いた。やはり、エリカだ。じわりと喜びが胸に拡がる。左右を見る。

人影はなかったが、真田はそれでも非常階段のドアを開け、そこの踊り場に入った。

「エリカさん、ですね」

「この前は、相手ができなくなっちゃってごめんなさい」

「いいんです……。理解しているつもりですから、芸能界の人のことは」

「今、暇なの。この前のおわびに、今度こそ、飲まない？」

「この前、エリカさんは『ファンとは飲まない。飲むのは男とだけ』って言っていましたけど……。ぼくで、いいんですか」

「わたし、そんなこと言った？」

「ええ、まあ」

真田は言葉を濁《にご》した。彼女からの誘いなのだ。先日のことなど忘れて、オーケーしよう。自分のことを男として見てくれているかどうかなんてことは、今はどうでもいいことだ。

「今、どちらなんですか」

「あなたと一緒に行った広尾のバー。来られる？　ひとりでいるから、早く来て」

「わかりました。あと、どのくらいそこにいるんでしょうか」

真田はためらいがちに訊いた。残業のことが頭を掠めたが、そんなことをエリカに言っても理解されないと思った。

「三〇分から四五分っていうところかしら」

「間に合うように、頑張りますよ。今、会社ですから」

彼女のために、とにかく、行こう。仕事は家に持ち帰って徹夜でやればいい。酒を飲んだとしても、朝早く起きれば済むことだ。真田は自分のデスクに向かった。長崎が後ろをついてきて、背中に声を投げてきた。

「誰からの電話だったんですか？」

「ちょっと急用ができた。今日は仕事はおしまいだ」

「顔色が真っ青です。悪い報《しら》せだったんですか」

「それって見当違い。飛び上がって、踊り出したい気分だ」

「まさか、エリカからだったんじゃないでしょうね……。そんなことはないか。あっちは有名な超美人モデルで、こっちはしがないサラリーマンなんだからなあ」

「バカだな、長崎は。サラリーマンには無限の可能性があるんだ。おれがその代表ってことだな」

真田は胸を張った。エリカから電話をもらったことで、今まで感じたことのない自信が全身に満ちていた。自宅で仕事ができるように書類をすべて鞄《かばん》に入れたところで、もう一度、長崎に向かって言った。

「大番狂わせがあるかもしれないぞ」

真田はオフィスを出た。

足取りが軽かった。理想の女性が自分を待ってくれている。ひと回り、男としての自分が大きくなった気がした。

　エリカの指定したバーは、広尾というよりも麻布十番に近い。

　こぢんまりとした地下一階の店は、二〇人の客が入るかどうかの広さしかない。狭いのがいいのか、薄暗いのがいいのか。真田にはなぜ、ここに芸能人や業界人が集まるのかわからない。

　タクシーに乗ったおかげで、会社から三五分で着くことができた。エリカは店の奥のテーブル席にうつむいて坐っていた。

　彼女には常にオーラがある。店がどんなに暗くても、彼女の周りだけは明るく輝いているのだ。華奢な体型なのに、やけに大きく見える。彼女の存在は際立っていた。

「待たせて、すみません」

　真田は席につくなり、心にもない言葉を口にした。想定した時間内に到着したとわかっていたが、サラリーマンならばそう言うのが当然だからだ。

「もっと早く来ると思ってたのに……。わたし、もう三杯目を頼んじゃっているのよ」

「じゃ、ぼくも。駆けつけ三杯って、言いますからね」

　真田は言った後、自分がサラリーマン臭さを丸出しにしている気がして恥ずかしくなった。

　目の前に坐っているのは売れっ子モデルなのだ。サラリーマンの貧乏臭さを彼女に感じさせるのは禁物だ。

マスターがおしぼりとメニューを運んできた。おしぼりを握った時、真田は額を拭おうとしている自分に気づいて、咄嗟にテーブルに戻した。

三杯目のカシスソーダも、彼女は飲み干した。次にジントニックを頼み、短い間にそれも飲んでしまった。

会話はまったく弾まなかった。真田は頭をひねって話題を探したが、彼女にとって面白そうなものが何なのか、見当がつかなかった。エリカは飲みつづけている。ひとりでいるかのように。そんな彼女を眺めているしかなかった。

沈黙の重さに耐えられなくなり、真田はテレビ番組のことを話そうとした。が、何とか思い止まった。タレントは過剰なくらいの自意識の持ち主だから、自分の出てない番組のことなど話題にしたくないはずだった。サッカーの日本代表のことも考えたが、男同士ならまだしも、エリカと話すことでもないと思って口にしなかった。

「エリカさんって、強いんですね」

彼女が五杯目を頼むのを見て、真田はようやく話題を見つけられたと思った。当たり障りはないが、これならいける。彼女は頬を赤く染めながら、すぐに応えた。

「弱かったんだけど、いつの間にか、強くなっちゃったみたいね。芸能人って、強いかまるきりの下戸《げこ》か、どっちかっていう人が多いみたいよ」

「飲む機会が多いからでしょうか」

「いつも大きなストレスを抱えているから、飲まずにはいられなくなるんじゃないかしら。アルコール依存症になってもおかしくないっていう同業の人は多いわよ」

「エリカさんだけは、そんなふうにならないでください。ファンが悲しみますから」

「ファンのことを考えて、飲むのを止めるなんてできないわよ」

「だったら、ぼくが悲しみます、ではダメでしょうか」

「あなたが？」

「ぼくがどれだけ真剣にエリカさんのことを考えているか、わかっていないんでしょうね。もしエリカさんが病気になったら、つきっきりで治そうとすると思います。あっ、もちろん、つきっきりでいることが許されたらの話ですけど」

「ありがと……。わたしみたいな、ちっぽけな存在の女に、そこまで言ってくれるなんて」

「当然です。本当に大好きなんですから」

真田は顔がカッと火照《ほて》るのを感じた。

初めての告白だ。ずっと言えなかったが、こんなにもすんなりと言えたことに驚いた。心が軽くなり晴れやかになった。

次の瞬間、エリカに変化が起きた。

大きな目が潤みはじめたと思ったら、大粒の涙がこぼれ落ちた。

悲しみの涙だ。ひと目でわかった。

あまりの美しさに、言葉を失った。泣いているとわかっていながら、その美しさに見とれてしまった。

華奢な肩が震える。小さくしゃくりあげるたびに、乳房がつくる谷間が、広がったり狭まったりを繰り返す。長い髪に隠れていたピアスの輝きが垣間見えた。ダイヤだ。ガラスではない。本物の輝きだったけれど、涙の滴のほうがずっと美しい輝きを放っている。

女の涙は手ごわい。芸能人ならば、なおさらだ。

よっぽどのことがあったのだろうか。それとも単に、泣き上戸《じょうご》なのか。感情の起伏が大きい性格かもしれない。彼女にとって、泣くことは特別なことではないとも考えられる。

「ごめんね、ファンのあなたにみっともない姿を見せちゃって……。幻滅したでしょう？」

「気にしないでください。涙もひとつの夢だと思います」

「ふたりっきりの時に泣くなんて……。わたしって、弱いなあ」

「弱いのが当たり前だと思います。誰だって弱い。それを我慢して生きているんじゃないですか？」

「そんなことはわかってる。それなのに、我慢できなかったんだから……。最低。ああっ、自己嫌悪に陥《おちい》っちゃう」

「心を許せる相手に流す涙なら、問題ないんじゃないですか。会ったのは三回目ですけど、エリカさんはぼくのことを信用してくれたんだと思います」

手前みそな言い方だとわかっていながら、真田は言ってしまった。否定されたら困ると思ったが、彼女はうつむいたまま涙を拭いているだけだった。

ほかの客が入ってきても、彼女は視線を入口のほうに遣らない。それが好ましい。ふたりきりの世界の中にいてくれる彼女への愛しさが増していく。

「ぼくに話してくれませんか」

真田はやさしい口調で言った。こういう時は聞き役に徹するべきなのだ。彼女との年齢差は三歳しかない。いくら年上だからといって、人生訓を垂れないようにしないと。彼女はきっと、心に負った辛さに耐えかねて、涙を流している。弱くなった心を支えるのに必要なことは、聞くことだ。気の利いたセリフを言うことでも、諭すことでもない。

「わたし、ここにはいたくない。どこかに、連れてってくれないかしら。業界人が多いから、誰に見られるかわからないし……」

「どういうところが、いいんですか」

「気がねしないで済むところなら、わたし、どこだっていい」

「ふたりっきりになれる場所ですね……。ということは、カラオケボックスとか、個室風の飲み屋とか？」

「静かなところのほうがいい」

真田は息を詰めた。心臓の鼓動が速くなり、軀が火照った。誘われているのか？　ほんの一瞬、いかがわしいことを考えたが、すぐに頭の中から追い払った。

「ホテルとかでも、いいってことですか」

「うん……」

彼女は顔をあげずに、こくりとうなずいた。涙は相変わらず流れているようだ。頰をつたう条《すじ》が増えている。マスカラが溶け出していて、キラキラと輝いていた条が黒ずんだものに変わっている。

「ホテルにするとしたら、別々に入ったほうがいいですよね、きっと。写真週刊誌に撮られちゃう危険性があるでしょう？」

「ごめんなさい……。一般の人なのに、そんなことまで気を遣わせちゃって」

「こういう時、一般人は気軽でいいですよね。どこに行こうが、どんなことをしようが、誰の目も気にする必要がないですからね」

エリカは周囲をチラと見てからためらいがちにすすり泣きはじめた。どこかのホテルを予約しよう。ここにいたら、このことが噂になりかねない。彼女のためにも、店を早く出よう。

真田はケータイを取り出して、新宿のシティホテルの予約番号に電話をかけた。

ホテルの窓から新宿のネオンが見下ろせる。

真田は捨てゼリフのように長崎に言った「大番狂わせがあるかもしれないぞ」という言葉を、胸の裡で何度も反芻《はんすう》していた。

残業を途中で切り上げてから、まだ二時間しか経っていない。それなのに自分は今、シティホテルの部屋に、今村エリカとふたりきりでいるのだ。これが大番狂わせでなかったとしたら、ほかにどんなことがあるのか。

真田は奮発した。部屋はジュニアスイート。こんなに金をかけるのは、一年に一回あるかないかだ。少しも惜しくはない。エリカに金をかけるのは当然だ。たとえ、インスタントラーメンを食べてしのがなければいけないとしてもかまわない。

彼女は今、バスルームにいる。五分以上は経っているだろうか。部屋は広いし、バスルームに近づかないようにしているから、何をしているのかわからない。

真田は気が気ではなかった。

彼女は芸能人で、しかも、売れっ子モデルなのだ。ドアを開くなり、帰ってしまうかもしれない。まさか、自殺しているのでは？　バスルームから、彼女の気配が伝わってこないせいで、ついつい悪いことを考えてしまう。ドアをノックしたほうがいいだろうか。いや、まずい。そんなことをして機嫌を損ねたくない。

アイデアを思いついた。

ケータイだ。部屋を見回し、バッグがないことを確認した。ケータイをかけた。

「はい……」

ぶすっとした不機嫌な声が響いた。真田は気後れするのを感じながらも、朗らかな声で応えた。こういう場合、不快感や警戒心をあらわにした声をあげてはいけない。それは営業マン生活で培《つちか》った知恵だ。

「大丈夫ですか？　倒れているんじゃないかって心配になって電話してみました」

「気分が悪くなっちゃったの。もうちょっと、ひとりでいさせてくれないかしら。こんなひどい顔、見せられないわ、絶対に」

エリカはそれだけ言って、電話を切った。

今をときめく売れっ子なのに、悩みがあるのか……。

真田は不思議に感じた。誰にだって悩みはあって当然だけれど、彼女の場合、全国区になりかけているスターだ。サラリーマンとは比べようもないくらい稼ぎだっていいはずだ。悩んでいるとしたら、それは贅沢というものだ。

腕時計に視線を落とした。午前零時を過ぎたところだ。

かれこれ一五分は入ったままだったろうか。

ドアが開いた。ようやくだ。

「大丈夫？」

真田は努めて朗らかな表情をつくりながら、彼女をソファに坐らせた。

顔色は悪い。真っ青だ。わずかに酸っぱい臭いがして、バーで飲んだものをもどしたのだと察しがついた。真田はホッとした。本当に酔ってしまった。それが理由だ。部屋に来たことを悔やんでバスルームにこもったのではなかったわけだ。

「横になったらどうですか」

「もう平気よ」

「ぼくのことを警戒しているなら、心配しないでください。大切なエリカさんにいかがわしいことは絶対にしませんから」

「そんなこと、言っていないけど……」

エリカは額に手を当てると、小さく咳払いをひとつした。青ざめていた顔に少しずつ赤みが戻ってくる。グラビアで見ているいつもの艶《あで》やかな眼差しになってくる。酔いが醒めてきたらしい。

「わたし、酔うとちょっと変になっちゃうのよ。ごめんなさいね、みっともないところを見せちゃって」

「変になっちゃうって……」

「泣いたでしょう？　すごく悲しいことがあったから泣いたはずなのに、さっき鏡を見ていて、何のせいで泣いたのか、思い出せなかったの」

「昨日の夜は、ショックなことがあったせいで寝られなかったんですよね。バーにいる時、そんなことを言ってました」

「ショックなことはあったけど、大したことではなかったかな。すっごくやりたいと思っていた舞台のオーディションに落ちちゃっただけ」

「残念でしたね」

「オーディションで落ちるなんてことは、日常茶飯事なの。今は雑誌の表紙に載っているけど、売れない時って、ひどいものだったわ。連続三二回。わたしの落ちた記録だけど、事務所の記録でもあるんですって」

「エリカさんにも、苦労していた時期があったんですね」

真田はうなずきながら、チラッと、ＡＶに出演する時にもオーディションがあったのかなと思ったり、愛人になる時はやっぱりセックスしてから決めるのかなと想像した。もちろん、そんなことを考えても、彼女が穢れているとは感じない。誰にだって下積みはある。それがエリカの場合、性的なものだっただけだ。

でも、そんなふうに思うのは、ファンの立場で考えているからだ。

もしもだ。ここからは仮定の話だ。

彼女の恋人になったとしよう。その立場で考えた時、はたして、過去の行状を許せるだろうか……。

2

エリカを許せるか……。

エリカを目の前にして、もう一度自問した。

彼女はかつて愛人生活を送っていた女だし、ＡＶに出演して見ず知らずの男と絡んだ女なのだ。演技であっても陰茎をくわえ、よがり声をあげ、男の白い樹液を顔で受け止め、おいしそうに舌で拭い、飲み込んだ。いくら今は有名モデルでありタレントだとしても、そうした過去は変わらない。自分の記憶から抹消もできない。

やっぱり、許せないかもしれない……。そんな答に行き着いたところで、真田は少しばかり落胆した。無条件にエリカを愛することができない自分にだ。

しかし、そこでハッとなった。

傲慢《ごうまん》という言葉が思い浮かんだ。

許せるとか許せないとかというのは、自分が上の立場から見ているからこその発想だ。

そんなに自分が偉いか？　穢れていないとでもいうのか？　サラリーマンとして働いているだけの男に、彼女を批判することができるのか？　彼女は有名になろうと努力しただけじゃないか？　そのやり方が少々えげつなかっただけと考えるのが妥当ではないか？

エリカが立ち上がった。青白い顔に笑みを浮かべながら廊下に向かった。後ろ姿が美しい。屈みこんだことでお尻の輪郭がくっきりと浮かび上がった。女性誌のグラビアで見る以上に魅惑に満ちていた。ワンピースの裾が揺れる。細いふくらはぎ、アキレス腱のくびれ、一〇センチ近いヒール、目の細かいストッキングの濡れたような輝き。それらすべてがいい女であることを主張しているようだった。

過去にこだわってはいけない。真田は自分の惑いを戒めた。この美しさを見たら、過去にこだわる必要などないではないか。大切なのは、今ここにいるエリカであって、彼女の過去ではない。

今のこの幸せな情況を愉しむべきじゃないのか？　真田は彼女に気づかれないように、自分への問いかけにうなずいてみた。納得した気持が心に染み込んでいく。雑誌やテレビ、ビデオといったマスの媒体でしか見られなかった雲の上の存在だった彼女と、今こうしてふたりきりでホテルの部屋にいられる。この幸せだけを考えるべきなのだ。

「ビール、飲みたくなったの。いいわよね、真田さん」

「いいけど、大丈夫ですか？　酔って泣かれて、バスルームにまた引きこもられたら、ぼくも辛いな」

「あなたに迷惑かけたりしないから気にしないで。飲みたくなったら飲む。それがわたしのストレスを溜めないコツなんだから」

エリカが缶ビールとグラスを持ってソファに戻った。

ビールを注ぐ。もちろん、ふたり分のグラスに。手慣れているのはキャバ嬢をやっていた経歴があるからか？　エリカの過去にこだわってしまうと、彼女の表情やしぐさに、モデルやキャバ嬢やＡＶ女優や愛人だったことが見て取れそうな気がした。

細い指の先にラメをまぶした長い爪に見とれた。粒の細かい白い泡がグラスから溢れそうになるところで、彼女の手が止まった。

「あなたって面白いわね。今まであんまり出会ったことのないタイプの男性よ」

「面白い？　どんなふうに？」

「空気のような存在。邪魔にならない存在。一緒にいてくつろげる男の人って、わたしにとっては貴重なのよ。だからたぶん、ホテルに来たんだと思うの。誰とでもホテルに来るなんて勘違いしないでね。わたしはそんな安っぽい女じゃありませんから」

「もちろん、わかっています」

エリカが微笑んだ。青白かった顔がようやく桜色に変わった。いい女が放つオーラに、売れっ子モデルのオーラが加わった。近寄り難くなりそうだった。親しみのこもった微笑がなかったら、彼女を見つめていられなかっただろう。

「熱烈なファンということは、わたしのこと、いろいろと知っているんでしょう？」

ソファの背もたれにしなだれかかるように寄りかかった。

肌の輝きが強まっている。茶色がかった瞳が放つ光。妖しい眼差し。男を誘うような意味合いが含まれているようだった。陰茎が反応しそうになった。真田はそれを察して腹筋に力を入れて堪《こら》えた。

「雑誌や本に書かれているプロフィールしか知りません。詳しく知りたいんですけど、どこにも載っていないんですよね」

「何を知りたいの？」

「エリカさんのすべてです」

「過去ということ？」

「正直言って、過去なんか気になりません。今、どういう気持でいるのかとか、ぼくのことをどう思っているのかとか、これから先、どんな関わり方ができるかといったことを知りたいんです」

「ファンを超えたいということ？」

「もう十分に超えていると思います。単なるファンだったら、ふたりきりになるなんてことはできませんから。でも、満足していません」

「そう？　なぜ？」

「もっと親しくなりたいんです……」

真田は口ごもった。言わずに我慢していた本音を言ったと思った。緊張してうつむくと、彼女を上目遣いで見つめた。

「ファンと思われたくないのね、真田さんは。友だちになりたいの？　そうなんでしょう？」

「友だちで満足するかどうかわかりませんけど、とにかく、ファンを超えたいんです」

「どうすれば、超えられるの？」

「親しくなったという実感です、たぶん。それを味わいたいんです」

彼女は大げさにうなずいた後、グラスに残ったビールを飲み干した。頰に赤みが戻っている。瞳の輝きも増している。まばたきをするたびに、艶やかになっていく。有名人のオーラと女の妖艶《ようえん》さが絡み合っている。それがベールのように、彼女を覆う。

鳥肌が立った。腕にも背中にも。女性を見て、こんなふうになったのは初めてだ。軽々しく、好きだとか、ファンを超えたいなどと言ったのはおこがましい気がした。

「実感かあ。それって大切だって、わたしも思うわよ。それがないと、欲求不満になっちゃうものね。真田さん、欲求不満？」

「ほぼ満足しています」

「ほぼ、かあ……」

エリカが距離を詰めながら呟いた。グラスを置く。膝がわずかに開いた。ワンピースの裾がめくれ上がる。膝上五センチくらい。細い太もも。ストッキングの網目がふくらはぎのあたりと比べていくらか広がっている。

注意深く観察していたわけではない。生身のエリカのすべてを目に焼き付けておきたいという強い思いのおかげだ。

グラス一杯のビールで頬の赤みがいっきに濃くなった。

眼差しの妖しさが深みを増している。この様子なら、抱きしめても拒まれることはなさそうだとチラと考えたが、試して嫌がられたら、二度と会えなくなるという悪い結論がすぐに出た。会えなくなるくらいなら、抱擁は我慢しよう。それにエリカが喜ばないことをするのも本意ではない。

「ほぼなんて言われると、わたし、悲しくなっちゃうじゃない」

「すみません。欲張りだから、ついつい、そんな言い方をしちゃいました。十分に満足しています。これならいいですか」

「ほぼっていうのが、正直な気持なんでしょう？　だから、いや、言い直しても」

「困らせないでください、エリカさん」

「あなたに満足してほしいの。ひとりの人をろくに満足させられないのに、日本中の人を喜ばせるなんてことはできないもの」

見上げた根性だ。美しい顔に似合わず、負けず嫌いらしい。そうでなかったら、芸能界でやっていけないのだろう。

エリカが上体を起こした。時間が経つにつれて、瞳の妖しい輝きが部屋全体にまで拡がっていた。真田は淫靡《いんび》な雰囲気に吞み込まれそうだった。彼女も初対面に近い男とふたりきりでいることに慣れてきたらしく、時折、肩をぶつけてきたりした。

「真田さんって、見た目以上にがっちりしているのね。鍛えているの？」

「スポーツクラブに時々、行く程度ですよ。中学、高校って、テニスをやって軀を絞った名残があるんだと思います」

「テニス、やってみたいな。高校の時の授業でやったのが最後かな」

「教えてあげますよ。ぼくはこれでも、県大会のベスト一六に入ったくらいだから」

全国大会と言えないのが悲しいところだったが、それでも真田にとっては自慢だった。テニスなら負けない。五年はラケットを握っていないけれど、教えることはできる。

「すごい。わたし、初めてよ、テニスが上手な男の人に出会ったのって」

「たくさんいるはずだけどな。きっと、言わないだけですよ。エリカさんが、訊かなかったからじゃないですか」

「訊けるような雰囲気になったことがないから……」

彼女の腕がゆっくりと伸びてきた。真田は何をされるのかと身構えていると、二の腕に触れてきた。上腕二頭筋の発達ぶりを確かめるかのように、指を押し込んできた。

指先が二の腕から肩口に這《は》い上がった。

妖しさが増幅されたただならぬ空気。絡み合う視線。エリカに触ってもらっている。うれしさに心が躍動する。静かに呼吸するのが苦しい。

「満足してもらいたいから……」

彼女は囁くように言うと、顔を寄せてきた。美しい顔がいっきに五センチ程の距離で目に入った。頬を重ねようとしている？　軽い抱擁？

真田の予想を超えていた。

彼女の顔がさらに近づき、鼻息が吹きかかってきた。

くちびるが重なった。

キスだ。今村エリカがキスをしてくれた。

思考が一瞬にして激しく渦を巻いた。咄嗟のことだったから、喜びよりも、驚きのほうが強い。性欲も湧きあがってこない。

舌を差し入れる。性欲に突き動かされたのではない。反射的なものだ。女性経験はさほど多くはないけれど、くちびるを重ねたら舌を入れるのは当然だった。

美貌の芸能人と舌を絡める。湿った鼻息が頬に当たる。香水の匂い。唾液が甘い。ビールを飲んだ直後なのに、その味もしない。彼女の軀から滲み出てきている甘さなのだ。男の欲望を駆り立てる甘い味と匂い。そんなものがあったなんて。

右手を背中から離す。脇腹から乳房の下辺に向かって滑らせる。ワンピースがずれて皺《しわ》が生まれる。ブラジャーのワイヤーを指先で感じる。たっぷりとした重量感のある乳房だ。アダルトビデオで観た時の乳房よりも、今のほうが大きい。人工物とは思えない。男の欲望を満足させる豊かさであることは間違いない。

ブラジャーのカップをてのひらで包み込んだ。レースのかすかな感触が指先に伝わってきた。性欲が呼び起こされる。陰茎がむくむくと立ち上がる。彼女の舌を吸う。冷静さが戻ってきた。激しいキスをつづける。くちゃくちゃという粘っこい音を意識的にあげる。姑息《こそく》かもしれないけれど、彼女の注意を逸らして乳房への愛撫を拒まれないようにするためだ。

指先に力を入れる。ブラジャーのカップが凹《くぼ》む。乳房のやわらかみも確かに感じる。エリカの肉体だ。何度も夢想した乳房。それが今、現実となっている。

幸せだ。東京に出てきて一〇年。初めてといっていいくらいの幸福感だ。就職が決まった時よりも、童貞を捨てた時よりも、愛しているという言葉を初めて口にした時よりも、今のこの瞬間のほうが充実感がみなぎっている。

「エリカさん、大好きです」

くちびるを離すと、真田はすぐさま囁いた。好きという言葉が返ってはこないとわかったうえでだ。期待などできるはずがなかった。キスをしたのは芸能人の気紛れにすぎないと思い込もうとした。

「わたし、酔っちゃったみたい。でも、今のキスのこと、酔いのせいにしないから。真田さんのことが気に入ったから、したんだから」

「ほんとに？　どこにでもいるサラリーマンのぼくを？」

「肩書きなんて関係ないわ」

「そう言ってもらえると、自信を持てます」

「いいわよ、持っても」

「本気にしそうです」

「わたしこれまでたくさんの偉い人に会ったけど、ほとんどが卑しい人ばっかりだった。がっかりするくらい。モデルの女を抱きたい。考えていることといったら、それしかないの」

「いるだろうな、そういう人は。金があれば何でもできるって思っているんだな」

「モデルを連れて歩きたいとか、芸能人を抱けるとか、そういうことだけを考えて、食事に誘うのよ。いやになるわ」

「エリカさんにはわかるんですね、そういうことが」

「いやでも感じちゃうわ。気づかないようにして愛想笑いをつくるんだけど、顔がひきつるし、会話もぎこちなくなるのよね」

　エリカの言おうとしている意味は理解できた。しかし、納得はできない。著名人や企業の経営者からの食事の誘いに応じるのは、さらに有名になるための手段のはずだ。愛人になったことやＡＶに出演した過去を考えれば、卑しいと言って忌み嫌うことはできないではないか？　しかし真田は、胸の裡に巡っていることとは正反対の言葉を投げかけた。

「自分のことを大切にしているんですね、エリカさんは」

「ほんとはね、そんなふうに偉そうなことは言えないの」

「何言ってるんですか。素直な気持だと思います。誰だって、いやになりますよ」

「そうね、たぶん」

彼女は声を落とした。けれどもすぐに微笑を口元に湛えた。暗くなりかけた雰囲気が戻った。それも美人の微笑の威力だ。

「わたしはこれまで、他人様《ひとさま》に言えないことをたくさんやってきたけど、すべて自分で納得してやったことよ。偉い人って、女の気持がわかっていないの。納得したとかしないなんて関係なし。金をちらつかせれば、なびくとでも思っているの。それがいやだったの」

「金で心は買えない。そんな当然のことが、偉くなった人なのにわからないなんて……」

「多いわよ、そういう人って」

彼女の微笑に、妖しさが混じった。真田は黙ってうなずいた。自分は偉くはないけど、彼女の出会ったいやな偉い人よりもずっと清らかだ。自信めいたものが芽生える。彼女にとってふさわしい男だ。金はないけど、心は穢れていない。

もう一度、キスをした。今度は、自分のほうから求めた。芽生えた自信が後押ししてくれた。その自信はくすぶっている性欲にも火をつけた。全身にその炎は拡がった。陰茎はパンツの中で固く尖り、ふぐりは縮こまって熱気を放った。

彼女の背中を撫でる。ワンピースの薄い生地の向こう側に、ブラジャーのホックを感じる。左手だけでそれを外した。それも自信の後押しがあったからこそだ。

細い足をくねらせる。ワンピースの裾がめくれ上がる。太ももの中程まであらわになる。ストッキングが眩《まぶ》しい。ベージュの細かい網目から、透き通るような白い肌が垣間見える。

「ちょっと待って……。このこと、秘密よ。約束してくれないと、これ以上はだめ」

「約束します、もちろん。ぼくは熱烈なファンでもあるんです。エリカさんを困らせたり悲しませたりなんて、絶対にしません。誓ってもいいくらいです」

「だったら、誓って」

真田は力強くうなずくと、言われたとおりに誓った。

「マスコミに洩らさないし、友だちにも言いませんし、インターネットの掲示板にも書き込みません」

エリカは安心したらしい。揃えた膝を緩めると、

「ベッドで、ねっ」

と、妖しい湿った声で囁いてダブルベッドに向かった。

美しい裸身だった。

ベッドに横になったエリカの姿は、神々しかった。アダルトビデオに映し出されていた女体とは別物だった。金を得るために見せる裸と、好意をもっている男に見せる裸では違うのかもしれない。

彼女は今、細い太ももを重ねて横になっている。

ブラジャーの跡がわずかに残る乳房は横になっているものの、少ししか崩れていない。張りと弾力がみなぎっている。みずみずしい肌は桜色が消えかかっていて、青みがかった白色に染まっている。それは透明といってもいいくらいに澄んでいた。酔いが醒めてきたようだ。

真田はベッドに上がると、エリカと向かい合って横になった。

手を伸ばせば、有名なモデルの乳房にも陰部にも触れられる。数時間前から、ホテルの部屋にふたりきりでいるのに、いまだに信じられない。触れたら瞬時に、この美しい美女が煙となって消えてしまう気がする。

彼女の長い髪を梳き上げてあげた。心を込めてやさしく。慣れないせいか、指先が震えた。

瞼を閉じていた彼女が、魅力的な潤んだ瞳を見せた。

引き込まれそうな強い光だ。淫靡でもあるし、清楚でもある。怖れを感じているようにも見えるし、誘っているようにも思える。視線を送る角度、時間、自分の心理状態、明かりの色合いの、どれかひとつが変わることで、彼女は千変万化する。雑誌やテレビではわからなかったことだ。それらすべてに魅力があるから、心が激しくざわめいてしまう。

「信じられませんよ」

真田はずっと押しとどめていた言葉をふっと洩らした。いけない。彼女を冷静にさせてしまう。しかし、そんな怖れを忘れさせてくれるような笑みを彼女が浮かべた。

「わたしだって、信じられないわよ」

「成り行きとは思いたくありません」

「単なる火遊び？」

「まさか。真剣です」

「おかしい、真田さん。出会ったばかりなのに、真剣だなんて」

「違和感があるなら、ずっとエリカさんの味方でありつづける男と言い直します」

曖昧な言葉だったけれど、そうとしか言いようがなかった。恋人になりたい。本心はそうだ。でも、おこがましくて言えなかった。

乳房に触れた。小さなほくろが下辺にある。アダルトビデオで見つけたところと同じ場所だ。やっぱり、エリカだ。あらためて、彼女がＡＶ嬢だったと思い知らされる。でも、もう落胆はしなかった。

エリカが仰向けになった。

乳房が波打つように揺れる。息遣いのたびに翳《かげ》が生まれ、いかがわしさと清冽《せいれつ》さが浮かんでは消える。そこに踏み入る男の武骨な指。無垢《むく》なものを穢していくような感覚に陥りそうだ。でも、それが欲情につながっていく。陰茎が勢いよく跳ね、先端の笠が彼女の細い太ももを掠める。

縦長の小さな陰毛の茂みだった。幅三センチ、見える範囲の高さは五センチくらい。普通では考えられない面積だ。剃《そ》っているのかと思って指を滑らせてみたが、指を刺す刺激はなかった。もともと？　永久脱毛？　陰部にまで手入れが行き届いていることに、真田は満足した。さすがは一流モデルだ。その女性を今、自分が好きなようにできる。

陰部をまさぐる。

エリカは瞼を閉じたまま、息をひそめて受け止める。

敏感な芽が突出している。その先端を撫でる。濡れ方が激しくなる。割れ目全体から滲み出てきたうるみが、じわじわと敏感な芽に昇ってくる。

薄いくちびるが開いた。

小さな呻《うめ》き声が洩れた。乳房が上下に揺れながら波打った。下腹部がうねり、陰毛の茂みが面積を広げたり狭めたりを繰り返した。閉じ気味だった足が、武骨な指を招き入れるかのように緩んだ。

一流のモデルでも、これまでつきあってきたＯＬたちと同じ反応だった。エリカもごく普通の女なのだ。有名になったからといって、性感が変わるわけがない。

「ううっ、気持いい……」

「うれしいな、そういう声が聞けて」

「だって、ほんとに気持がいいんだもの。抑える必要なんてないでしょう？」

「ぼくに心を許してくれたんだなって思ったから。そうでなかったら、甘い声なんて出しませんよね」

「冷静ね」

「まさか……。ぜんぜん、冷静でなんていられないですよ。ぼくが触れているのは、今村エリカさんなんだから」

「興奮している？　ねえ、確かめてみてもいい？」

彼女の手がすっと伸びてきた。

硬い陰茎をすぐに摑んだ。細い指は慣れていた。怖がる気配などまったく感じられない。

演技しそうなものだけれど、そうしない潔さが真田には心地いい。張り詰めた皮をゆっくりとしごく。笠の端の細い切れ込みを撫でる。

「おちんちん、コチコチ」

「本当だったでしょう？」

「久しぶり、こんなに硬いのって」

「ほんとかなあ。それとも、恋人は別？」

「いないの、それが」

「こんなにいい女に？　今がたまたま、恋人のいない空白の時期ってこと？」

「ほしいな、これ」

「どうぞ」

「だったら、お言葉に甘えて、いただいちゃおうかしら」

エリカはくすくすっと笑みを洩らすと、軀を足元のほうにずらしていった。茶色の長い髪の間から見え隠れしている高い鼻筋、その向こう側の細い指、乳房の谷間、尖った乳首。どれもが陰茎に向かっている。男の興奮を、口の中でも舌でも指でも視覚でも味わい尽くそうとしている。

くちびるが笠に触れた。ためらいはなかった。でも、情動に突き動かされるまま夢中でくちびるをあてがっている様子でもない。それもまた慣れていた。

笠をふくんだ。唾液をたっぷりと塗り込んだ。その後、自分の唾液を濁った音をあげてすすった。女の貪欲《どんよく》さが男を高ぶらせる。それを彼女は知っているようだった。小さな呻き声がつづいた後、甘えるように鼻を鳴らした。

五分以上つづいただろうか。うっとりするような時間が終わった。慣れていなければ、それだけ長くはくわえられない。三人の愛人に仕込まれたのか。それとも、くわえることが元来好きなのか。

額に玉の汗を浮かべながら、エリカは満足げな深呼吸を二度三度とつづけた。妖しい輝きを放っていた瞳は、潤みに覆われていて、まばたきするたびにゆるゆると波打ち、輝きを乱反射させる。乳房全体が濃い朱色に染まっている。乳房が上下するたびに、濃さが増していく。

真田は起き上がると、彼女の足の間に入った。しんなりとした陰毛の茂みを掻《か》き分けるように陰茎の先端をあてがった。

腰を押し込む。焦《じ》らすだけのゆとりはなかった。笠がめりこむ。窮屈な割れ目。今村エリカとのセックスだ。感動にも似た想いが迫《せ》り上がってくる。

陰茎を突き入れる。気持よさよりも感動のほうが強い。絶頂はすぐそこだ。キスをする。舌を絡める。その間も、陰茎は割れ目に圧迫されつづけている。

「ずっとつづくといいな」

くちびるを離したところで、真田は冗談交じりに囁いた。エリカは瞼を閉じたまま微笑んだ。明確な答ではなかったけれど、満足できる反応だった。

絶頂が近づいている。

真田は夢中で腰を突いた。エリカをずっと見つめていた。目を閉じるなんて、もったいなくてできなかった。それは絶頂に昇るまでつづいた。

3

今村エリカと初めて躯を重ねてから一〇日が経った。

真田の有頂天はつづいている。往復の通勤途中でも、仕事をしていても、ひとりで食事をしたりテレビを観ていても、あの晩のことが、そして、今をときめく売れっ子モデルとセックスしたという事実が、何の気なしにふいに、脳裡を掠めそのたびに胸が躍った。

上機嫌な表情を見て、会社の後輩の長崎がいぶかしげに何度か、「何かいいことがあったんじゃないですか、先輩。いつもニコニコしていて、気持悪いくらいですよ」と訊いてきた。もちろん、エリカとのことは言っていない。真実を明かしたい衝動に駆られたけれど、長崎に言うことで、彼女との関係が壊れそうな気がしたからだ。

男女のつきあいを秘密にすると孤独になる。喉に小骨が刺さってしまったようなもどかしさもある。相手から頻繁に連絡があったり、常に気持が確かめられるくらい会っていたら、秘密を持つことの辛さが薄まっていたかもしれない。

しかし、エリカから連絡はなかった。だから、あの晩のセックスのことを、芸能人ならではの気紛れによって起きた偶発的な事故というべきなのかとか、愛人になっていた女なんだから、何の得にもならない相手のことなんか、たとえセックスしたとしても忘れるに違いないとか、今ごろ、別の男とセックスしているはずだなどと、自分を否定したり卑下することで、有頂天の中に芽生えている不信や不安を忘れようとした。自分のほうからエリカに電話ができればそんな気苦労はしなかっただろうが、あの晩のことをネタに馴れ馴れしく電話などできなかった。

夜九時半を過ぎていた。

残業を一時間だけやった後、長崎と夕食を共にして帰宅した。充足感と脱力感。そのふたつが、人の気配のない部屋に足を踏み入れた途端、胸に迫った。

ケータイが鳴ったのは、冷蔵庫からビールを取り出した直後だった。

エリカ？　期待が膨《ふく》らみ勢い込んで液晶画面を見遣った。が、そこには名前が表示されない番号が映し出されているだけだった。期待は萎んだ。通話ボタンを押そうか押すまいか。数秒の迷いの後、「もしもし」と応答した。

「真田聡さんでしょうか」

男の野太い声。緊張感がみなぎっていて、ドスがきいている。咄嗟にヤバいスジの人ではないかと思ったくらいだ。

「はい、そうですが……」

「どうも初めまして、真田さん。わたしは、オッジ・プロモーションの竹原《たけはら》と言います。突然ですが、あなたは今村エリカという女性をご存知でしょうか」

「ええ、まあ」

「今、時間、ありますか？」

「何でしょうか」

「わたし、エリカのマネージャーをしているのですが……」

「そうですか」

真田は淡々とした口調で応えながら、何を言われても驚かないように心の準備をした。エリカがふたりのことを明かしたのだろうか。そうだとしたら、どんなふうに？　頭の中が混乱する。秘密にしたいと言ったのは、彼女のほうからだ。たとえ彼女がマネージャーを信頼していたとしても、ふたりの秘密を明かすのはおかしい。

「これからお伝えすることは、ご内密にしていただけますか」

「はい、もちろん」

「エリカなんですが、撮影中に怪我をしてしまいまして……。今、救急病院に担ぎ込まれたところなんです」

「えっ……。大丈夫なんですか、彼女」

「階段を踏み外してしまって、転げ落ちたんです。レントゲンの結果が今しがた出て、骨折もなくてひと安心したところです」

「大事には至っていないってことですね」

「幸運にも擦《かす》り傷程度でした。足首はくじいたようですけど……。そのことより、ショックのほうが大きかったみたいで……。彼女、あなたを呼べって、大騒ぎなんです」

「ぼくを？　ですか」

「ひどいもんです。ベッドに横になりながら、『今すぐ呼ばないと、仕事なんて辞める』とか、『死んじゃうから』とか……。大声をあげながら、手近にあるものを投げつける始末なんです」

「わかりました。で、どこの病院に行けばいいんですか」

「青山。外苑前駅の近くの救急病院です」

せわしげな口調ではあったが、竹原は端的に病院の場所を説明してくれた。

「今の時間ならタクシーのほうが早いはずです、料金はもちますからぜひともタクシーを使ってください」

とも言った。

緊急事態だ。

真田は話しながら、支度をすでに進めていた。ビールを冷蔵庫に戻し、外出着に着替えた。部屋の明かりを消したところで、

「本当に、命に別状はないんですよね」

「ショックを受けているだけだと思うんです。あなたの支度の邪魔をしたくないので、電話、

切らせてもらいますよ」

「ちょっと待って。もう、靴を履く寸前ですから、安心してください」

「まだ何か？　近くで迷われたら、ケータイに電話をください。迎えにあがります」

「そんなことじゃないんです。どうして、ぼくを呼んでいるのか、えっと、竹原さんでしたよね……、理由、わかりますか」

「見当もつきません。彼女のプライベートのことはある程度把握していたつもりですけど、あなたのお名前は、初耳でしたから」

「わかりました。では、後ほど」

真田はケータイを切った。急いで靴を履き、部屋を出た。ここで急いでも到着時間が数秒早くなるだけだろうと思いながらも、自然と行動が素早くなった。

急いでいることに充実感がみなぎる。彼女に求められている。それがうれしい。理由はどうあれ、必要とされているのだ。生命に関わる怪我ではないようだけれど、彼女にとってはショックだった。そんな時、真っ先に自分を呼んでくれた。

表通りまで走っていくと、車道にまで出て右手を高々と挙げた。

タクシーはすぐに止まった。息せききって乗り込むと、荒い呼吸のまま行き先を伝えた。友だちが怪我で運び込まれたんです、急いでくれますか。真田は訊かれてもいないのに運転手に言った。

救急病院はすぐに見つかった。

昼間の出入口は閉まっていたが、建物の横に救急入口という赤色の明かりが目についた。ケータイを取り出すまでもなく、タクシーを降りると、マネージャーの竹原らしき男が駆け寄ってきた。

短髪でいかつい顔だ。四〇歳前後だろうか。背は高くない。スーツを着ているけれど、ごく普通のサラリーマンには見えない。芸能界という怪しい業界に長く棲《す》みついている。そんな言い方がぴったりの男だ。

「真田さんでしょうか。三〇分かかりませんでしたね、よかった」

「エリカさんの様子は、どうですか」

「相変わらずです。夕食を取る前の事故だったのに、よくもまあ、エネルギーがつづくものだと感心しますよ」

「何か変わったことは言っていませんか」

「会わせろの一点張りですよ」

竹原とともに救急入口に向かう。すぐ近くの処置室を通り過ぎる。普通ならばここで治療を受けているはずだといぶかしく思う。

「エリカは四階です。救急治療のところにはいないんです」

「暴れるから？」

「まあ、そんなところでしょうか」

「危い仕事だったんですか？」

「雑誌のグラビアの撮影ですよ。階段でポーズをとっている時、足を踏み外したんです」

「どのくらいの高さから落ちたんですか？」

「四、五段くらいかな」

真田は応えなかった。「たった」という言葉が出そうになったのを、腹筋に力を込めてなんとか呑み込んだのだ。

エリカは華奢だし、売れっ子モデルだから、大事をとったのかもしれない。が、それにしても、大げさではないか。事務所で大切にされている証拠ということになるのか。それとも、このくらいのことをするのが芸能界なのか。

四階に着いた。

静まり返った廊下を歩く。病院独特の匂いがうっすらと鼻につく。彼女の個室の前に、若い男が立っている。カメラマンだろうか。雑誌の担当編集者か。

竹原は一〇メートルほど手前で立ち止まり、振り返った。先ほどまでのやさしい表情ではなかった。眉間《みけん》に皺をつくった顔、厳しい眼差し、震える肩。何かに怒っているのか。まさか、怪我の原因が目の前にいる男のせいだと思っているのか。

「エリカに会わせる前に、あなたに訊いておきたいことがあるんです。いいですか、内密にするって約束してください」

「やっぱり、何かあったんだ……。擦り傷程度ではないということですね」

「約束してくれますか」

「わかりました、約束します。絶対に口外しません」

「あなたは、エリカとつきあっているんでしょうか。正直に答えてほしい。そうだとしても、怒ったりしないから」

「違います」

「ほんとに？　だったら、なぜ、あなたを呼んだのか。説明がつかないじゃないですか」

「ぼくだってわかりませんよ」

「それじゃ、つきあっている男についての心当たりは？」

「わかりませんよ、そんなことまで。彼女、自分のことをなかなか話しませんから。竹原さん、何を隠しているんですか。ぼくは彼女の味方です。何があったとしても、彼女の味方でありつづけるんですよ」

真田は彼の目を見つめた。動じる様子はなかった。けれども、このマネージャーがエリカのことで言っていないことがあるのは確かだった。そうでなければ、こんな回りくどい訊き方はしないはずだ。

「実はエリカは……」

竹原が内緒話をするように、近づいてきて囁いた。いかにも秘密の話をするといった雰囲気が漂う。サラリーマン同士にはないしぐさに、いかがわしさを感じる。

「彼女、どうしたんですか」

「階段を踏み外したのは事実。でも、それだけで終わっていたら、こんな大事には至らなかったんですよ」

「というと……」

「転んだ拍子に、大出血したんです」

「腕でも切ったんですか？」

「流産」

あまりに思いがけない言葉に、真田は応えられなかった。一〇日前にセックスした時、エリカは妊娠していたのか。まさか、その時のセックスで妊娠したわけではないはずだ。

「彼女、自分が流産したこと、わかっているんですか」

「もちろん、わかっている。だから、そのショックで大暴れしているんです。だけど、いくら訊いても、相手の男を明かさない。そのうちに、君を呼べと騒ぎだしたんです」

「そうでしたか」

「君、ほんとに、子どもの父親ではないんですね？」

念を押すように訊いてきたが、真田は「違います」と強い口調で応えた。

竹原が視線を絡ませてきた。真意を探るようだった。五秒ほどつづいただろうか。彼の肩から力が抜けていくのがわかった。

「どうやら、嘘ではないようですね。とりあえず、エリカに会って、慰めてやってください。わたしたちは病室に入りませんから」

「あそこにいる若い男性は？」

「うちの運転手で、エリカの第二マネージャーをやっている男です」

「ふたりもマネージャーがつくんですか」

彼はうなずくと、

「わたしひとりでは見きれませんからね。ふたりもつけるということは彼女への期待が大きいからですよ。このことがきっかけになって、せっかくの上昇気流が消えなければいいけど……」

とため息混じりに言った。

真田はひとりで病室に入った。

点滴を受けているエリカが目に飛び込んできた。重苦しい空気。個室は六畳程度の広さだ。個室に入ったことがないから、これが広いのかどうかわからない。

彼女は落ち着いているようだ。点滴をしているせいで眠いのかもしれない。目が合っても、表情をさほど変えなかった。呼び寄せておいて、その顔はないだろう。チラッとそんなことを思ったが、真田はにっこりと微笑んだ。

「起きていました？」

「やっと来てくれたのね。まったくもう、遅かったじゃない」

エリカは頰を膨らませると、カーテンを閉めた窓のほうに顔を向けた。甘えているのだ。真田は誇らしさと満足感が胸に満ちていくのを感じながら、ベッドに近づいた。

「びっくりしましたよ。階段から落ちたって報せを受けて……」

「それだけ？　ほかのことも聞いたんでしょ？」

「まあね」

「まさか、できてるなんて……。わたし、気づかなかったの。ちょっと遅れ気味だなって思っていたんだけど」

「女性は大変ですね」

「わたし、自分でも信じられない。どんなことがあっても、妊娠だけはしないように気をつけていたから」

「上手《じょうず》の手から水が漏れたってわけか」

「今ここで使う諺《ことわざ》ではないわ」

「ごめん……」

「わたしのほうこそ、ごめんなさい。何の関係もないのに、呼びつけたりして」

「エリカさんのためなら、何をおいても駆けつけますよ。だから、当然のことをしただけのことです」

「ありがとう。真田さんに来てもらって、よかった」

化粧をしたままの美しい顔がわずかに歪んだ。目尻の細かい皺に、涙がうっすらと滲んだ。愛おしい。守ってあげたい。できることなら、この辛さから解放してあげたい。

「わたしもう、子どもができなくなっちゃうかもしれない……」

「一度くらいで、悲観的にならないほうがいいですよ」

「あなただから本当のことを言うけど、わたし、もう二度、中絶してるの。二度目の時に、お医者さんから『こんなことをつづけてると、妊娠できなくなるかもしれない』って、釘を刺されていたの」

「中絶じゃないでしょう？　今回は」

「同じことよ。ああっ、とっても憂鬱」

彼女は深々とため息をついた。左腕に刺している点滴の管が揺れ、蛍光灯の無機質な光が乱反射した。中絶を二度繰り返した女。今度は流産。愛人が三人いたとしても、アダルトビデオに出演していたとしても、妊娠だけは気をつけていると漠然と思っていたのだ。

セックスの時に避妊するのは当然のことだ。泣くのは女性のほうだ。わかりきっていることなのに、それさえいい加減にしていたとは。自分を大切にしていなかったという事実を突きつけられた気がしてショックだった。

好きという気持がぐらつく。その半面、こういう時に支えになってあげてこそ、好きの証明になるはずという気持も芽生える。

「あなたに頼みたいことがある」

「何？」

「言っても無駄だろうなあ」

「何、言ってくれないとわからないですよ。何でもしてあげるつもりです」

「だったら、無理を承知で、お願いしちゃうわ、わたし」

「どうぞ、エリカさん」

真田はベッドの端に腰を下ろした。竹原が入ってくる気配はない。彼女の髪をやさしく撫でる。時間をかけてゆっくりと。そのうちに、一〇日前の熱い夜のことが甦り、どんなに大変なことでもやってあげようという気持が強まった。

「流産のこと……」

「それで？」

「竹原さんに絶対に、相手のことを訊かれると思うの」

「そりゃ、当然でしょう」

「そうかな。個人的なことなんだから、波風を立ててほしくないのに……。だけど、そんなふうに突っ張っていられないことも、わかっているつもり」

「誰ですか、相手は」

「秘密にしたいの。だから、お願いしたいの」

「何？」

「真田さん、お願い。今回の相手だったということにしてほしい……」

まったく想像していないことだった。彼女が竹原に嘘の説明をする時、付き添ってあげて、真実であるかのようなことを言ってあげるといった程度のことは考えた。が、まさか、そこまでとは。

「すごいことを考えるなあ。まさしく、苦し紛れですね」

「お願い、真田さん」

「やってあげてもいいけど、条件があります。相手が誰なのか、その卑怯者《ひきょうもの》の名前を教えてくれないと」

「言えない」

「だったら、だめです。身代わりにはなれません」

五分近く、押し問答がつづいた。

折れたのは、エリカのほうだった。

点滴液が終わりそうになっていた。ふたりきりで話せる時間が少ないと悟ったらしく、話をまとめるしかないと考えたようだ。

「わかりました……。あなたにだけは本当のことを言います。だけど、驚かないでね」

「これ以上、どうやったら驚けるのか、教えてほしいくらいですよ」

「皮肉言われると、言えなくなっちゃうな」

「ごめん、そんなつもりじゃないけど、それくらいのことは言わせてもらいたいな」

「あのね……。俳優の椎名冬午《しいなとうご》さん」

「そりゃ、すごい」

椎名冬午といえば、中堅の俳優だ。最近では、バラエティ番組にも進出している。去年はたしか、映画賞の主演男優賞を受賞している。今もっとも注目されている俳優だろう。芸能人としての格を考えたら、エリカは彼の足元にも及ばない。

「彼とある番組で会ったの。その日のうちに誘われて……。わたし、酔っていたのね」

「で、しちゃったというわけですか」

「身もふたもない言い方しないで。酔っていたけど、彼に夢中だったんだから」

「打算？」

「違います」

「なんだか、いやだな。これ以上は聞きたくないな」

「幻滅した？」

「そうじゃありません。日本中に知られている男ですよ、椎名冬午って。金も名誉もある。そんな男の身代わりにならなくちゃいけないのかって思ったんです」

椎名冬午にとって、これは大スキャンダルだ。それを未然に防ごうとしている。妊娠させた本人に頼まれるのならまだしも、彼は何も知らないのだ。もしかしたら、ほかの女ともセックスしているかもしれない。不公平な話だ。

「今は、真田さんだけが頼りなの。お願い、わたしを助けて」

「スキャンダルになったほうが、タレントとしてはいいんじゃないですか。テレビが飛びつきそうな話だと思いますよ」

「わたしは汚れ役にしかならない……。そんなタレント、一時はもてはやされるだろうけど、芸能界で長くやっていけない」

「ところで、知っているんですか？　当の本人は」

「知らないはず。教えてないから。あのね、彼だけじゃないの」

「うん？」

「相手が、もうひとり……」

「どういうこと？」

「わからないの」

「わからないって、まさか、赤ん坊の父親が？　同じ時期にもうひとりの男とも、やってたっていうんですか？」

「そんな冷たい目で見ないで……。真田さんを信用したからこそ、恥を忍んで本当のことを言っているんだから」

「それで、もうひとりの男は誰ですか」

「テレビ局のプロデューサー。ゴールデンタイムをやっている人」

「そうかあ……」

真田は腕組みをしてため息を洩らした。出演したいがために軀を売ったということか？　そんなことを売り出し中の今村エリカですら、やっているというのか？

「いくつの人？」

「たぶん、四十代後半」

「齢も知らない相手とやっちゃうのかあ。まったく、まいったな」

「誘われて、半ば、強引に……。わたしにも打算があったけど」

「その結果が、妊娠か」

エリカが信じられなくなりそうだった。

相手の男に権力があれば、平気でセックスができる女ということだ。彼女は美しい顔の奥に悪魔を棲まわせているのか。有名になるためになら、どんなことでもやる女なのか。

真田はどうすべきなのかと考えた。

愛想を尽かして病室から出ていくか、彼女の頼みどおりに妊娠させた男になるか。

立ち上がるなら、今だ。エリカを振り返らずにここを出ていけば、面倒なことはいっさい関係なくなる。これまでの平安なサラリーマン生活に戻るのだ。

腰が浮きそうになる。太ももに力を入れれば、すっと立ち上がれそうだった。けれども真田は、ベッドに坐ったたままだった。逃げ出したい気持を抑えながら、口を開いた。

「たとえばだけど、もしぼくが妊娠させたと言ったら、どうなるのかな」

「竹原さんにこっぴどく叱られるかもしれない……。でも、それだけだと思います」

「スキャンダルにならない？」

「あなたは一般人だから、たぶん、大丈夫。それに、このことは秘密になっているの。竹原さんが、関係者全員に、お医者さんや看護婦さんを含めてだけど、箝口令《かんこうれい》を敷いたって言っていたから」

「椎名冬午とプロデューサーは？」

「わたしから言うつもりです。おつきあいをしていたわけじゃないから、もう二度と、会うことはないと思います」

「それで？」

「ほかに何か……」

「ぼくたちは、どうなりますか」

真田はようやく、心にわだかまっている核心を言葉にした。椎名冬午やプロデューサーのことなどどうでもいい。自分がエリカとこの後どうなるのかが大切なのだ。

捨て石として使われるのはまっぴらだ。それがいくらエリカの頼みだとしてもだ。捨て石になったら、今後、彼女とのつきあいはなくなると考えたほうがいい。そうなるとしたら、軽蔑されようが、悪態をつかれようが、このまま部屋を出たほうがましだ。

「汚れ役をやるのはいいけど、ほとぼりが冷めたところでポイッと捨てられたら、たまらないですからね」

「そんなことしません。わたし、これでも情に厚いんです」

「それじゃ、答になっていないですよ」

「一生忘れない。わたしの恩人になるんだから……」

「恩人かあ。そんなの、いやだな」

「じゃ、どうすればいいの」

「恋人が、いいな……。本当の恋人。将来を考えるような関係がいいな」

「こんなわたしでも？」

「そうですよ」

「愛想を尽かしていると思ってました。真田さんって、ほんとに心がやさしいんですね」

「大好きなんです、エリカさんが」

「ほかの男に抱かれたことを承知のうえで、言ってくれているのね」

「ほかにもいろいろと知っていることはあります。全部承知のうえです」

「ああっ、こんな人、初めて」

エリカの目から涙がいっきに溢れ、すすり泣きが病室に響いた。身悶えするように上体をくねらせながら、何度も洟《はな》をすすった。

真田は彼女の頭を撫でてあげる。おれだって泣きたい。でも今は我慢するしかない。彼女を守ってあげられるのは自分だけだから……。顔で笑って心で泣く。こんなことを経験したのは初めてだ。

「恋人になれるかな……」

真田は訊いた。

恋人かスキャンダルか。エリカにとって、究極の選択だ。

彼女がどちらを選ぶか。頭の回転が速い彼女が選ぶのは、恋人のほうに違いない。モデルとしてだけでなくタレントとしても全国区になりかけている大切な時期に、スキャンダルですべてを台無しにするはずがない。

「それしか方法はないのね」

「エリカさんの自由ですよ。無理強いしても、恋人になんてなれっこないしね。本当の恋人同士になるんです」

「そうなってみたいけど、なれるかどうか、今はわかりません」

「そりゃ、そうですよ。だけど、ほかの男と別れて、ぼくとつきあうということは約束できるんじゃないですか」

彼女は黙って応えなかった。瞼を閉じると、二度三度、ため息を洩らした。決断しようとしている。その気配が伝わってきて、ファンのひとりにすぎなかった男が無茶なことを言ってるよな、と胸の裡で呟いた。

エリカが瞼を開いた。

美しい顔だ。頰にわずかに擦り傷があったけれど、それもまた魅力のひとつになるくらいだった。くちびるを開いた。涙で潤んだ瞳が、かすかに笑っていた。

「あなたの恋人になってみます」

「よし、わかった」

「いたらない女ですけど、よろしくお願いします」

「ぼくはごく普通のサラリーマンだけど、それでもいいんだよね」

「わたし、決めたんです。だから、迷わせるようなことは言わないで」

「おれの恋人ってことですね」

「竹原さんに言ってくれますか？」

「もちろん、言いますよ。ぼくが妊娠させたって。それで解決ですよね」

エリカがうれしそうにうなずいた。涙が溢れ出して、美しい顔がくしゃくしゃになった。

第五章　泣くなよ男子

1

エリカは三日間の入院の後、元気を取り戻して自宅に戻った。真田はそのことを、マネージャーの竹原から電話で知らされた。

彼女とは会っていない。いや、会いたくても竹原に止められていた。電話をかけることも禁止されていた。彼は厳しい口調で、

「マスコミが動いているようだから、見舞いに行きたいのはわかるが自重してくれたまえ。彼女に対して責任を感じているならそれくらいの我慢をしてもいいんじゃないかな。彼女には莫大な額を投資しているんだよ。君には芸能界のことはわからないだろうけど、彼女は自然と注目されるようになったんじゃないんだ……」

と電話口で言った。

忠告とも脅しともとれる竹原の言葉に、真田は縮み上がった。丁寧な言葉遣いではあったけれど。恋人ということで敬意を払ってくれたのかもしれない。だからというわけではないが、素直に彼に従った。

真田は今、彼女の住んでいる青山のマンションのすぐ近くの喫茶店にいる。エリカが退院してから四日が経つ。

土曜日の昼下がりの店は、女性客ばかりだった。男ひとりでお茶を飲んでいるのが、居心地の悪い雰囲気。それでもなお、ここに居座っているのは、窓際に坐ると、エリカの部屋が見られるからだ。もちろん、部屋の様子はわからない。二五階のマンションだから、たとえ、ベランダに洗濯物がかかっていても見えない。それでも、真田は満足だった。エリカがそこにいる。それを感じ取れるだけでよかった。

コーヒーを飲み干し、カップをテーブルに置いた。その時、ケータイが震えた。液晶画面にはエリカの名前が点滅していた。

真田は慌てて席を立ち、店を出たところで通話ボタンを押した。これで気兼ねなく話ができる。店にマスコミ関係者がいないとは限らない。女性客ばかりといえども、気をつけるに越したことはない。

マスコミの取材の厳しさや執拗《しつよう》さというものを理解したうえでの行動ではない。漠然としているからこそ恐ろしいのだ。通信の秘密が守られているから安心なはずの電話であっても、盗聴される不安に駆られてしまう。だから、街中で会うことなどとてもできない。こうやって、近くて遠いところから彼女の存在を感じようとすることが、自分にできる精一杯のことなのだ。

「お久しぶり……」

「うん」

「心配かけてごめんなさい……。ああ、よかった、電話に出てくれて。すごく勇気がいったから」

「元気になったみたいだね。声が聞けてうれしいよ」

「真田さん、ほんとにありがとう。あなたのおかげで、大きな問題にならずに済んだみたいなの」

「竹原さん、怒ったんじゃない？」

「今のところ、あんまり……。真田さんのほうにはどう？　竹原さんの怒りが、あなたに向かっているんじゃないかって、すごく心配だったの」

「ぼくは一般人だから、妙なことは言ってこないよ。ほとぼりが冷めるまで会わないようにっていう条件くらいかな」

「それを真田さんは呑んだのね」

「まあね。そうするしかなかったから」

「我慢できるんだ」

「ぼくを挑発するなんて、ははっ、本当に元気を取り戻したみたいだね」

「だって、会うなって言われて、素直に従うなんて、恋人らしくないんじゃない？　わたしがあなたの立場だったら、こっそりと会いに行っちゃうけどな」

「ぼくだってそうしているよ」

「どういうこと？」

「そばにいるんだ。エリカさんのマンションのすぐそばの喫茶店……」

「まあっ……」

エリカの驚きの声が心地よく耳に響いた。来てよかった。これだけでも無駄ではなかった。恋人と言ってくれた彼女の声を思い出す。心地いい。熱烈なファンとしても、男としても満足する。

「近くにいるなら、顔を見せてほしいな。それくらい、いいでしょう？　ダメ？」

「行きたいけど、竹原さんにきつく止められているからなあ」

「わからないわよ、そんなこと。一緒に外出しない限り、マスコミに写真を撮られる心配もないし」

「竹原さんが訪ねてきたら？」

「部屋にまで上がることは滅多にないわ。それにここ二日は、彼、電話で様子を訊くくらいだから」

「だったら、行っちゃおうかな」

「来て来て。わたし、退屈で死んじゃうところだったの」

「死ぬなんて言葉、いくら強調するためでも使わないほうがいいな」

「だったら、来て。いいでしょ？」

「わかった。すぐ行くから」

真田は電話を切った。急いで勘定を済ませて店を出た。

晴れやかな気分だ。通りの反対側にそびえている高層マンションを見上げながら大きく深呼吸をした。交通量の多い場所なのに、空気がおいしかった。

マンションのエントランスに入った。

周囲に視線を遣る。事務所の監視の目、マスコミの張り込み、インターネットに投稿するヒマ人の目。そのどれもがないことを確かめた。それからおもむろに、オートロックを解除してもらうために彼女の部屋番号を押した。


エリカは元気そうだった。夜遅くまで遊んでいた時と比べると、顔色がいいし、血色がいいためか肌も艶《つや》やかだった。

南向きの角部屋。広めの１ＬＤＫ。リビングルームは、居心地が悪くなりそうなくらいにモノがない。ソファ、センターテーブル、薄型テレビ。目につくものといえばそれくらいだ。窓際に立つと、眼下には、ほんの数分前まで坐っていた喫茶店が小さく見える。

ワンピースのエリカ。生足《なまあし》だ。すらりとしたふくらはぎ、ピンクのペディキュアを塗った足の爪は、健康的でありながらも艶《なま》めかしく目に映る。

「真田さん、ちょっと痩せたんじゃない？　わたしは太ったたっていうのに」

「心配しすぎたせいですよ」

「ごめんなさいね、ほんとに。真田さんには、感謝してもしきれないくらいよ」

「気にすることないって、恋人同士なんですから」

エリカは正直な女性だ。顔色がわずかに変わったのを、真田は見逃さなかった。偽りの恋人だと思っているからに違いない。

「わたし、太ったでしょ？　どう？」

「ちょっとですよ。それくらいのほうが健康的でいいんじゃないかな」

「竹原さんから、外出禁止令を出されちゃったの。散歩もダメなんですって。だから、躯がなまっちゃって……」

「だったら、出てみようか。外苑の銀杏《いちょう》並木なんてどうだい」

「叱られるわ、竹原さんに」

「それって、マスコミ対策ですよね？　健康のために散歩するんだから、許してくれるんじゃないですか」

「マスコミが怖いわ」

「見つかったって、友だちと言い張ればいいじゃないですか。ぼくは芸能人じゃないから、関係ないと言い切れますよ」

「そんな甘いものじゃないって」

「だけど、それは見つかって写真でも撮られた場合でしょう？」

「芸能マスコミって、とにかく、ネタを探しているの。わたしはタレントとしてはまだまだの存在だけど、それでもこんなに気をつけているのは、いい加減なことを書かれるのが怖いからなの。ねっ、わかって」

真田は渋々ながらうなずいた。

彼女の坐っているひとり掛けのソファの横に並ぶように立った。膝立ちすると、彼女の肩に腕を伸ばした。いやがる気配はない。かといって、安心しきって抱かれるという雰囲気もない。成り行きを考えればこれも仕方ない、という意味合いの表情が滲んでいた。

真田は気に留めなかった。いちいち気にしていたら、気分が滅入ってしまう。散歩に出られないなら、それ以上の愉しみをこの部屋で味わえばいい。

「キスしても、いいですか」

エリカの耳元で囁いた。訊けば断られる可能性が高いとわかっていて、敢《あ》えて口にした。

恋人同士ではないという意識があったからだ。他人には理解されない深い関係だということを確認するためにも、どうしてもキスを許してほしかった。

「どうしようかなっ」

エリカは硬かった表情をほころばせながら上目遣いで見つめてきた。もったいつけている。これこそが、今まで知っているエリカの姿だ。

「だめでしょうか」

「考え中よ」

「会えない間、触れ合いたいって、ずっと願っていたんです」

「エッチね、真田さん」

「勘違いしないでください。心を通わせるためであって、誓って、性欲のためじゃありませんから」

「誓うなんていう言葉を簡単に言うなんて、怪しいわ。男の人の誓いくらい、世の中でいい加減なものはないんだから」

「エリカさんがこれまでつきあってきた人とは一緒にしないでください。ぼくにあるのは誠意なんですからね」

「お金もあるといいんだけどなあ」

「ははっ、それは無理。平凡なサラリーマンなんですよ、ぼくは。身代わりになるくらいしかできないな」

「そういうことは、言っちゃだめ。落ち込んじゃうでしょ？」

「お金なんてことを言うからですよ。わかっていることじゃないですか」

「ごめんね。その代わりに、キスさせてあげるから、許してね」

エリカは小首を傾げると、親しみのこもった微笑を浮かべた。

彼女にとっても久しぶりのキスのはずだ。そのためだろうか、透明感のある頬が赤く染まっていく。乳房の膨らみのあたりが前後に大きく揺れる。唾液を呑み込む濁った音が細い喉元から響いてくる。肩口から緊張感が失せ、揃えている膝が緩む。

くちびるを重ねた。ほんの数秒間。舌を絡める前に、真田はくちびるを離した。

欧米人が挨拶でするようなあっさりとしたキスだった。エリカに負担をかけたくないという心遣いだ。性的な不満がないといったら嘘になるが、それでも自分の願いが達成できたことで十分だ。

「あれっ、どうしたの？　もうお終《しま》い？」

エリカが戸惑いの眼差しを送ってきた。視線を絡めると、くちびるを尖らせて不満をあけすけに表わした。

「今のは挨拶代わり」

「そうやって、わたしの様子をうかがったつもり？　それとも、何かを試したの？　だとしたら、もうキスはいや」

「軀、ほんとに大丈夫なんですか？　濃厚にしたかったんだけど、おさまりがつかなくなるかもしれないから」

「セックスできるかもしれないけど、もう少し、時間が欲しい。そうでないと、壊れそうで怖いの」

「そうだと思います。エリカさんに無理をさせませんから、安心して」

真田はもう一度、彼女の肩を抱いた。今度はさっきよりもやさしく。愛しい想いを伝えるために。

くちびるを重ねた。自然だった。どちらかが積極的に顔を寄せたというのでなく、互いに引き寄せ合うようだった。

舌を絡めた。

感動にも似た興奮に包まれる。モデル出身のアイドルとキスしているんだ。おれって、すごい男じゃないか。誰もできないことを、このおれがやっているんだ。

エリカの肌から滲み出てくる甘い匂いが漂う。それは入院する前と同じ香り。識別できるのもおれだけだ。彼女を妊娠させたかもしれないプロデューサーも俳優の椎名冬午もそこまではわからないはずだ。

彼女の軀は変わってはいない。変わったのは心だ。

真田はくちびるを離した。愛しさが膨らみすぎて、胸がいっぱいだった。キスをするには動悸が激しくなりすぎて苦しかった。

「やっぱり、散歩しないかい？　ふたりでいるところを見られるのが不安だったら、少し離れて歩くから」

「強引な人ねえ」

「いいだろ？」

「三〇分。それでいい？」

「十分です」

「不安だけど、愉しみ。久しぶりの外出だから。喫茶店でコーヒーも飲みたいな」

「それでこそ、エリカさんだ」

エリカは着替えをはじめた。真田はソファに坐った。期待と不安が膨らんだ。結局、外出するまでに四五分かかった。


外苑の銀杏並木の葉先から青空が見える。黄金色の落葉が歩道を敷き詰めている。

ふたりは並んで歩く。隣にいるのはアイドルタレント。晴れがましい気持が膨らむ。足取りは軽くなり、口のほうも滑《なめ》らかになる。

「いいんですか、肩を並べても」

「平気よ。わたしが誰か、これならわからないはずだから」

「こんなラフな恰好をするんですね、エリカさんも」

エリカは目深にかぶった黒色の皮革の帽子をちらと上げた。彼女は帽子に加え、顔全体が隠れそうなサングラスまでかけている。しかも女性らしいフェミニンな装いが多い彼女が、今はジーンズにフライトジャケットを着ている。お忍びで行動する時の芸能人の姿だ。

「思い切って外出してよかった。真田さんのおかげだわ。また、あなたに助けられちゃったわね」

「助けてなんていませんよ。一緒に散歩したかっただけですから」

「わたし、ちょっと不満」

「どうして」

「誰もわたしのことを気にする人がいないんだもの」

「そういうのを、願ったり叶ったりと言うんですよ。本当に見つかったら、大変なことになっちゃうって、わかって言ってるのかな」

「わかっているけど、やっぱり不満。わたしって、まだまだ無名なのねえ」

「だったら、腕を組んで歩いてもいい？　気づかれないと思っているなら」

「ダメ、それは。万にひとつの可能性だってあるのよ」

「芸能人というのは、大変だなあ。いつも自分の人気のことを気にしないといけないんだからね」

「超一流になれば、気にならなくなるでしょうけど、わたしなんて、ひよっこだもの」

「で、腕は組んでくれるんですか？」

「ダメです」

エリカがサングラス越しに睨みつけているのが見て取れた。ふたりの間隔は三〇センチ。近くて遠い距離とも、遠くて近い距離とも言えそうだ。とにかく、この間隔で満足すべきということだ。

足元を寒風が吹き抜けていく。銀杏の落ち葉が転がっていく。踏みつけられて潰れたギンナンの匂いが薄くなる。

オープンカーが停まるのが目に入った。

偶然に止まったのか、エリカとわかったうえで停車したのかわからなかったが、真田は咄嗟にエリカから離れて、車と反対方向に顔を向けた。

視界の端にオープンカーを入れながら歩く。運転しているのはいい男だ。日焼けした顔は若々しい。どこかで見たことのある顔。

「エリカ、エリカだろ？」

男が運転席から声を投げてきた。エリカは正直だ。無視して歩けばいいのに、男のほうに顔を向けた。

「やっぱり、エリカだ。おい、どうしていたんだよ。連絡がとれないから、心配していたんだぞ」

馴れ馴れしい声。いまいましいが、どうすることもできない。相手の男の素性がわからないだけに、彼女の前に立ちはだかって、会話を遮るわけにもいかない。

「誰？」

エリカに背中を向けたまま、真田は声をあげた。二メートルほど離れていたが、彼女の耳に届いた。

「知らない？　彼が椎名冬午」

「あいつが……」

テレビでは観たことがあるが、実物は初めてだ。肩はがっしりしていた。顔はびっくりするほど小さかった。

エリカはサングラスを外して、オープンカーに歩み寄った。

「久しぶりね。あなたのせいで、わたし、大変だったんだから」

「何、それ」

「詳しいことは言いたくないけど、とにかく、大変だったの。いつか、あなたにはお返しをしてもらいますからね」

「おれ、明後日から、海外ロケなんだ。その前に、会えないかな」

軽い口調が耳に飛び込んでくる。いまいましい。彼女がなぜ、妊娠したことを告げていないのかわからない。それを知っていたら、軽口はたたけないはずだ。エリカが言えないなら、おれが言ってやる。真田はそう思ったが、我慢した。理由は自分でもよくわからないが、今は我慢の時だと思った。

「エリカ、そこにいる人、知り合い？」

椎名冬午の声が背中に飛んできた。疑問に思うのは当然だろう。エリカから二メートル離れているとはいえ、そのまま立ち尽くしているのだから。

「ええ、そうなの。散歩につきあってもらっているの」

「まさか、新しい男？」

「さあ、どうかしら」

「一般人？　どう見たって、芸能関係じゃなさそうだな。エリカ、どうしたんだよ、趣味が変わったのか？」

「いちいちうるさいわね。用事はないんでしょ？　だったら、はい、さよなら」

「ちょっと待てよ。挨拶させろよ、そいつにさ」

「だめよ、一般人なんだから」

「おれがサインをすれば、喜ぶんじゃないか？　だから、挨拶させろよ」

椎名冬午はしつこかった。彼の少し高めの声にイライラして、真田は振り返った。ふたりの元に歩み寄って軽く会釈をすると、睨みつけながら声を飛ばした。

「悪いけど、サインなんかいらないから。それじゃ、さよなら」

「おいおい、ずいぶんとイキがっているじゃないか。エリカの前だからって、カッコつけてるんじゃないか？」

椎名冬午が車を降りた。

こんな男のために、妊娠を隠しているなんて。どんな負い目があるというんだ。それとも、好きなのか。そうだとしたら、この男は、自分の性欲を満足させるために、エリカの恋心を利用していただけだ。

「真田と言います。ごく普通の社会人です。これで失礼させてもらいます」

「あっさりしてるなあ。おれがエリカと話してるのが、そんなに気に入らないのか？　君、おれよりも年下だろ？　その態度、ないんじゃないかな」

「礼を尽くしましたよ、ぼくは……。芸能界はどうか知りませんが、世間一般ではこれで十分です」

「おい、ちょっと待てって」

踵《きびす》を返すと、椎名冬午のイラついた声が背中に突き刺さってきた。その声まで演技がかっていて、本気で言っているのかどうか怪しかった。真田はそのまま離れようとすると、肩に手をかけられた。

抑えていた怒りが爆発しそうだった。背中を向けたまま答えた。

「手を離せよ。有名人だからって、失礼じゃないか」

「どっちがだよ。エリカの恋人なら、きちんと自己紹介するのが礼儀だろう」

「勝手な思い込みだ。離せよ」

彼の手を払いのけた。肩から手が離れた時、指先が頬を掠めた。

偶然とはいえ、頬をかすかに張られたことになった。撫でられたのではない。抑えていた怒りが噴出し、それが右手にすべて乗り移った。

真田は振り返ると、椎名冬午の胸板に拳を突き立てた。殴ろうと思って右手を出したのではない。押しのけようとしただけだ。その割には力が入りすぎていた。椎名冬午はバランスを崩して、落ち葉の上に尻もちをついた。

「おい、おまえ。これはれっきとした暴行だ。おれがその気になれば、告訴できるんだぞ。謝れ、貴様。今謝るなら、許してやる」

「どうぞ、ご勝手に。エリカさん、行きましょう」

真田は抑えた口調でエリカに声をかけた。動悸は激しかった。告訴という慣れない言葉に心がびくついた。でも、そんな様子を表わしてしまったら、椎名冬午の思うつぼだと自分を鼓舞して平静を装った。それが彼の怒りをさらに増幅させた。

「待てよ、貴様。ふざけるな」

「世間知らずのバカは放っておいて、エリカさん、行きましょう。だから芸能人というのはいやなんだよなあ」

「エリカ。まさか、一般人の貧乏人と一緒に行くんじゃないだろうな。もしそうなら、おれとの関係をバラされてもいいと理解するからな」

エリカは困った顔で、ふたりの男の顔を交互に見遣った。

「椎名さん、落ち着いてください。こんなところで喧嘩なんかしたら、誰かに見られてしまいます」

彼女は俳優を取りなすと、今度は真田に小声で、

「真田さん、お願いだから抑えて。これ以上、事を大きくしないで」

と、懇願してきた。サングラスに陽光が当たり、彼女の目の表情が透けて見えた。怯《おび》えていた。散歩に出たことを後悔したようでもあった。

「バラすぞ、いいのか」

椎名冬午はすごんだ。迫力のある声。さすがに売れている俳優だけのことはある。迫ってくる彼にオーラがあった。

「そんなことは脅し文句にならないよ。バレているんだから、もうずいぶん前に。あなたは知らないだろうけど、健気《けなげ》だよ、エリカさんは。バラされて困るのは、あなたのほうじゃないか」

「どういうことだ」

「あんたの子どもを身ごもったんだよ。知らなかっただろう。気楽なもんだ」

「本当か、エリカ」

椎名冬午は勢い込んでエリカに歩み寄った。頬のあたりがひくついていた。ショックを受けているのがありありとわかった。気が小さいのかもしれない。オーラの奥に隠されている彼の真の姿を見た気がした。

エリカが小さくうなずいた。

さすがに修羅場《しゅらば》をくぐってきた女性だけのことはある。テレビ局のプロデューサーかもしれないということは口にしない。

「何カ月なんだ。おい、堕《お》ろせるだろうな」

「ひどいこと言わないで。わたし、流産したんです」

「いつ？」

「一週間ほど前。まだ体調が万全でないから、この人に、散歩に付き添ってもらっていたんです」

「よかったじゃないか。そうか、そうだったのか。おれは帰る。また今度、連絡するからな。それまで養生しろよ」

椎名冬午は逃げるように車に戻った。気の小さい男だ。告訴すると言った時の威勢のよさはすっかりなくなっていた。運転席に着くと、低い声を投げてきた。

「付き添いの人。さっきは悪かった。このこと、内密にしておいてくれますよね」

「さあ、どうかな。マスコミに高く売れるんじゃないかな」

「そんなことしたら、ぼくだけじゃない、エリカだって破滅だよ。間違っても、あなたはそんなことはしない。好きなんでしょう？　エリカのことが」

「それとこれとは別です。あなたに殴られたんですからね」

「ぼくだって突き飛ばされたんだから、おあいこですよ。水に流すのがいちばんだ」

「告訴はどうするんですか」

「そんなこと言いましたか？　ぼくね、興奮すると考えてもいないことを口走るクセがあるんです。悪気はないので、気にしないでくださいね」

椎名冬午はハンドルを握ったまま、ぺこりと頭を下げた。

その時だ。

三人の間に、あらたな男が現われた。

いきなり名刺を出すと、

「椎名さんに今村さんと、そちらの男性の方。一部始終を写真に撮らせてもらいました。わたし、雑誌社のカメラマンをしている者です」

と言って、自分の所属している出版社と雑誌名を告げた。

エリカが駆け出した。青山通りに向かって。

椎名冬午もアクセルを踏み込み、タイヤを鳴らして急発進した。

真田はとりあえずカメラマンから名刺を受け取ると、名乗ることなく、エリカを追った。

汗が噴き出した。冷や汗だ。いくらも走っていないのに、激しい動悸がして眩暈《めまい》を覚えた。

エリカに追いつけなかった。無理すれば追いつけそうだった。

2

走った。

「ちょっと待ってください。話を聞かせてもらえませんか」

真田はカメラマンの声を振り切るように走った。エリカを追うためではない。

青山通りを渡り、青山墓地に入った。カメラマンの声は消えていたが、それでも走りつづけた。息が切れ、汗が噴き出してきたけれど走った。坂道を下り、西麻布の交差点に辿り着いたところで、ようやく、足を止めた。

荒い息がおさまるまで五分近くかかった。汗は流れている。カメラマンはまいたはずだ。

真田はそれでも注意深く、歩道の左右に目を遣った。その後、近くの喫茶店に入った。

写真を撮られた事実が胸に迫った。散歩に出なければ、こんなことにならなかったのに。

しかも、間の悪いことに、椎名冬午と一緒のところだったなんて。モデルからタレントに飛躍しようとしているのに。彼女にとって、今がもっとも大切な時なのだ。スキャンダルとして書き立てられたら、掴みかけているスターの座を手放すことになりかねない。散歩に誘った自分がいけないんだ。ああっ、とんでもないことになってしまった。

何が自分にできるのだろうか。

真田はエリカの恋人として、何をすべきかを考えた。冷静さが戻ってきた証拠だ。ポケットを探った。カメラマンに渡された名刺を突っ込んだことを思い出した。くしゃくしゃになった名刺。捨てなくてよかった。

雑誌社のカメラマン、木所《きどころ》しげる。事務所は赤坂。名刺を何度も眺めた後、テーブルに置いた。そんなものを見ても、この最悪の事態を変えるアイデアも、恋人としてできることも浮かばなかった。

オープンカーに乗って去っていった椎名冬午の顔が脳裡をよぎった。テレビで観る以上に二枚目だ。顔もスタイルも服装も車も。男の自分でも憧れてしまいそうだった。同じ男として、完敗だ。エリカが軀を許したのも仕方がないことだという思いが胸をよぎった。彼女だけでなく、女なら誰しも、彼に誘われたら許すに違いない。そう考えることで、エリカに非がないと思い込もうとした。

気分がいくらか落ち着いた。その時、ケータイが震えた。

エリカだ。かかってくるということは、彼女も落ち着いたのだろう。よかった。とにかく、よかった。真田は安堵のため息をついた後、勢い込んで声をあげた。

「エリカさん、今どこ？　走ったでしょ？　軀、大丈夫？」

「軀は平気。それにしても、椎名さんに会うなんて、信じられないくらいの偶然ね。わたし、おかしくって、さっきまで笑っていたの」

「わかっているんですか？　写真を撮られたんですよ、椎名冬午と一緒にいるところを。スキャンダルがいちばん怖いはずじゃなかったんですか？　ぼくが腕を組みたいって頼んだのに、いやがったでしょ？」

「それはね、あなたが一般人だから。椎名さんと一緒のところを撮られたとなると話は別。わからない？」

「わかりませんね」

「知名度からいって、わたしよりも彼のほうがずっと上。だから、一緒に撮られて写真週刊誌に載るというのは、わたしにとってはピンチではなくてチャンスなの」

「なんだか、ひどいな」

「何が？」

「ぼくを守るために腕を組まなかったというより、有名になるための役に立たないからっていうのが理由みたいに聞こえます」

「ひねくれているわね、あなたって」

「そうかな。ぼくの立場になったら、誰しも同じように考えるはずです」

「いいえ、そんなことありません。わたしは違うから」

「まあ、いいや。とにかく、不安に感じていないってことがわかって、ぼくは安心した……。ところで、エリカさんは今、どこにいるんですか」

「部屋に戻ってきたわ」

「このまま帰りたくないから、一緒にいさせてもらっていいですか」

真田は彼女の返事がすぐに聞けると思って待ちかまえていたけれど、いたたまれないくらいの沈黙がつづいた。

エリカは自分のことをいやがっている。どうしてだ。事務所に対して、妊娠させたのは自分だと言ってあげたのに。それで事なきを得た。その恩を忘れたのか。不快感が胸の奥底から迫り上がってきた。が、その一方で、エリカを愛しているなら、そんな恩着せがましいことを考えるのはおかしい、という思いもあった。

沈黙を破ったのは真田のほうだった。

「とりあえず、そっちに行きますから」

返事を待たずに電話を切った。

エリカは深刻な面持ちで、ひとり掛けのソファに坐っている。

リビングルームに射し込む午後の陽を浴びているのに、顔色が青い。部屋に入ってから、まだ一度も笑顔を見せていなかった。おかしくて笑っていたと電話で言っていたけど、そんなふうにはとても思えなかった。

真田は居心地が悪いまま、三人掛けのソファでじっとしている。訪ねてきたばかりだけど、帰ったほうがいいかもしれないと思って、帰るタイミングを探していた。

「ごめんなさいね、真田さん。ちょっと気分が悪いの」

「無理しないでください、病み上がりなんですからね。帰りますよ、ぼく」

「ううん、いいの。一緒にいて。体調が悪いんではないから……。さっき、事務所から電話があったの」

「それが原因？」

「事務所に、雑誌社から電話があったの。来週の発売号に、写真を載せるって」

「写真週刊誌って、了解を取るんだ。勝手に載せるのだとばかり思っていました」

「わたしも初めてだから、驚いたわ」

「うれしいことじゃない？」

「違うの」

「何が？　望んでいたことでしょう？」

　エリカはうなだれて首を横に振った。深刻な面持ちに、憔悴《しょうすい》が加わったように思えた。雑誌に載るのはチャンスだと言ったばかりではないか。なのに、どうして、深刻な表情をするのか。

「雑誌社では、椎名さんとわたしが話している写真を載せるそうなの。それだけなら、真田さんに言ったとおり、チャンスだと思うけど、そんなに単純なことではなかったの」

「どういうこと？」

「どこから漏れたのかわからないけど、流産のことまで知っていたの」

「えっ……。つまり、妊娠させた相手を、椎名冬午ということにして、記事にしようとしているってこと？」

「そうらしいの。ああっ、真田さん。わたし、どうしたらいいの？」

「つまり、それではエリカさんにとってチャンスにならないってことですよね」

「流産はまずいでしょう？　妊娠させた相手が椎名さんなんだから。日本中の女性を敵に回すことになっちゃうわ」

　確かに彼女の言うとおりだ。結婚していれば悲話になるだろうけど、独身で妊娠してなおかつ流産というのは、絶対に受け入れられないだろう。身の破滅につながるスキャンダルになるのは、火を見るよりも明らかだ。

「有名な事務所なんだから、載せないように圧力を加えられそうな気がするけどな」

「できないっていうの、マネージャーは。事務所にはそこまでの力はないって」

「事務所サイドでは、まさか、これをチャンスにしようとしているんじゃないよね。だから、記事を止められそうでも、敢えて、しないってことは考えられないかな」

「嘘はついていないと思う……」

エリカの弱々しい口調が部屋に響く。熱烈なファンにとって、これほどまでにせつないことはない。彼女を助けるためならどんなことでもしてやりたいが、その手だてがないのだから。苦悶に満ちた彼女の表情を見ているのが辛い。真田は目を逸らすと、立ち上がって窓際に立った。

背中に視線を感じる。痛いくらいにヒリヒリする。エリカが助けを求めているのだ。でも、何もできない。カメラマンに直談判して、ネガを買い取ればいいのか？　いや、そんなことはできない。もうその段階を過ぎている。

アイデアがひとつ浮かんでいた。しかし、それを実行するには覚悟が必要だった。それに、彼女を納得させせなければできないことでもあった。

「ひとつ、考えがあるんだけど……」

真田は振り返って言った。胸を張り、自信たっぷりの表情をつくった。

「何？　どんなこと？　助かるなら、わたし、聞きたい」

「ぼくが、名乗り出るんだ」

「えっ？」

「ぼくが妊娠させた相手の男ということにするんです。事務所を騙したように、雑誌社も騙すんです」

「そんなこと、無理でしょう？」

「できるできないは横に置いておいて、エリカさんは、このアイデアをどう思いますか」

「無茶だわ、そんなの。あなたに、これ以上の迷惑をかけられない」

「そんなことを訊いているんじゃない。このアイデアはどうかって訊いているんです。ぼくのことは気にしないで、正直な気持を言ってください」

「アイデアは、いいかもしれない。でも、それでは不完全。独身なのに妊娠して流産したんだもの。椎名さんが真田さんに代わっても、スキャンダルに変わりはないと思う」

「非難を浴びない方法は？」

「結婚かな」

「結婚の意志を固めていたということだったら、流産は悲話になるでしょうね」

「そうね、確かに……。でも、そんなこと、現実的ではないわ」

「わかっています、それくらい」

真田は腕組みをした。頭がクラクラした。何度も深呼吸した。自分自身に向かって、冷静になれと戒めたりもした。

結婚という言葉が、まさか、彼女の口から出るとは思わなかった。もっとも非現実的な方法だ。それを彼女がすぐに思いついたことに、驚いたのだ。

「結婚かあ……」

エリカはため息を洩らすと、大きな深呼吸をひとつした。

真田は微笑んだ。エリカと結婚するという妄想が膨らんでいた。人生が目茶苦茶になるのは自分ではないし、エリカでもない。誰も傷つかない。結婚というのは、ふたりにとっても所属事務所にとっても、一発大逆転のホームランになるかもしれない。

空気が緊張感を帯びた。

何かが転がりはじめている。

真田は咄嗟にそう感じた。エリカの人生？　いや、自分の人生がうねりだしたのだ。漠然とした不安が胸に迫った。彼女を助けるために、自分の人生を投げ出すのか？　それでもいいのか？　そんな問いかけが浮かんでは消えた。

「結婚するってことにしたら、どうなるのかしら」

エリカの悲しみだけの表情が変わった。結婚ということに光を見出《みいだ》したらしい。

「どうなるって？」

「スキャンダルではなくなるのよね」

「椎名冬午は脇役に回ることになるでしょう。主役はエリカさんだ」

「不幸な女になるのね」

「でも、支持される、間違いなく」

「日本人は悲運の女性に対しては、とっても同情的ですものね」

「それはもちろん、結婚している女性か、結婚を決めている女性に対してだけです」

「すごく素敵なアイデア……。ああっ、でもやっぱり、現実的ではないわ」

エリカは両手で顔を覆った。

小さな泣き声が細い指の間から洩れてくる。熱烈なファンにとってはせつなすぎる光景だ。目にしたくない。この場から逃げ出したい。

でも……。

自分の決意ひとつで、エリカを助けられるという思いも強まっている。ほかに方法がなければ、そのアイデアにすがるだけではないか。自分もエリカもマネージャーもその決意によって喜ぶことにならないか？

人生が転がっているのを実感する。それは勝手に転がるのではない。自分の意思で転がしているからこそ、実感できることなのだ。

「エリカさん、泣かないで。現実的な方法を考えましょうよ」

「ないでしょう、ほかに」

「ありますよ」

「何？」

彼女は手を下ろして顔をあげた。無防備な涙顔が可愛らしかった。そんな顔を見せてくれることが、真田はうれしかった。

「結婚ですよ」

空気が震えた。真田は自分の心も震えていると感じた。エリカの頬がひきつった。驚いているのか、それとも、心が震えているのか。

「まさか、わたしたちが？」

「エリカさんさえよければ、ですけど。ぼくは願ったり叶ったりだ」

「わたし、あなたを利用したくない」

「利用してもいいんです。ぼくはエリカさんの助けになることが幸せなんですから……」

「できない、そんなこと」

「問題は当然あります」

「そうでしょう？　あなたの人生を狂わせたくないわ」

「そんなことではないんです。ぼくの言った問題というのは、芸能人のエリカさんが、一般人のサラリーマンと結婚して我慢できるかってことです。古い考えかもしれないけど、ぼくは結婚した女性と添い遂げたいと思っています」

「わたしだってそうよ」

「芸能人って、結婚してもすぐに別れるカップルが多いでしょう？　我慢が足らないというのか、気ままというのか……」

「わたしはそういう類いの芸能人とは違います。ごく普通の家庭に育って、ごく普通の価値観を持っている女なんだから」

「ぼくの給料では、エリカさんを満足させられないだろうな。芸能界で働きつづけるにしても、子どもができたら、長期休暇を取ることになるだろうし……」

「ちょっと、ちょっと待って」

エリカの甲高い声がリビングルームに響いた。慌てた様子でひとり掛けのソファから立ち上がると、彼女が歩み寄ってきた。

「話がどんどん先に進んで、現実的なことから離れていない？」

「すごく現実的だと思いますよ」

「そうかしら。目の前にある今の問題を、結婚ということで、本当に解決できると思う？」

「できるでしょう、それは」

「たとえできたとしても、幸せな結婚生活が送れるかどうかが問題でしょう？」

「それは当然のことです。ぼくが最初に言った、問題という意味はそのことですよ」

「真田さんは、どう？」

「ぼくはうれしいな。幸せにしてあげられるかどうか、財力のことを考えたら不安がたっぷりあるけど……。だけど、エリカさんを想う気持は、誰にも負けないつもりでいるから」

「ありがとう、真田さん」

「エリカさんはどうなの？」

「わたしは……」

「迷うでしょうね。当然だけど」

「ごめんなさい、あなたの前で迷いを見せちゃったりして」

「仕方ないですよ。一般人なんだから、ぼくは」

「有名になるためには、犠牲が必要だとわかっていたけど、その犠牲が結婚だったのかと思って、すごくショックを受けているの」

「エリカさんの理想の男からすると、ぼくはほど遠いでしょうね。金持でもないし、二枚目でもない。エリカさんを引き立てる立場にもなれないから……」

真田はため息をついた。肚《はら》をくくったというのに、事はうまく運ばないものだ。これは、千載一遇のチャンスでもなければ、瓢箪《ひょうたん》から駒《こま》が出るという類いのものでもないようだ。

「結婚しましょうか、真田さん」

「無理してそんなことは言うもんじゃないと思います」

「いいの、わたし。真田さんさえよければ」

「冗談でしょう？　迷っているって言ったばかりじゃないですか」

「冷静に考えたら、結婚するのがいちばんだと思い直したの」

「こんなに短い時間に？」

「そういうことだけは、わたし、頭の回転が速いの。ただし、条件があるの。仕事はつづけますから」

「当然ですよ、それは。スキャンダルから逃れるためなんだから」

「それともうひとつ。真田さんのことはとってもいい人だと思うけど、好きになるのには時間が必要です。それをわかってくれたら、わたし、結婚します」

エリカは言うと、自分を納得させるように深々とうなずいた。

第六章　芸能人の素顔

1

転がりはじめた人生というものは、本人の意思には関係なくあるひとつの到達点まで行くものらしい。行くところまで行かなければ止まらないとも言える。たとえば、勢いで結婚を決めたら、両親や親族を巻き込みながらゴールインするまで転がりつづけるようにだ。

ごく普通に生きている一般人であってもその勢いは強いのだから、芸能人となるとさらに激しく転がる。利害関係のある人たちとのつきあいが多いし、テレビや新聞、雑誌などのマスコミが転がるスピードの後押しをするからだ。

エリカが結婚を決め、事務所がそれを発表したことで、真田は激流に巻き込まれた。もちろんエリカも。

マスコミが連日連夜押し寄せた。彼女の青山のマンションの前は当然だが、一般人である真田が住む三鷹のアパートにまでもだ。朝の出勤でバスに乗っている時でさえ、テレビレポーターにマイクを顔に突きつけられた。

激流はしかし、いつかはおさまる。嵐が永遠につづくことはないように。芸能人の場合は結婚式を済ませるまでが激流で、その後は穏やかな流れになる。

芸能人のエリカにとっては、激流は有名になるためのステップになるが、一般人の真田にとってはまったく必要のないことだった。それでも真田はエリカとともにその激流を泳ぎきった——。


結婚を発表してから三週間が過ぎ、結婚式を挙げてから四日が経った。

ふたりは今、中目黒のマンションにいる。そこは新婚生活を送るために、真田が急きょ、契約した2LDKの部屋だ。なけなしの貯金をはたいてマンションの敷金礼金も出し、家具を買い求めた。

昨日、引っ越しを終えた。

冬の午後の日だまりの中で、真田は床に坐っている。すべてがあまりにも急だったために、ソファもまだ用意できていない。それどころか新しいベッドさえもない。一〇日後に届く予定になっている。

「すごいなあ、先輩……。この部屋で本当に今村エリカと暮らすんですね。銀座のサイン会に並んでいたなんて、今となったら、信じられないな」

長崎がため息混じりに言うと、ベランダに出たり戻ったりを繰り返した。

エリカは買い物に出かけていて留守だ。親しい後輩が訪ねてくるということで、彼女は料理が苦手だと公言していたのに、手作りの料理で歓迎しようという気になったらしい。サラリーマンの妻になったという自覚が芽生えたのかもしれない。

「最初聞いた時、びっくりしただろ？」

「腰を抜かすところでしたよ。土曜日の夜にやっているバラエティ形式のニュース番組の芸能コーナーで知ったんですからね」

「そんな番組で取り上げられたのかあ」

「今村エリカが結婚するっていうだけでもびっくりしたのに、相手の名前を聞いた時、耳を疑いましたからね」

「確認のための電話をかけてくれればよかったじゃないか」

「何言っているんですか。真田先輩のケータイ、電源がずっとオフになっていましたよ。忘れたんですか？」

「そう言えば、そうだったな」

真田はその頃のことを思い出した。

木曜日だった。その日、事務所が結婚を発表すると決めたことを、真田は聞かされた。エリカだけが記者会見に出席する段取りになっているということだった。当日の午後零時三〇分に記者会見が行われた。二時からのニュースで取り上げてもらうための時間設定ということだった。

記者会見の模様がテレビのニュースに流れてからというもの、ケータイが鳴りはじめた。最初は結婚している高校の同級生の女子からだった。電話はひっきりなしに鳴った。七人に事情を説明したところで、キリがないと諦め、ケータイの電源を切ったのだ。

知っておいてほしい人には、記者会見がはじまる前に報せていた。当然だ。会社の部長、課長、係長の三人、それに親族だ。親族について言えば、今村エリカを知らなかったから、結婚するということを単純に喜んでくれただけだった。

「ところで、もう落ち着きましたか？　最近じゃ、テレビでエリカさんのことを話題にすることがなくなっているでしょう？」

「やっと、平穏な生活になったところかな。よかった、ほんとに。長崎、考えてもみろよ。アパートの前にも、会社の前にも、テレビで観たことのある芸能レポーターが待ち伏せしていたんだぜ」

「有名になるっていうのは、どういう気持なんですか、先輩」

「エリカが有名だから、それに引きずられて、名前が出ただけさ」

「冷静なんですね」

「浮かれるほうがおかしいじゃないか。テレビなんて、おれの生活とは無縁の世界だからな。あいつらは、話題に集まる人たちなんだよ。おれにじゃない」

「先輩、変わっていなくて、おれ、安心しました」

「変わるもんか」

「だって、奥さんはモデルで、しかも有名人なんですよ」

「おれはサラリーマンで、職場も変わっていない。変わったことなんて、何もないんだから、変わりようがないじゃないか」

「そうかなあ……」

長崎はうらやましげな眼差しを送ってきた。言わんとしていることはわかるけれど、たとえ変わったとしても、自分の意識が変わったと言うことはできない。女によって変わるというのは、男の自尊心が許さないのだ。

「エリカさん、遅いですね」

長崎は玄関のほうに目を遣った。それから声を落として言った。

「先輩、ひとつ訊いてもいいですか。すごく訊きにくいことなんですけど……」

「いいさ、何でも。でもそれを、芸能レポーターや写真週刊誌に売らないって約束すればの話だけどな」

「先輩を売るなんてこと、しませんよ」

「だったら、言えよ」

「エリカさん、ここで、満足しているんですか」

真田は長崎を睨みつけた。でも内心では、彼の疑問はもっともだと思った。

2LDKとはいっても、築二〇年以上は経っている。エントランスは汚れているし、エレベーターも遅い。お世辞にも、芸能人が住むような豪華なマンションではない。

エリカの収入はあてにしないことを前提に選んだ。二八歳のサラリーマンが払える賃貸マンションの家賃はたかが知れている。しかも急だった。そんな悪条件の中で、もっとも広い部屋を選び、ここになったのだ。エリカも同意している。実際は、いやがる彼女を押し切ってこの部屋に決めたのだ。

「ねえ、満足しているんですか？」

長崎はしつこかった。応えないわけにはいかない。黙っていたら、満足していないことになってしまう。男としてそれは許せない。

「ある程度は、満足したかな」

「すごいな、それって。今村エリカがこんな狭い部屋で満足するなんて……」

「彼女は、おれと一緒なら、どんな部屋だっていいって言っているんだ」

「それもすごいな……。やっぱり、先輩がうらやましいや」

長崎はため息を洩らすと、玄関のほうにまた目を遣った。ドアの開く音が響いた。エリカが帰ってきたらしい。

「ごめんなさい、遅くなっちゃって」

エリカがリビングルームに戻ってきた。

美しい女性だ。彼女が自分の妻になったということに、今もまだ現実感が乏しい。真田はやさしい声音《こわね》で言う。

「ずいぶんと長くかかったね。近くのスーパーに行ったんじゃなかったのかい？」

近所のスーパーのビニール袋ではない。手にしているのは紙袋だ。いったいどこまで買い物に行ったのだろう。

「中目黒っていう街、よくわからなかったの……。ウロウロして迷っているくらいなら、いっそのこと、よく知っている青山まで行っちゃえって思って……」

「青山まで行ったのかい？」

「それで時間がかかったの」

彼女は紙袋から折り詰めを取り出した。食材ではない。握り寿司だ。手料理をつくると言って勇んで出かけたのに。

真田は苦笑いを浮かべながら、長崎と目を合わせた。彼も困った顔をしていた。

結婚したからといって、いきなり手料理がつくれるはずがない。彼女は芸能人なのだ。これまで料理をしたことがないということがわかっていたから、彼女を責める気にはならなかった。

三人で遅めの昼食をとった。

今はまだ食器や箸を揃えていないし、テーブルさえもない。それでもエリカさえいれば楽しい。たぶん、どんなに貧乏でも彼女さえいればいいのだ。長崎も満足げに寿司を口に運んでいる。

「それにしても、おいしいお寿司ですね。エリカさん、どこで買ったんですか？」

長崎がペットボトルのお茶をグラスに移し替えながら訊いた。他人の妻なのだから親しげに名前を呼ぶことはないじゃないか。真田は彼を睨みつけた。

「南青山のお寿司屋さんよ。知る人ぞ知る名店。昼はやっていないんだけど、無理に頼んだの。行きつけだから」

「どうりで……。回転している寿司とは違うな。そう思うでしょう、先輩」

長崎が同意を求めてきた。うなずきたいところだったけれど、真田は曖昧な微笑をするだけだった。回転寿司ばかりを食べているようには思われたくない。結婚したのだから見栄を張ることはないけれど、彼女に自分との生活の落差を感じさせたくなかった。

「わたし、一度だけ、回転寿司屋さんに入ったことがあるけど、すごく楽しかったし、おいしかった記憶があるわ」

エリカが自慢気に言う。彼女にとってはそれが非日常なのだ。

これから先、自分の給料で彼女を回転しない寿司屋に連れていくことができるのだろうか。自分にとっての非日常のそれを、日常にできるのか。そんな心配が胸に迫ってきて、楽しく食事をしているのに悲しくなりそうだった。きっと、テーブルも箸もないせいだし、芸能人が住むマンションだと誇れる部屋を選べなかったせいだ。

「先輩、頑張ってくださいよ。エリカさんを芸能人が行ってもおかしくない店に連れていかないといけないんですからね」

「わかっているって」

「当然ですよね。なんてったって、トップモデルのエリカさんなんだから」

「長崎は意外に思うだろうけど、エリカはごく普通の感覚の持ち主なんだ。サラリーマンと結婚したという意識もしっかりと持っているしね」

真田は胸の奥がこそばゆくなるのを感じた。初めて彼女の名前を呼び捨てにした。悪いことをしたかなと考えながら、妻を呼び捨てにして何が悪いとも思った。

午前零時を過ぎた。

長崎は夕方には帰った。その後からつい一時間程前まで、真田はひとりきりだった。エリカは打ち合わせがあるということで、彼と一緒に部屋を出たのだ。

今は、ふたりだ。彼女は一時間程前に帰宅した。少し酔っていた。夕食は済ませているということだった。

独身時代に使っていたシングルベッドにそれぞれ入っている。六畳のベッドルーム。狭くて息苦しささえも感じてしまう。照明器具もまだ届いていない。裸電球が寒々しいが、我慢するしかない。

「あなたの後輩って、ほんと、サラリーマンなのね。面白かったわ」

明かりが消えるのを待っていたかのように、薄闇の中でエリカが声をかけてきた。

「いい奴だよ、すごく。エリカの大ファンだったんだ」

「サラリーマンって庶民なのね。わたし、彼の話を聞いていて、せつなくなっちゃった」

「どういうことだい？」

「わたしがこれまで住んでいた世界とはあまりに違うから……」

「せつなくなったのは、住む世界が違うから？」

「夢とか希望といったことを話せないのかなあって思って……。すべてが生活なんだもの。わたし、そういう生活にはついていけないなって考えたら、せつなくなっちゃったの」

エリカのため息が耳に響いた。薄闇の部屋の空気が震えるようだった。

彼女は恐れているのだ。自分が夢や希望を捨てなければならないことを。そして、今の高いレベルの生活から低いところに落ちていかなければならないことをだ。

「はじまったばかりじゃないか。今からそんな弱音を吐いたら、やっていけないぞ。動機は何であれ、結婚したからには、一生添い遂げる覚悟をしたはずなんだからね」

「うん、わかってる」

「不安や不満は、どんな時でも生まれるものさ。その都度、話していこうよ。ふたりの気持がしっかりしていれば、克服できるはずだからね」

「忙しかったから、あまり話ができなかったのかもしれないわね」

「話したいことがあるかい？」

「ひとつ、言っておいたほうがいいことがあるの。真田さん、いい？」

苗字《みょうじ》で呼ばれたことに気づいたが、真田は敢えてそれには触れずに、短く「うん、いいよ」と応えた。彼女の声音が不安げだ。いい話ではなさそうだ。

「あなたに隠していたことがあるの」

「何？」

「わたしの年齢、いくつか知ってる？」

「二五歳。大ファンだったんだから、それくらいのことは知ってるよ」

「違うの。事務所の命令でふたつ若く言っていたの。ほんとは、二七歳」

「婚姻届を出したんだよ、ぼくたちは。生年月日を書く欄があったじゃないか」

「わかっていて、知らないフリをしていてくれたのね。怒っていない？」

「全然。うれしいよ、明かしてくれて……。やっと信頼してくれたんだね」

怒っていないというのは本心だった。落胆もしていない。いい話ではないけれど、悪い話でもなかった。芸能人なら年齢詐称はありがちなことだ。

「わたし、怖いのよ」

「本当の年齢を知られたことが？」

「違う、そうじゃない……」

「言ってごらん」

「わたしがわたしらしくなくなっちゃうような気がして……。わたし十代の頃からモデルをやって華やかな世界で生きてきたの。のびのびとやっていたわ。肌に合っていたと思う。サラリーマンの地味な世界に入ったら、わたしが変わっちゃいそうで……」

「変わらないし、変わってほしくもないな。それに、変わることも望んでいない」

「ほんと？　サラリーマンの奥さんとしては失格してもいいの？」

「思い詰めることはないよ。そつなくやってくれればいいんだ。自分らしさを失わない程度にね。ぼくは今でも、今村エリカの大ファンであるんだから。エリカらしさがなくなることはぼくの本意ではない」

「そう言ってもらって、わたし、気が楽になったかな」

「自分らしく気楽にやってほしいよ」

「うん、そうする」

エリカの声音がやっと明るくなった。震えて緊張していた部屋の空気が和《なご》んだものに変わった。きっとこういうことを繰り返すことで、絆《きずな》が深まっていくものなのだ。たとえ今はまだ、ふたりの気持が芸能人とサラリーマンとにわかれていても、そのうちに、夫婦としての気持になっていくはずだ。

真田はエリカのベッドに潜《もぐ》り込んだ。

明日の月曜日は朝一番から会議だ。睡眠不足になるのはわかっていても、それでも彼女に触れたかった。絆を深める手がかりを見つけたから。それを肌を重ねることで確かなものにしたかった。

「真田さん、悪いんだけど、わたし、お酒を飲んできて眠いの」

エリカはあからさまに厭《いや》そうな顔をすると寝返りをうって背中を向けた。長い髪が乱れ、甘い香りが漂った。木綿素材のネグリジェの襟のレースが、闇の中でうっすらと浮き上がって見えた。

「ちょっとでいいんだ。エリカに触れたいんだ。せっかく仲良くなれる話をしたばかりじゃないか」

「明日、撮影があるの。目の下にクマをつくるわけにはいかないの」

「それはわかるけど、ぼくたちは新婚旅行にも行っていないんだよ。激動の三週間だったからね。ふたりきりでゆったりしているのは、たぶん、今夜が初めてじゃないか」

「これからはたっぷりと時間があるんだから、今夜じゃなくてもいいでしょう？」

「夫婦になってから、まだセックスしていないってこと、知っているかな」

「そうだった？」

「抱きたいって、ずっと思っていたんだ」

エリカのうなじの下のあたりにくちびるをつけながら囁いた。右手を伸ばして、彼女の乳房の下辺にあてがった。無理強いするつもりはないけれど、本気で厭がるまでは触れつづけようと決めた。

ブラジャーのホックをくちびるで感じる。寝る時も彼女はブラジャーを着けている。結婚する前に一度、なぜそんなことをするのか訊いたことがある。垂れちゃうのが怖いから。彼女はあっさりと理由を言った。ブラジャーの痕がつくことは気にしていなかった。撮影の時に痕が目立ったら、メイクさんが何とかしてくれるということだった。それを聞いた真田は、彼女の生活のすべてが仕事のためにあって、美しさを保つために努力を怠っていないことを知った。

ネグリジェの上から乳房をやさしく揉む。ブラジャーのカップは普段着けているものよりはやわらかい。寝ている時のためだけに使っているものだ。乳房のぬくもりが伝わってくる。弾力や張りもわずかではあるが指先で感じ取れる。

長い髪を掻き分け、うなじに直接、くちびるを這わせる。彼女の性感帯。うなじから髪の生え際に上がっていく。

「男の人って、したくなったら最後、どうにも我慢できなくなる動物なのよね。それくらいのことはわかっているけど、ほんとに眠いの……。途中で寝ちゃってもかまわないなら、してもいいわよ」

「ぼくは触れていさえすればそれで満足なんだ。エリカに何かやってもらおうとは思わないし、頼まないから」

「だったら、わたしを味わってね」

彼女は小さなあくびをすると、ネグリジェを気《け》だるそうに脱ぎ、ブラジャーを取った。男としても夫としてもあまりに卑屈すぎる。でも、そんなことはかまわない。彼女が満足して喜べば……。それに、芸能人のエリカの乳房を見られるだけでも幸せだ。

円錐の形はわずかに崩れるけれど、それでも美しい。乳輪は迫り上がり、乳首も尖っている。言葉とは裏腹に、軀は興奮している。真田はそれに励まされる。

乳房に舌を這わせる。全身に優越感が満ちていく。舌で味わっているのは、今をときめく今村エリカのおっぱいなんだ。

乳首は興奮して硬くなっている。長崎も、そして彼女のファンも想像できないだろう。彼女のあられもない姿態を自分だけが独占している。その事実に性的に興奮していく。夫が妻を抱くという意識ではない。ファンがアイドルを抱いている心理だ。

「ねえ、大切なところも舐めて」

エリカが足を開きながら囁いた。髪を撫でてくれる。やさしい手つきだ。ぬくもりとともに甘い香りが鼻腔に入り込む。

真田は彼女の望みどおりに股間に顔を寄せた。

パンティの上から唾液を塗り込む。彼女は黙ったまま腰を突き上げ、愛撫を求めてくる。掛け布団の中が熱気と湿り気を帯びて暑くなる。ふたりの興奮が混じり合っていく。

「感じているんだね、すごく濡れているよ。眠気なんて吹っ飛んだんじゃないかな」

「そうかも……」

「それでいいんだよ、エリカ」

真田は彼女の股間に顔を寄せた。先程よりも丹念に舌を遣う。パンティの股ぐりに沿って舐める。五分以上はそれをつづけた。太もものやわらかい肉と肌の肌理《きめ》の細かさを味わう。右側を終えると左側だ。その後は、太ももの内側を舌先で突っつきながら膝まで下りていく。やはりそれも五分以上。性感帯を時折刺激するらしく、彼女の太ももや下腹部がピクピクッと痙攣を起こしたように震える。

「パンティを脱がしてもいいかい?」

布団の奥から彼女に声をかけた。パンティは唾液とともに、溢れ出ている彼女のうるみですっかり濡れている。挿入するには十分のはずだ。

彼女の返事はない。

怒ったのか、それとも……。

真田は陰部から顔を離すと、恐る恐る布団から這い出た。

彼女は目を閉じていた。

やっぱり。軽い寝息を立てていた。眠ってしまったのだ。寝てもかまわないと言ったけれど、まさか、本当に眠ってしまうとは思わなかった。呆気にとられた。怒るわけにもいかず、真田はため息を洩らすしかなかった。

エリカを起こさないように慎重にベッドから出た。結婚してすぐに空しさをこんな形で味わうとは思ってもみなかった。


一週間が過ぎた。

何事も起きずに、平和だった。芸能レポーターに取材されることもないし、ケータイに電話もかかってこなくなった。会社でも声をかけてくる者はいなくなった。

ようやく、落ち着いて仕事ができる環境になった。変わったことといったら、ダブルベッドとソファ、テレビが配送されてきたことだろうか。ふたり分のシングルベッドを廃棄したことで、ベッドルームはいくらか広くなったし、新婚の部屋らしくなった。

日曜日の午後。

ひとりだ。エリカはテレビのロケがあって深夜まで戻らない。

長崎から電話がかかってきた。暇だったので彼にかけようと思っていたところだ。

「タイミングがいいな。ちょっと会えないか？　どうせおまえも暇しているんだろう？」

「先輩は大丈夫なんですか？」

彼の声は勢い込んでいた。何かあったのだろうか。いやな予感がした。

「先輩、知ってますか？　もちろん、知ってますよね。ほんとに大変だ」

「何が起きたんだ」

「知らないんですか？　三日前に発売の写真週刊誌を見てくださいよ」

「今この場では教えるつもりがないっていうことか？」

「ぼくの口から伝えるよりも、自分の目で見たほうがいいと思います。それじゃ、ぼくは切りますから、とにかく早く、買って見てください。その後、話したくなったら、ケータイに電話ください」

彼はそれだけ言うと、電話を切った。いやな予感が増幅した。写真誌ということはエリカに関係することか？　普通のサラリーマンの自分が載るはずがない。

真田は歩いて二分程にあるコンビニに全速力で走った。一分もかからずに着くと、写真週刊誌を手に取った。走ったことによる苦しさと息切れに、どんな記事が載っているのかという不安が混じり合った。

表紙を見た。エリカという文字がいきなり目に飛び込んできた。

『今村エリカ、新婚生活一カ月で破綻か？』

おいおい、何を言っているんだ。ぼくたちはうまくいっているのに。そんなことを胸の裡で呟く。自分がいちばん知っていることなのだ。

ページをゆっくりとめくった。

見たい気持と見たくない気持。そのふたつがせめぎ合った。

目的の見開きに辿り着いた。

エリカが見知らぬ男とシティホテルに入るところと、手をつないで出てくるところの二点の写真が載っていた。ふたりは笑顔だった。新婚生活を送っていて、こんなに素敵なエリカの笑顔は見たことがなかった。軽い嫉妬を覚えた。追い討ちをかけるように、センセーショナルな見出しが躍っている。

『視聴率ナンバーワンのプロデューサーと日曜の午後の密会』

手が震えた。全身から力が抜けた。アキレス腱からふくらはぎにかけての筋肉が緩んで立っていられなくなりそうだった。

記事は、エリカの行動を時系列に沿って書いていた。一週間前の昼過ぎから約二時間の出来事。不倫をしていたという結論を導きだしていた。

真田はその時のことを思い出して、やっぱりガセネタだと確信した。あの時、中目黒の部屋に長崎が訪ねてきた。

記事はしかし、克明だった。エリカは南青山の寿司屋に行った。彼女にインタビューして殴られそうになったことまで書いてあった。これ以上読んでいると、自分の確信が揺らいでしまうのを感じて雑誌を閉じた。

写真週刊誌を買い求めてコンビニを出た。エリカに電話をすべきか、長崎にすべきか迷った末に、長崎にかけた。彼女のアリバイを立証してくれる気がしたのだ。

「長崎か？　今見たところだ」

「ぼくも手元にあるんですけど、その日って、ぼくが訪ねた時ですよね」

「そうだよ、だからガセネタだ」

「ぼくもそう信じていますけど、彼女、寿司を買いに、部屋を空けているでしょう？　それも二時間以上も」

「それはそうだよ。南青山まで行ったからね。しかも彼女は寿司屋でつまんでいたはずだ」

「そうでしょうね。お腹がいっぱいで食べられないって言ってましたものね」

「だろ？　やっぱり、ガセだよ」

「ぼくもそう思います。エリカさんに限って、先輩を裏切るわけがないでしょう。彼女、純粋な心の持ち主でしょう？」

「そのとおり」

真田は力強い口調で言った。それは自分自身の不安を打ち消すためでもあった。新婚一カ月で浮気だなんて洒落《しゃれ》にならないではないか。芸能人はそれが許されるかもしれないけれど、一般人では許されない。

やはり、エリカに直接、問い質《ただ》さないといけない。

2

エリカのケータイは切られていた。仕事中だろうと思いながらも、写真週刊誌に一緒にホテルを出てくるところを撮られたプロデューサーと一緒なのかもしれない、という疑念が胸の裡に渦巻いた。

真田はめげていた。やっぱり、好きで結婚したからではないせいだ、と……。自分を卑下することで気持を落ち着かせようとしたけれど、怒りが薄らぐことはなかった。

彼女を問い質さなければならない。それだけを考えるようになった。成り行きはどうあれ、今は妻なのだ。訊くのが夫の権利だし、説明するのは妻の義務だ。五分おきに一時間、ケータイにかけつづけた。そしてようやく、彼女をつかまえることができた。

「エリカ、今、どこにいるんだ？」

怒気をはらんだ声になっていた。やさしい声音で話そうとしていたのに。やっとつかまったという安堵感は失せて、渦巻く疑念に心は占領されていた。

「どうしたのよ。今日は撮影で家を空けるって言ったはずだけど。忘れたの？」

「覚えているけど、いったい、どこで撮影しているんだよ」

「お台場。すごく風が強いの」

「雑誌の撮影？」

「そうだけど、疑ってるの？　なんなら、マネージャーに代わってもらうわよ」

「そんなことを確かめるために電話をかけたんじゃない。写真週刊誌、見たんだ」

「ああっ、あれ」

エリカはあっさりと言った。彼女が記事を知っていたことに驚かされたし、それを気にしていない様子がうかがえたことも意外だった。ガセネタということなのか？　とするなら、そうした記事が載ったことに怒ったり疑念を持ったりするより、有名になったと思って喜んだほうがいいのか？

「エリカ、説明してくれないか。記事によると、写真を撮られたのは、長崎が部屋を訪ねてきた日だ。青山の馴染みの寿司屋まで行って、握り寿司を持ち帰ったんだよな」

「うん、そうよ」

「だとしたら、あの写真と記事はまったくのデタラメってことか？」

「ううん、そうでもないかな」

「おい、嘘だろ？」

「本当。でも、真田さんを裏切ったりしていないから……。だからこそ、こんなふうに話せるんじゃない」

エリカの声音は落ち着いていた。少しでもやましいところがあったら、声の調子が変わるはずだ。真田は信じようとしたが、彼女への疑いは捨てきれなかった。芸能人だから演技するのは得意だろうから。

「ホテルから手をつないで出てくるなんて、単なる仕事のつきあいじゃない。ぼくだったら、仕事のつきあいの女性と、手なんて、絶対につながないぞ」

「サラリーマンの世界ではそうでしょうけど、わたしの住んでいる世界では、もう少し、くだけているのよ。それに、相手の人は知らない仲ではなかったし……」

「誰なんだ、写真の男は。ニヤニヤしやがって、ほんと、頭にくる奴だ」

「わたしたちが結婚するきっかけとなったような人です、あのプロデューサーは」

「きっかけ？」

「わかっているはずよ、いろいろな事情を知っているあなたなら」

謎掛けのような言葉を考えるうちに、真田は小さく呻き声を洩らした。

妊娠させた可能性のあるふたりの男のうちのひとりだったのか。ひとりは椎名冬午とわかっていたけれど、ふたり目の男については、プロデューサーとしか教えられていない。

どちらの男が妊娠の相手だったのか。それは今となってはわからないが、いずれにしても、ひどい男であることは間違いない。流産して緊急入院した時も見舞いに訪ねてこなかったし、退院した日もそれ以降も、何の連絡もない。

「エリカの言っている意味がわかったよ。それにしても、どうして今さら、そんな男と会う必要があったんだ？」

「呼び出されたの。家を出てスーパーを探すためにうろうろした後、タクシーに乗って青山に行ったと言ったわよね。その車中でかかってきたの」

「のこのこ出かけるかな。普通だったら、縁を切るんじゃないか？」

「プロデューサーだから、彼は」

真田はカチンときた。「彼」という言い方に妙に馴れ馴れしい響きがあったからだ。できているのか？　椎名冬午の存在はカモフラージュだったのか？　結婚そのものも嘘に塗り固められていたのか？　疑念が怒りを生み、その怒りが疑念を強いものにしていく。

「仕事がほしいから会ったのか？　そんな説明をされても、納得できないよ」

「ねえ、わたし、これからまた撮影なの。帰ってからきちんとした説明をするから、それまで待っていて」

「何時頃になるのかな」

「たぶん、あと四、五時間。打ち上げの食事会があったら、もう少し遅くなるけど」

「つまり、帰宅時間がわからないっていうことか。まったく……」

真田は吐き捨てるように言った。エリカが何かしらのやさしい言葉を返してきてくれるという予想のうえでだ。しかし、彼女は何も言わずに電話を切った。


どうすることもできない悶々とした時間が過ぎていく。

地獄だ。

エリカがつくった地獄。そこから這い出ることもできずに、ただじっと待っているだけ。

エリカがなぜ無言のまま電話を切ったのか。そればかりを考えた。希望的なことはまったく浮かばない。このまま指をくわえて、彼女の勝手な行動を見ているしかないのか。そんな結論に達して、涙を流しそうになった。胸に満ちる漠然とした悔しさと悲しみ。それは彼女に対してなのか、それともプロデューサーに対してなのか。

熱烈なエリカファンであるけれど、夫でもあるのだ。それをないがしろにされていることが悔しいのか。裏切られているという事実が悔しいのか。憎悪も膨らむが、やはり漠然としたもので、誰に対してのものなのか漠然としている。

昨日届いた結婚式の写真を見る。彼女をたびたび撮っているカメラマンが、ボランティアで撮ってくれたものだ。

ウエディングドレス姿の彼女の顔は輝いている。七万円の貸衣装のドレスとはとても思えない。彼女の満面の笑みを見ていると、幸せというものが形になって現われたような気がしてならない。写真の彼女は確かに、世界の中心にいる。

この笑顔は嘘だったのだろうか。それとも、結婚によってスキャンダルから逃れることができた安堵感が、彼女を笑顔にしているだけなのか。優に一〇〇枚はある写真が、ひどく色褪せたように見えた。それも真田にとっては地獄だった。


午後一一時を過ぎた。

日曜日の夜だというのに、夫婦の団らんといったものがないまま、ひとりで食事をとった。新婚一カ月にして味わう孤独。エリカのために自分を犠牲にしたという意識があったけれど、孤独感を味わうとは思っていなかった。ただだけに辛かった。風呂に入ったり、テレビを点《つ》けていても襲ってくる孤独感を紛らわせることはできなかった。

午前零時ちょっと前。午前様になるのかと思っていた時、彼女が帰宅した。頬はもちろんのこと目まで充血した酔った顔。今日の午後の電話のことなど忘れてしまったようだ。

責任感が伝わってこない惚《ほう》けた表情に思えて、真田は吐息を洩らした。ふたりの間にこの事態に対する温度差があるのを感じた。

「ずいぶんと遅かったんだな。もう少し、早く帰ってくるかと思っていたな」

彼女が手渡してきたバッグを受け取りながら呟くように言った。ついついトゲのある言い方になったけれど、彼女は酔っているのか、何も応えないままリビングルームに入った。

「ねえ、お水ちょうだい。そうだ、レモンを入れたお水にして」

「レモンなんてないから、水で我慢して欲しいな」

「だったら、わたし、熱いお茶がいい。ほんとは、しじみを具にした赤だしのおみそ汁がいいんだけどね」

「酔い醒ましにはいいだろうけど、残念ながらこの家にはないな」

エリカは酔っても奔放だった。半ば眠りながら言いたいことを言った。

奔放であることが彼女の魅力のひとつではあるとわかっている。大ファンなのだから。でも今はそれが憎たらしい。夫のために夕食もつくらない妻が許せない。自分だけが飲んで食べて満足して帰ってくる妻を愛することはできないとさえ思ってしまう。

グラスを運ぶ。ミネラルウォーターの買い置きがないから、水道水を入れていた。酔っているから、味などわからないと思っていたが、彼女の嗅覚は鋭かった。

「水が臭いわよ。ねえ、これって、コントレックスじゃないでしょう」

「今朝、出がけにエリカが飲み終えただろう？　自分でペットボトルを潰したこと、忘れたのかい？」

「覚えているけれど、どうして買っておいてくれなかったのよ。お水っていったらコントレックスって、わかっているでしょ？　あなたはお休みだったんだから」

「買いに行こうと思っていた矢先に、写真週刊誌のことを教えられたんだ。それで、すっかり頭から抜け落ちた」

「あんな記事で動揺するなんて……。わたしのことが信じられないの？」

エリカの蔑《さげす》むような眼差しとふてくされた表情に、真田はすぐには言い返せなかった。こんなに冷たい顔をする女だったのか。諦めのような気持に熱が冷めていく感覚が重なった。膝が震えて立っていられなくなった。腹の底がうねり、ちょっとでも気持を緩めたらこの場で吐くのではないかと心配になったくらいだ。

それにしても、彼女の怒りは逆ギレそのものだ。ここまでやりこめられたら、怒るに怒れない。それに初めて直面する彼女の怒りに、どういう態度をとっていいのかわからない。話し合いをしようにもその隙がない。

「わたし、寝るわ。明日も早くから撮影だから」

「そうだね、確かに。八時半には、マネージャーが迎えにくることになってるな」

「わかっているなら、もう寝かせて。明日もグラビア撮影だから、たっぷりと睡眠をとらなくちゃならないの」

「わかっているけど……」

「それなら、寝かせてね」

「寝るのはかまわないけど、その前に、プロデューサーのことを説明して欲しいな。今日電話をかけてからずっと、待ちつづけていたんだからね」

「だから、あの時も言ったように、呼び出されただけ。プロデューサーを邪険にしたら、損はあっても得はないんだから」

「そいつに妊娠させられたんだよな」

「それはもう過去のことだから口にしてほしくないな。わたし、いやなことはすぐに封印するほうなのよね」

「説明はなし、ということか」

「しつこいなあ、ほんとに。彼とは何ともないし、これからも何も起こらない。わたしはあなたと結婚して、妻になったの」

「そこまで言うなら、わかったよ。雑誌の記事よりも、エリカを信じることにする」

真田は自分自身を納得させるようにゆっくりと口にした。彼女はせわしげに歯を磨き、肌の手入れをすると、狭いベッドルームに入っていった。

結局、エリカはそれ以上の説明はしてくれなかった。疑念は強まり、彼女への熱烈な想いにわずかに翳《かげ》りが生まれた。これが結婚一カ月目の事実だ。

ふたりでベッドに入った。

真田は寝返りをうってはため息を洩らした。背中を向けて眠っているエリカへの想いが巡って寝つけなかった。彼女と出会ってから、うれしくて眠れなかったことは何度もあるけれど、辛さが原因の不眠は初めてだ。

これから先、いったいどうすればいいんだろう。結婚生活への不安が脳裡をよぎる。もしかすると、結婚前からこの問題に気づいていたのかもしれないとも思う。彼女を手に入れたいために、気づかないフリをしてきただけではないかと自問した。

夜は長い。彼女のやすらかな寝息を、真田は複雑な気持で聞く。

離婚という言葉が何度も胸を掠める。たった一カ月やそこらで離婚か……。うらやましそうに遠くから眺めるようにしていた同僚の嘲笑が聞こえてきそうだ。祝福の裏にある嫉妬めいたものが、離婚とともに間違いなく噴き出すだろう。

結婚式で見せた両親の喜ぶ顔が浮かぶ。叔母さんが送ってくれた米のことを考えて胸が痛む。「このお米には何千何万という人の祝福が込められていると思うのよ。生きている世界が違う人と結婚したんだから、我慢する時は我慢するの。ごく普通の家庭生活にはならないんだからね……」。宅配便で送ってきてくれた二〇キロの米袋に叔母さんの励ましの手紙が添えられていた。

頭に浮かぶすべてに、短気を起こして早まった決断をしてはいけないと戒められている気がする。誰かにこの辛さを理解してほしいけれど、誰にも相談できない。エリカとの結婚を内密に進めて驚かせただけに、今の辛さを訴えられるはずがない。

長崎ならば聞いてくれそうだけれど、後輩の彼に言う気にはならなかった。結婚をしていない男では力不足に思えた。

午前六時半に目覚ましが鳴り、真田は飛び起きた。八時半には出かけるエリカのために、朝食をつくってあげるからだ。といっても、トーストと目玉焼き、レタス中心の野菜にコーヒーではあるが。

エリカはアラームが一度鳴ったくらいでは目を覚まさない。彼女は不思議な体内時計を持っていて、遅刻するまで眠っていることはないが、かといって、目覚ましどおりに起き出すこともない。急いで支度をしてちょうど間に合うというタイミングが、彼女の目覚めの時なのだ。そんな調子だから、彼女に朝食をつくってもらったことはない。

彼女が起きてきた。

眠そうな顔。乱れきった長い髪。パジャマの左足のほうが膝上までずりあがっている。ほとんどない眉毛。まばらにしか生えていない睫毛《まつげ》。女ならば好きな男には絶対に見られたくないはずなのに、彼女はそんなことには頓着しない。そのことを、熱烈なファンの夫は良しとしている。気を許している証拠だと思うし、こんな姿はほかの男には見せないだろうという優越感が味わえるからだ。

「あーあっ、朝食は何？」

あくび混じりに訊かれて真田はムッとしたが、黙ってレタスをちぎった。コーヒーメーカーのスイッチを入れる。

「昨日と似ているかな。食材がないから我慢してほしいな」

「べつにつくらなくてもかまわないわよ。外で食べれば済むことだから」

「そういうつくり甲斐のないことを言わないでほしいな。せっかく、早起きして支度をしているんだからね」

「気を悪くさせたんなら、ごめんなさいだわね。わたし、まだ頭がぜんぜん動いていないの。寝起きって、すっごく苦手」

彼女は言うと、トイレに入った。

ドアを開けたままだ。結婚して一カ月が過ぎたが、朝は決まってドアをわずかに開けている。気がつかないのかどうか。放尿している濁った音が聞こえてきた。それが終わると、放《ほう》屁《ひ》の小さな音とあくびが響いた。

食事はすぐに終わった。ものの五分程度だろうか。彼女の朝食はがっかりするくらい早い。コーヒーをふた口飲み、目玉焼きの白身の部分だけを食べた。レタスのサラダは、大きめの葉を四、五枚口に入れただけだ。

つくり甲斐というものがまったくない。本来ならば、妻である彼女がつくるべきだとも思ったりもする。でも、そんなことを真田は口にしない。ふたりとも働いているし、彼女のほうが圧倒的に稼いでいるとわかるから我慢していた。せめて、一日交代でつくるくらいにしてほしいものだと思うけれど、彼女の反撃が怖くて言い出せない。

惚れた者の弱みだし、売れっ子モデルを妻にした者の務めだ。エリカが家事全般が苦手だということは、結婚前からある程度予想していたことだから、我慢はできる。

「頭がズキズキするんだけど、二日酔いに効く薬って、何かない？」

「二日酔いの特効薬はないんだよ」

「顔をつくっても、目が覚めないわ」

化粧を終えた妻がベッドルームから出てきた。

モデルの今村エリカになっていた。

先程までのぐうたらな妻の気配はどこにも見られない。男好きのするいい女。やさしい眼差しに包まれているのを感じると、彼女にまつわるいやなことはすべて忘れてもいいと思った。自分でも信じられないけれど、それくらいうっとりとさせられるのだ。

「昨日の夜のこと、覚えてる？」

真田は切り出した。説明を求めるためではない。心に引っかかっていることが夫の心にあるということを、あらためて気づかせるためだ。

「何か話した？」

「ちょっと面倒な話だったんだけどな。忘れちゃったかな」

「話した気がするけど、どうでもいいことだった気がするな……。そうだ、思い出した。写真週刊誌のことだったわね」

「そのとおり」

「もう、いやだな。そんなことを気にしているなんて。わたし、結婚したんだから、旦那様を裏切るわけないでしょ？」

「その言葉を聞きたかったんだよ」

「言ったはずだけど」

「聞いたのは確かだけど、撮影途中の慌ただしい中での言葉だったからね。ぼくの心の奥底まで伝わってこなかったんだ」

「わたしはいつだって正直なつもり。だから、わたしの言葉を信じてね。このことだけじゃなくて、これからもずっと」

「うん、わかった」

エリカの瞳はくすんでいなかった。真摯《しんし》な態度でもあった。彼女は女優でもある。その才能はファンならずとも認めている。熱心なファンを騙すくらいの演技は簡単だろう。真《ま》に受けるなんてバカだ。そんなことを思いながらも、真田は素直に受け止めて、いやな話題を切り上げた。彼女に気づかせるには十分な会話をしたと思った。

第七章　一途な想い

1

エリカに写真週刊誌のことを問い詰めてから五日が経った。

金曜日の夜九時。

真田は銀座にあるホテルのバーにいる。ひとりではない。隣に坐っているのは、写真週刊誌に撮られたテレビ局のプロデューサーの遠山賢一《とおやまけんいち》だ。

エリカを問い詰めたことで、表向きはおさめたように見せたけれど、真田の心の裡に芽生えた疑念や嫉妬は鎮まらなかった。イニシャルだけしか載っていなかったプロデューサーが誰なのかを突き止め、彼に電話をかけて呼び出したのだ。会う必要はないとぐずられたけれど、妊娠と流産のことを伝えると、彼は渋々ながら時間を割いてくれた。

ふたりともビールを飲んでいる。凝ったカクテルを頼んでもすぐにつくってくれそうな雰囲気のバーであるけれど、ふたりともそんなものはオーダーしなかった。重い話をする時の酒は、好みなのかどうかを越えて、当たり障りのないものを選ぶものなのだ。

「業界の噂で、彼女が流産しただろうとは知っていましたよ」

遠山の横顔には、負い目のようなものは見当たらなかった。嘘をついている翳りのようなものも感じられない。

「知っていただけですか。それって、彼女とつきあっていた男としては、あまりにも無責任じゃないですか」

「そんなに喧嘩腰で言わないでくれるかな……。話にならなくなるよ」

「冷静に考えて、遠山さんがぼくの立場だったら怒るでしょう？　違いますか？」

「腹が立つのは理解しているから、あなたに会って詫びようと思っていたんですよ」

「だったら、素直に謝って欲しいな。それと、写真を撮られた時のことについての説明もしてもらわないと……」

遠山はビールをあおった。気が小さいのだろうか。それとも、単に間合いをはかったのだろうか。プロデューサーというのは意外と気が小さいのかもしれない。テレビ業界のこともプロデューサーという仕事も知らないだけに、真田は彼のちょっとしたしぐさや言葉から性格を推し量るしかなかった。

「奥さんがどういう説明をしたのかわからないんですけど、ぼくなりに正直に伝えますからね」

「当然です」

「ぼくが電話したのは、日曜の午後でした。彼女はタクシーに乗っていて、これから青山の寿司屋に行くと言っていました」

「知っていることを言われてもなあ……。そんなことより、どうしてホテルの部屋だったのかってことですよ」

「ぼくは今村エリカを、モデルとしてではなくて、タレントとしてすごく買っていたんですよ。それなのに、いきなり結婚した。ぼくに事情もろくに説明しないでね」

「それって、プロデューサーとしての立場だけの言葉ですか？」

「順を追って話しますから、慌てないで」

彼の言葉は説得力があった。声そのものが低めで落ち着いているからだろうか。強いて言えば、営業部の統括本部長の声の調子と同類だ。本部長が説得すれば、部下はたいがい従う。真田もこれまでに何度となく、本部長の言に納得してきた。同じ響きを持っている。そのことが癪に障る。

「つきあっていたから、ホテルを出てからも手をつないでいたわけですよね。あなたたちは部屋で何をしていたんですか」

「おおまかに言うと世間話。それと、奥さんのタレントとしての今後についてかな」

「そういうのを子どもだましって言うんですよ、わかりますか？　それで納得すると思うなら、ぼくをバカにしているのと同じだ」

「冷静に話しましょう、真田さん。ぼくは確かに彼女とつきあっていた。でも、それは独身時代のことですよ」

「手をつないだあの写真を撮った時も、独身の時だと言うつもりですか」

「あれはほんの一瞬です。あの直前に、握手したんです。ぼくたちは確かにつきあっていた。でも、別れた。電話で、結婚すると告げられましたからね。彼女からの連絡は途絶えましたよ、それきり」

「当然でしょう」

「ぼくとしては、きちんとした理由がほしかった。好きだったからです。ご主人、この気持は独身時代のことですからね」

「回りくどいな……。部屋に呼び出した理由にもならないし、手をつないだ言い訳にもなりませんよ、そんなことを言われたって」

真田は腕組みをすると、遠山を睨みつけた。威圧しようという意図ではない。やりきれない気持を少しでも解消したいためだった。

彼は無表情のまま受け流す。それなのになぜか、真摯な態度に思える。椎名冬午はいやな男だったが、この男は信頼に足る人物かもしれない。ふっとそんなことを思ったが、すぐに打ち消した。怒りが拡散して薄らぎそうだった。

「なぜいきなり別れたのか。そんな話は喫茶店やホテルのラウンジではできっこない。彼女だけではなくて、ぼくも少なからず、顔が売れていますからね」

「なのに、手をつなぐんだ」

怒気が自然とこもった。彼女がアダルトビデオに出演した時の監督と話した時も、彼女を愛人として囲っていた男と会った時にも、こんな怒りは芽生えなかった。手をつないだだけなのにだ。

エリカの不誠実な心に怒っているということに、真田はようやく気づいた。

彼女がこれまで他人には言えないことをいろいろとやってきたのはわかっている。すべて受け入れていた。そんな彼女を、ある種、純粋だと思っていたからだ。やってきたことは不純であっても、目的に向かう想いは純粋だった。

密会への怒りは、彼女が夫に対して不誠実だからだ。たとえ肉体関係がなくてもだ。彼女は自分の気持には純粋だったかもしれない。それが許されるのは独身の時だけだ。結婚したのだから、彼女自身だけでなく、夫に対しても誠実であるべきだ。それをエリカは怠っているから怒っているのだ。

プロデューサーに対する怒りは、妻になったエリカの立場を無視したからだ。そして、彼のエゴに対する怒りでもある。夫である自分の立場やメンツを汚されたという怒りとは違う。

「彼女の笑顔が、つきあっていた頃と同じものに思えたんですよ。スケベ心があった。正直言うと、またつきあえるかもしれないという気持から手をつなぎました」

「エリカはどういう反応をしたのか、正直に言って欲しいですね」

「彼女はすぐに手を放しました。結婚したから最後、と言われました」

「妊娠のことは？」

真田は空になったグラスを握ったまま言った。訊きたくなかったけれど、真実を聞かなければケリがつかないと思ったからだ。

「どういうことですか」

「彼女は何も言わなかったんですか？　あなたの子どもだったかもしれないって」

「えっ、まさか……」

うつむき加減で話していた遠山が、弾かれたように顔を上げた。目を剝いて驚きの表情をしている。口が半開きになっていて、何かを言葉にしようとしているのに言葉が出てこないといった様子だ。この男は何も知らなかったのだ。俳優でもない男が、演技でここまでできるとはとても思えない。

「彼女がそう言ったんですか？」

「ある俳優とあなたのどちらかだって」

「はっきりと言いますが、ぼくではない。それはわかっている」

「どうしてそこまで断言できるんですか」

「お恥ずかしい話ですけどね、ぼくは五年くらい前かな、おたふく風邪をやって、子どもをつくれない軀になったんです」

「検査をしたんですか」

「しましたよ、心配でしたからね」

「だったら、誰の子なんです」

「その俳優なんですが、椎名冬午でしょう？　彼と熱烈な関係だったことは、業界では知れ渡っていましたからね」

「タレントとして這い上がるつもりなら、俳優よりもプロデューサーのほうを選びそうだけどな」

「買いかぶってもらえるのはうれしいけど、残念ながら、彼女が真に好きだったのは椎名ですよ。ぼくはつきあっていながら、椎名に嫉妬していたほどですからね」

「信じられないな、そんなこと」

真田は暗い天井を見上げた。

何かの歯車がどこかで狂ったような気がした。それが何かはわからない。一時間も話していないのに、ひどく疲れを感じた。頭の中は混乱している。

結婚生活一カ月で、真田は破綻を予感した。

2

椎名冬午と会うのに、苦労はさほどしなかった。一週間前に話を訊いたプロデューサーの遠山が、代官山のジャズバーに三日に一回は行っているはず、と教えてくれた。

土曜日の夜一一時過ぎ。

真田はひとりでジャズバーにいる。

ひとりでは居心地が悪いと思ったけれど、連れていく相手がいなかった。長崎の顔が浮かんだが、すぐに諦めた。いくら口が堅いからといって、彼を連れてくるわけにはいかなかった。

遠山の言ったとおりに椎名冬午は飲んでいた。しかも、ひとりで。

ジャズバーは地下にあった。ニューヨークのソーホーあたりにあるスタイルとでもいっていいだろうか。入ってすぐにカウンターがあって、立ったままで気楽に飲んでいる男女が四、五人いた。奥の広めのフロアのほうが混んでいて、そこではピアノの生演奏をやっていた。

椎名冬午は生ビールを立ち飲みしながら、カウンターの従業員と雑談している。

人気絶頂の俳優だけのことはある。強烈なオーラがあった。間接照明だけの暗い店の中にあって、彼だけがくっきりと浮かび上がっていた。

背は高いし肩幅もある。体格がいいから目立つのかと思ったけれど、それは違う。妻のエリカもそうだけれど、有名人にはオーラがあるのだ。しかも、全国的に売れている有名人からは眩しいばかりの光が放たれている。

近寄りがたかった。声をかけることなど、とてもできそうになかった。それでも真田は勇気を奮い立たせて、彼の横に立った。それだけなのに、彼に威圧されている気になった。

生ビールを注文した。椎名冬午と雑談していた従業員が話を止《や》め、ふたりの会話は自然と終わった。このタイミングしかない。真田はもう一度勇気を振り絞ると、自分よりも一〇センチ近く背の高い椎名冬午に声をかけた。

「先日、お会いしましたね」

彼に会おうと思い立ってから、最初の言葉は決めていた。ピアノの生演奏が響いているから彼は気づかなかっただろうが、真田は自分の声が少し震えているのがわかった。

「どうも、ありがとうございます。ファンの方でしょうか」

椎名冬午はにこやかに微笑んだ。

売れている芸能人はすごい。見知らぬ男に声をかけられても、怪訝《けげん》な表情だとか困惑ぶりといったものをチラとも見せない。

「忘れましたか？　外苑の銀杏並木で、あなた、すっ転《ころ》んだでしょ？」

「あっ、もしかしたら、あの時の……」

タンブラーを口元に運びかけたところで、椎名冬午の手が止まった。思い出したらしい。颯爽《さっそう》と車を走らせていた時のことを。そして、突き飛ばされて転んだことを。

「それで何か、用ですか？」

「大変だったんですからね、あの時、カメラマンに追いかけられちゃって」

「あなたも芸能人なんですか」

「ぼくは違います。妻が芸能人なだけです」

「ということは、あなたが今村エリカさんのご主人なんですね」

「そういうことになります」

真田は控えめに言った。胸を張って堂々と言えばいいのに、なぜか、そんなふうにはできなかった。それが少し悔しかった。その悔しさが椎名冬午に対する嫉妬につながっていくのを感じた。

「あなた、エリカとどういう関係だったのか、わかっていますか？」

「彼女とちょっとだけおつきあいをしましたけど……。それも独身の時ですからね、いくらご主人でも、当時のことをあれこれ言われたくないなあ」

「椎名さんは迷惑に感じているでしょうが、わたしのほうがもっと迷惑しているんです」

「何を言おうとしているのか、ぼくにはよくわからないな。もう、酔っているしね」

「単刀直入に言いましょう」

「そのほうがいいな」

「エリカが入院したのは、知っていますよね？」

「そう言えば、そういうことがあったな」

「すごく大変なことがあったんですよ。忘れたんですか？　エリカはあなたの子を流産したんですよ」

「また、その話か……」

椎名冬午の瞳に狼狽《ろうばい》の色が滲んだ。酔っているけれど、ひるんでいるのが見て取れた。でもそれらはほんの数秒で、次の瞬間には、平然とした表情に変わっていた。悔しいくらいに堂々としている。肚が据わっているといってもいい。

「今さらそんなことを持ち出されても、困っちゃうなあ」

「彼女はあの時、最悪の情況だったんです。タレントとしてやっと有名になって忙しくなってきた時に、流産ですからね。あなたにとっても、そのことが発覚したらスキャンダルになって、こうして今、のほほんと飲んでなんていられなかったかもしれないんですよ」

「仮定の話でしょ？　それは」

「事実を前提にした話です」

「で、何ですか。金ですか？」

「あなた、人を侮辱するにもほどがある。ぼくは金のことなんてひと言も口にしていないじゃないですか」

「それじゃ、どうして今さら、そんな話を持ち出すんですか」

「あまりにもあなたが無頓着すぎるからですよ。まあ、それは当然ですよね。子どもの父親だと知らなかったわけですから」

「決めつけられると困るな」

「エリカがなぜ、黙っていたのか、わかりますか？　健気にもあなたのことを想っていたからですよ。あなたに迷惑がかかるとでも考えたんでしょう」

「素敵な奥さんを持って幸せですね」

「話を変えないでください」

「何を言っても、だめなんだな。それじゃ、どうしたいんですか」

椎名冬午は面倒臭そうに言うと、ビールをひと口飲んだ。おつまみのピーナッツを頬張ると、従業員に向かって、このピーナッツすごくおいしいよ、と軽口を叩いた。

「彼女に敬意を払って欲しいんです」

真田は言った。たぶんこれが、今の自分の気持だ。椎名冬午と会ってみて、少し後悔していた。すべてが過去のことなのだ。銀杏並木で偶然出会ったことも含めて。それらを蒸し返すつもりで会いにきたのではない。

妊娠させた張本人に、エリカの傷を共有させたことで、気持がいくらか晴れた。ビールがひと口目よりもおいしい。夫として言うべきことを言ったという気にもなった。

椎名冬午はため息を洩らした後、ビールを注文した。そしてピーナッツを口に放り込み、それを噛みながら言った。

「敬意はありますよ、当然。素敵な女性だと思っていましたからね」

「よかった。その言葉が聞けて、ぼくは満足しました」

「ところで、あなたがぼくに会いにきているってことは、奥さんも承知なんですか」

「伝えていませんよ、当然」

「どうして？」

「彼女は今、海外に行っていますから、伝えたくてもできないんですよ」

真田は嘘をついた。エリカがこのことを知っているのかどうかなど、まったく関係ないと思った。突っ込まれると面倒だから、敢えてそんなことを口にしたのだ。

「仕事で？」

「もちろんそうですよ。独身ではあるまいし、海外にひとりで遊びになんて行くわけありませんよ」

「彼女、改心したんだなあ」

感心した口ぶりだったが、彼の目は意地悪な光を帯びていた。意味深な言い方にも感じられた。

「酔っているから言っちゃうけど、あなたって、すごいですよね」

「何が？」

「だから、結婚に踏み切った勇気を讃えているんじゃないですか」

「バカにして……」

「正直、エリカは遊び友だちとしてつきあうには最高だけど、結婚は考えられない女だったからなあ」

真田は呆気にとられた。夫を目の前にして、よくもこんなふざけたことを言えたものだ。芸能人だから何を言っても許されると考え違いしているのか。単に無神経なだけなのか。それとも、わざと妻を貶《おとし》めるような言い方をしているのか。酔っているからといって許されるものではない。

「椎名さん、喧嘩売ってるんですか」

語気を荒《あら》らげて言った。彼にひるんだ様子はなかったけれど、放たれているオーラがわずかに霞んだようだった。

「ぼくの本心を言ったまでですよ。怒ったのなら謝りますけどね」

「当然だよ」

「深く陳謝します。ごめんなさい。これで気が済みましたか？」

「あまりに素直すぎて、変な気分だな。たぶん、ここで喧嘩したら、スキャンダルになっちゃうからでしょうね」

「まあ、そういうことかな」

「というと、本心ではないってこと？」

「本心ですよ。でもね、勇気を讃えたいっていう気持も本心ですからね。彼女のこと、あなた、知らないでしょう。だから、勇気を持てたんですよ」

彼はビールを飲み干すと、また同じものをオーダーした。酔っているようだけれど、冷静さは失っていないように見える。

彼はいったいエリカの何を知っているというのか。

好奇心のようなものが芽生えていた。それは夫であるという現実を離れ、エリカの熱烈なファンとしてのものだった。


今は、椎名冬午が目の前にいる。

カウンターで立って言い合っていた五分前までとは違って、テーブル席についている。それは夫であろうとする自負心や自尊心よりも、好奇心のほうが勝った結果だ。

「エリカって、どういう女性だったんでしょうか……。ぼくが夫であることなんて忘れて、知っていることを洗いざらい話してくれませんか。金持の芸能人に失礼になるかもしれませんけど、この席での注文はぼくが奢《おご》りますから」

「言っていいのかなあ」

彼は余裕の表情で視線を送ってきた。その後すぐに従業員を呼ぶと、芋焼酎のロックを頼んだ。

「洋酒を飲むような雰囲気がありますけど、焼酎ですか」

「九州出身ですからね。酒といったら焼酎でしょう」

「で、エリカのことですけど」

「ほんとにいいの？」

念を押してきたので、真田は深々とうなずいた。何が飛び出すのか。内心は戦々恐々としていた。でも、エリカのすべてを知りたかった。その情熱はやはり、夫としてというより、これまで彼女の真実について調べてきた熱烈なファンとしてだ。

「覚悟はできていますよ。だからこそ、結婚したんです。椎名さん、ぼくはね、彼女が流産したことを知ったうえでプロポーズしたんですから」

「本当のことを言うと、流産したって聞いて、嘘だろって思ったんですよ」

彼はテーブルに両肘をつき、前のめりになって囁くように言った。聞かれてはまずいというしぐさだから、真実を語っているように思えた。

「嘘と思った根拠は？」

「エリカとつきあっている時、中絶させているんですよ」

「そうでしたか……」

「その時の医者っていうのが、非合法で手術を請け負う男だった。マスコミに嗅ぎつけられたらまずいと思ったから、仕方なく、そいつに任せたんです。それがいけなかった。その時、二度と妊娠できないと宣告されたんですよね」

「だから、嘘と……」

「医者の言うことは信用しますからね。エリカには責められましたよ。でね、彼女がテレビに出られるように何人もプロデューサーを紹介したし、金だって払ったんだ」

「慰謝料ということですか」

「一〇〇〇万。高かったけど、おれが全面的に悪かったからね」

「慰謝料であり、口止め料でもあったわけですね。彼女、何も言わなかったな」

「金を払ったぼくとしては、当然ですよ。その金はね、事務所に用立ててもらったものだったんです。当時は売れはじめたばかりで、まだ金がなかったから」

真田は腕組みをしながらため息を洩らした。椎名冬午が嘘をついているとは思えなかった。ということはつまり、エリカはこの男から大金とコネを得たということだ。したたかな女。だからこそ、生き馬の目を抜くと言われる芸能界で売れはじめたとも言える。

でも、信じられなかった。エリカに限って、男をそんなふうに利用していたなんて。純真無垢な美しい瞳が脳裡を掠めていく。キャバクラ嬢の財布を盗んだことも、愛人契約を結んでいたこともわかっていながら、それでも信じられない。

「信じられないでしょう」

夫の心理を見透かしたかのように、椎名冬午が言う。やはり囁き声だ。そこにはバカにした響きも嘲《あざけ》るような気配も感じられなかった。それをひと言で表わすなら、同志に対しての言葉の投げかけに思えた。

話をするうちに、敵対する関係が少しずつ変わったらしい。椎名冬午だけではない。真田にしても同じだった。打ち解けたのかもしれない。だからこそ、彼のひと言ひと言に腹をたてなかったし、嘘をついているとも考えなかった。

「他人にはとても言えない過去については、ぼくもいくつか知ってはいますけどね。それでも、そこまでしたたかだったとは、信じられませんよ」

「可愛いから、それでころっと騙されちゃうんだよね。彼女からしたら、男なんてウブでバカってことになるだろうな」

「そんなことないですよ。彼女、純粋だから」

「彼女の魔力ですね、それが。男にそんなふうに思わせるんだから……。いや、もしかしたら、相手によって変わるのかも」

「彼女を見ていて思いますけど、男によって変えられる器用な女ではないでしょう」

「旦那のあなたが言うなら、それが本当だということかな。でもね、彼女にはいろいろな顔があるのも確かだよ。ぼくだって知らない顔があるはずだもの。その証拠に、デートしている時、頻繁に電話がかかってきていたからね」

「男から？」

「一度こっそりとケータイの着信履歴を盗み見したことがあるんだけど、全部、女の子の名前だったな。男であっても、女の名前に変えて登録すればごまかせるけどね……」

「それくらいのことをしても、姑息だとは思わないですよ。ぼくがもし、複数の女性とつきあっていたら、女性名で登録するなんていうリスキーなことはしませんからね」

「あなたって、面白いな」

椎名冬午がケラケラと笑った。屈託のない表情だったせいか、笑われたことについて怒る気にはならない。それどころか、彼の魅力の一端を垣間見た気がした。

この男に惚れるなら仕方ないし、この男の子どもをほしいと思ったとしても不思議じゃないな……。

やれやれ、まいったもんだ。詰問するつもりで勇躍、代官山までやってきたというのに、これでは納得して帰ることになってしまう。

「エリカの男を見極める目というのは、素晴らしいよ。決して裏切らない味方を見つけたようだから……」

「それがなぜ、面白いんですか」

「エリカがどんな女なのか調べたり確かめたりしたって意味がないんじゃないですか？　彼女の絶対的な味方なんだから。もしかしたら、彼女が悪女であればある程、理想の女だとでも考えているのかな」

「まさか、あり得ませんね。ぼくはごく普通のサラリーマンですよ。ずっと愛することができる妻がいる平凡な家庭がいいんです」

真田はドキドキしていた。

椎名冬午の言ったことは、実は核心をついているのではないかと思ったのだ。否定はできない。彼女の真実を追いながら、もっともっとひどい事実が出てこないかと期待したりしていたからだ。

今もそうだ。中絶、そして一〇〇〇万の慰謝料だけで十分にショックなはずなのに、ほかにも何かあるのではないかと求めている。

酔いが全身を巡る。頭の芯がクラクラしてくる。思いがけず、涙が溢れてきた。何が悲しいのかわからない。もしかしたら、自分の境遇を悲しんでいるのかもしれない。いや、椎名冬午に泣いている姿を見てもらいたいために涙を流しているという気もした。

「ほらほら、泣かないで……。そういえば、まだ名前をうかがっていませんでしたよね」

「真田です。真田聡と言います」

「泣いちゃだめでしょう。彼女の過去を丸ごと受け止めてあげる覚悟をしたからこそ、結婚されたはずですよ」

　真田はテーブルに置かれている紙ナプキンで涙を拭った。

「夫婦って似るものなのかなあ。エリカもすぐに泣く子だったな」

「ぼくにはそんな姿を見せたことはありません」

「いろいろなことを経験して、彼女、強くなったのかな」

「ぼくには心を晒《さら》していないのかもしれません……」

　涙がまたこぼれ落ちた。

　椎名冬午のやさしい声音が心に染みる。芸能人だから臨機応変に声音を変えることができるのだろうけど、今は心根のやさしさが素直に出ているように感じられる。

「そういえば、彼女を含めて四人でやった時なんて、泣きっ放しでしたよ」

「やるって、どういう意味ですか」

「一対三ですよ」

「意味がわからないな。飲み会でしょうか、それは」

「一般人には想像もつかないことですよ」

　椎名冬午は鼻で笑いながら、タバコに火を点けた。無遠慮にも紫煙を吹きかけると、ぼくのこれまでのセックスでの最高のヘンタイ行為だったな、と言った。

五分程、椎名冬午はテーブルを離れた。トイレに行くと言っていたけれど、誰かに電話をしていたようだ。戻ってきた時、手には持っていなかったケータイを握っていた。

彼が話しはじめた。

ぼそぼそとした語り口だ。整った顔が、中年の好色なオヤジのような顔に変わっていく。それがエリカとの行為のヘンタイぶりを強調しているように感じられて、胸騒ぎにも似たざわつきが胸に満ちた。

「ぼくとIT会社の社長、テレビ局のプロデューサーに、エリカの四人で、社長が持ってる八ヶ岳の別荘に行ったんですよ。でね、二日間、やりたい放題やらせてもらった。みんな、狂っていましたね」

彼はその時のことをさらりと語った。エリカを陵辱《りょうじょく》したのだ。同時にふたりでつながり、残った男を満足させるために、彼女に手を遣わせたということだった。彼女は男たちの欲望を満足させる玩具《おもちゃ》にすぎなかった。

ひどいことをしたものだと思う。真田は心臓が何度も止まりそうになるくらい驚き、聞かなければよかったと後悔した。過去のこととはいえ、聞くに堪えなかったし、そんなことをした彼らを殺したいと思った。

「誤解されないために言うんだけど、彼女がそんな風にされることを望んだんですよ。ぼくたちが無理矢理やったわけじゃない。みんな狂っていたけど、いちばんはエリカだった気がするな」

「椎名さんはそう言うでしょうね。妻に訊いたら、違う答でしょうけど」

「真田さんには違うと否定するでしょう。でも、真実はこうです。監禁されてみたいって……。彼女がそんなことを言ったことから、八ヶ岳での計画がはじまったんですよ」

「で、ヘンタイの限りを尽くしたということか」

「そういうこと。彼女、満足そうだった。でもね、それでおしまいにはならなかったんだ。彼女、本当にしたたかだね」

「ほんとかな……」

「脅したんだよ、ぼくたち男三人を」

「テレビに出演してもらったギャラだと思えばいいんじゃないですか」

「ひとり五〇〇万。三人で一五〇〇万だよ。素人の真田さんにはわかんないだろうけど、そんなギャラ、テレビにちょこちょこ出ているだけのタレントが稼げるはずがないんだよね」

「たとえですよ、それは。好き勝手なことをやったんですからね」

エリカにふんだくられたのだ。恐喝《きょうかつ》したのに間違いないだろうけど、彼女を責める気にはならない。男たちは当然の報いを受けただけのことだ。女の躯を弄《もてあそ》んでおいてペナルティがないほうがおかしい。いい気味だ。

椎名冬午は不快そうな顔のまま、焼酎のロックを飲んだ。しきりにケータイの液晶画面を見遣る。午前零時半を過ぎたところだ。帰りたいのだろうか。

「ご主人、言っておきますが、彼女のほうから誘ってきたんですよ。それなのに、監禁されたなんて騒ごうとしたんですから」

「この世の中に、虫のいい話が転がっているわけないでしょう。少なくとも、サラリーマンの世界ではありませんよ。でも、ほんとにその金額なんですか？　椎名さん、大げさに言ってませんか？」

「嘘なんてついてないから……。嘘をついているのは、あなたのほうでしょう」

彼の不快そうな瞳に、挑戦的な光が宿っていた。いきなり何を言い出すのか。返答に困っていると、彼がつづけて言った。

「さっき、奥さんに電話してみたんですよ。海外ロケのはずなのに、彼女、自宅にいましたよ。だからね、旦那さんと一緒に飲んでると言ってあげました」

「余計なことを……」

「そろそろ、ここに来る頃じゃないかな。近いんですよね、ふたりの愛の巣は」

彼は言うと、入口のほうに視線を送った。真田もつづけてドアに目を遣った。

エリカだ。

信じられなかった。椎名冬午が彼女に電話したことも、彼女がここにやってきたことも。

三人が一堂に会することになったということにもだ。

彼女は美しかった。夜の少し暗い照明の中にいると、美のオーラが放たれるようだった。乳房の深い谷間の入口が見えるブラウスを着ている。上品だけれど、いやらしいデザインの服。清楚な雰囲気がありながらも淫《みだ》らな印象を与えている。

彼女がテーブルに大股で近づいてくる。怒っている。目尻が吊り上がっているのは化粧の効果ではない。

「椎名さん、ひどいな。卑怯な手段だな。あなたのことが好きになりかけていたのに、残念ですよ」

「嘘をつかれていたんですから。嘘をつくと大変なことになると、あなたに教えてあげたかったんですよ」

「余計なお世話だ」

真田は吐き捨てるように言うと、ちょうどエリカが傍《かたわ》らに立った。腕組みをしながら、視線をぶつけてきた。

「珍しい光景ね。あなたたち、夜中にふたりで飲むようなお友だちだったんだ」

「違うよ、エリカ」

真田は慌てて否定した。そして彼女のために椅子を用意してあげた。

「真田さん、わたしに嘘をついたわね。会社の長崎さんと飲むって言っていたのに……」

彼女は椎名冬午のグラスを摑むと、焼酎のロックをいっきに飲み干した。見事な飲みっぷりだった。ため息を大きく洩らすと、ふたりの男に交互に視線を遣った。

大きな瞳に涙の潤みが溜まっていた。真田は嘘をついたことを素直に謝った。彼女はうなずきながら、こぼれ落ちる涙を拭った。

「ふたりでわたしの悪口を言い合っていたんでしょ？　そうだわ。わたしなんて、どうせ嫌われ者なのよ」

「そんなこと言っていないって……」

椎名冬午が口を挟んできたので、真田は彼を睨みつけた。

「これは夫婦の問題ですよ。椎名さんには関係ないことですから。黙っていてくれませんか？」

「そうかな。元はといえば、ぼくが電話したからなんだけど……。でも、そっか。大元は、真田さんが嘘をついたことがきっかけになっていたんだな」

「口を慎んでくださいよ。この情況、あなたにわかりますか？　こんがらがっているんですよ。どこから解《ほど》いていっていいかわからないくらいなんだから」

エリカはうつむいたままで紙ナプキンで洟をかむと、小声で「わたしビール飲みたい」と言った。

ピアノの音が大きくて、彼女の声は従業員にまでは届かない。椎名冬午は席を外すタイミングと思ったのか、腰を浮かすと足早にカウンターに向かった。

夫婦ふたりきりになった。

ピアノの音が耳に大きく響く。まさかこんなことになるなんて。予想していなかった。真田はばつが悪くて、薄くなった芋焼酎を飲むしかなかった。

「コソコソ隠れて、真田さん、何していたのよ。説明してよ」

沈黙を破ったのは、湊をすすっていたエリカのほうだ。

「偶然だよ。長崎に連れてこられたんだ」

「嘘つき。彼が代官山で飲むはずがないでしょ？　たとえ来たとしても、居酒屋だわ」

そのとおりだ。真田は胸の裡で呟いた。エリカの人を見る目は正しい。だからこそ、結婚相手に椎名冬午でもなければプロデューサーでもなく、自分を選んだのだ。

「嘘をついたわね」

「何度も言われると、謝るタイミングがなくなっちゃうよ」

「やっぱり」

「外苑での椎名の失礼な態度が許せなくて、会いにきたんだ」

「わたしのためなの？」

「エリカひとりのためだけじゃない。ぼく自身のためにもだよ。ずっとモヤモヤしていて、仕事が手につかなかったんだ」

また嘘をついてしまった。でも、今度は信じてもらえそうな嘘だった。案の定、彼女は感激した表情を浮かべ、大きな涙の粒をひとつ流した。

椎名冬午がビールのタンブラーを持って戻ってきた。にこやかな表情だ。消えていたオーラが放たれている。彼の目を見て、エリカが過去の女でしかないということがわかった気がした。

「おふたりさん、話はついたかな？」

「あなたには二度と会わないと思っていたのに……」

エリカは言うと、ビールを飲んだ。おいしそうだった。ほんの数十秒前に涙を流した女とは思えなかった。

「君の旦那って、すごい度量の人だな。ほんと、感心したよ」

「いやらしい言い方」

「おれには真似ができないことだから、心から尊敬しているよ」

「何、それ……」

「八ヶ岳の別荘でのことだよ。あれを教えてやったんだ。それなのに、ぜんぜん動じないんだぜ。びっくりするだろ？」

エリカの表情が固まった。何も言わなかった。真田にしてもそうだ。椎名冬午の悪意に満ちた顔を睨むことしかできなかった。

いきなり、エリカが席を立った。テーブルが動き、ビールのタンブラーが床に落ちて割れた。ピアノの演奏が一瞬止まった。

エリカは店を出ていく。

「ひどい人だな、あんたは」

椎名冬午に向かって吐き捨てるように言うと、真田はエリカの後を追った。

3

エリカはタクシーに乗る寸前だった。彼女の後ろ姿が消えそうになるのを見て、真田はダッシュで車道に出た。

彼女の腕を掴み、車に乗り込むのを阻止した。勢い込んでいたせいで、腕の肉を引きちぎってしまいそうな気がして、咄嗟に指先から力を抜いた。どんなに怒って動転していても、妻は芸能人であって、軀が資本だということを忘れてはいなかった。

「逃げるなんて、ひどくないか。過去のことはどうあれ、さっきの情況を見て、何の説明もしないなんて……」

「痛いから放して」

「タクシーに乗らないっていうなら、言うとおりに放すよ」

「痣《あざ》ができたら、大変なことになることくらい、一般人のあなたにだって、わかるはずでしょう？」

「もちろんわかっている。ほら、タクシーに乗っちゃダメだ。ぼくと話し合いをしなくちゃいけないんだ」

「わかったから、離して。ほんと、ひどいんだから」

エリカはタクシーに乗り込みかけていた軀を起こすと、ごめんなさい、乗れなくなっちゃった、とさっきまでとはまるきり違う甘えた口調で運転手に伝えた。

歩道に戻った。彼女はあからさまに不快そうな表情で睨みつけてくる。警戒心や不安といったものが瞳に滲んでいる。なぜ、そんな目で見るのか。自分にはまるきり非がないかのようにだ。

タクシーの空車が行き交っているけれど、人通りは少ない。初めてこんな時間に歩くけれど、どうやら、代官山の夜は早いようだった。でも、新宿や渋谷の裏通りなどとは違って危険な雰囲気は感じられない。

ふたりで並んで歩く。主導権はもちろん、真田が握っている。デートをしているような甘い気分にはならない。彼女がいつ走りだしても捕まえられるように、腕を絡めている。

高層マンションの代官山アドレスの前を通り、旧山手通りに向かう。目的の場所などない。真田は静かに話せる場所を探して、漠然と歩いているだけだ。

ヒルサイドテラスを通りすぎたところで、ビルがつくる死角を見つけた。低層のビルの壁にはいくつもの凹凸《おうとつ》があった。凹《へこ》みは大人ふたりが隠れられるだけの十分な空間になっていた。しかも街灯もそこまでは照らしていない。

「人って不思議だよな。歩くと、興奮が鎮まるんだから」

エリカを壁面に押しつけたところで、真田はようやく落ち着いた。これなら逃げられない。彼女も観念しているようだ。

「話って、何？」

ぶっきらぼうに言った後、エリカはくちびるを尖らせながら歪ませた。

真田は表情を変えずに、胸の裡で吐息をついた。美しい顔だ。こんなにも顔を歪ませているのに。この顔に惚れたんだから、彼女にどんな過去があろうとも、受け入れるしかないのだろうな。

話を切り出す前から、真田はすでに彼女を受け入れていることに気づいた。それではいけないと戒めてみても、この美しい顔を手放すことになるとしたら、話など止《や》めたほうがいいという声がどこからともなく耳の奥に響いてくるのだ。

「じれったいなあ、何よ」

「エリカからは質問はないのか？　どうしてぼくが、椎名冬午と会っていたのかって」

「訊きたくないから、訊かないだけ。あなたのほうが、話し合いをしたいって言ったんじゃなかったの？」

「ぼくたち、夫婦だよな」

「そうでしょ？　法的にも世間的にも夫婦と認められているんじゃなかった？」

「夫婦なら、隠し事はしないほうがいいんじゃないかな」

「それ、どういう意味？」

「包み隠さず、ぼくの知らないことを教えて欲しいんだ。たとえば、八ヶ岳の別荘で何があったのかとか……」

「わたし、はっきり言って、話したくない。あんなむごいこと。それにね、過去のことなんて、どうでもよくない？　わたしの過去を知ったからって、あなたの得になる？」

「ならない。知れば苦しむだけだ」

「じゃ、いいでしょ」

「それでも知っておきたいんだ。夫婦の絆を深めるためにも」

「過去を知ったからって、絆は深まらないと思うけどな。そんなことより、これからふたりで楽しく生活していくことのほうが、絆になるんじゃない？」

　彼女の言うとおりだ。過去にこだわっている限り、絆どころではない。いくら一緒に生活していても、ふたりが共に協力している実感は得られないだろう。

　間違っているのは自分なのか？　彼女を妊娠させたかもしれないふたりの男たちと会ったことも間違っていたのか？　真田はよくわからなくなった。

椎名冬午やテレビ局のプロデューサーと会ったことで、これまでとは別のエリカの一面を知った。しかしその一方で、夫としての体面や自尊心を傷つけられた。傷ついた心をそのまま放っておくわけにはいかなかった。だから椎名冬午に会ったのだ。そこにまさか、エリカが現われるとは考えてもみなかった。

あんな男と今でも連絡を取り合っていることがわかってショックだったけれど、彼女がいることで心が救われた気もした。

「あなたはわたしのために生きるって、言ってくれたはずでしょ？」

「そうだよ……。今でもその気持は変わっていない。ぼくは君の夫であるけれど、熱烈なファンでもあるんだから」

「だったら、過去のことはすべて水に流してくれないかな」

「すべて？」

「うん、そう……。わたし、このままあなたに過去のことでぐちぐちと言われつづけたら、ほんとに嫌いになっちゃいそうなの」

「それは困る」

「だったら、お願い、忘れて」

エリカは真剣だった。夫をバカにしているような眼差しでもなければ、斜《しゃ》に構えている様子もうかがえなかった。

彼女は本気だ。やっと本気になってくれた。夫として初めて認められた気がした。彼女の目の色がこれまでとは違う。都合のいい熱烈なファンとしての存在から、恋愛対象の男であり、生活を共にする夫になったのだ。

真田は背筋を伸ばした。彼女を囲むように壁につけていた両手を離した。エリカがこの目の色を浮かべている限り逃げることはないと思った。

「抱いてほしい……」

彼女の甘えた声音にゾクリとした。今まで聞いたことのない艶やかな声だった。椎名冬午もプロデューサーも囁かれていたのかとチラと考えたけれど、それは過去のことだと思い直して頭から追いやった。

エリカのほうから抱きついてきた。

豊かな乳房を胸板で感じた。上体をわずかに揺するから、肉感までもが伝わった。熱い吐息を首筋に吹きかけてくる。背中に回してきた指先が、背骨の凹みに沿って滑る。それらすべてが、性感を引き出す愛撫だ。

「エリカ……。誰かに見られたら、困るんじゃないかい」

「いいのよ、夫婦なんだもの」

「だけどそれが写真週刊誌のカメラマンだったら、まずいだろう」

「あなたが気にしないなら、わたしはかまわない。だから、抱いて」

「部屋に戻ろうか」

「いや、そんなの……。せっかく素直な気持になっているんだもの」

「ここだったら、渋谷のラブホテル街が近いから、タクシーで行こうか」

「ううん、それもいや」

「どうしたいのか、わからないよ」

真田にはほかにアイデアはなかった。彼女はいったいどうしたいというのか。エリカの軀から放たれている甘い香りが濃くなっているのを感じる。高ぶっている。今ならキスを求めても嫌がらないだろう。

彼女に顔を寄せる。くちびるを重ねる。ごくごく自然に。久しぶりに味わうエリカのくちびるだ。舌を絡めてくる。彼女の舌先は踊るように、口の中で動きつづける。うっとりする。陰茎が熱くなり、幹の芯に力がこもる。

「これくらいにしないと……」

名残惜しかったけれど、真田のほうからくちびるを離した。警備員が見回りにくるかもしれない。もしもそれを芸能マスコミに嗅ぎつけられたら、新たなスキャンダルを提供することになってしまう。彼女はこれまでのことで十分に、スキャンダルをまとった芸能人になっている。自分の欲望を優先させるよりも、芸能界で生きていきたいという彼女の夢を優先させなければいけない。

「いや、ここがいいの。わたしたちが本気で燃え上がった場所なんだから……」

「ここがいいって、どういうこと？」

「だから、ここで抱いて」

「今だって、抱きしめているじゃないか」

「ううん、そうじゃない。この場所であなたとセックスしたいの」

陰茎がパンツの中でびくびくっと何度も大きく跳ねた。幹を包む皮が張り詰めていく。先端から透明な粘液が滲み出てくるのもわかった。エリカはこの場所で、つまり屋外で、セックスしたいと願っているのだ。

エリカが目の前でうずくまるようにして腰を落とした。曇天《どんてん》ながらも、時折、月が現われ、彼女の整った美しい顔が青白い光で染まる。

陰茎はすでにズボンの窓から突き出ている。膨張した笠が跳ねるたびに、彼女の高い鼻を掠める。ベッドで陰茎をくわえてもらったことはあるけれど、こんな場所で立ったまましてもらうなんて初めてだ。この角度から見下ろすと、顔の凹凸がはっきりとわかる。日本人離れした顔だとつくづく思う。

くちびるが開き、笠をすっぽりとくわえ込んだ。ためらいはない。陰茎に引き寄せられるというより、陰茎を吸い寄せているように感じる。

「あん、おっきい……」

生温かい湿った鼻息が陰毛の茂みに吹きかかる。それは地肌だけでなく、ふぐりにまで張り付き、深夜の冷気を寄せつけない。

くちびるをすぼめる。きつく締めつけたり緩めたりを繰り返す。それをつづけながら、もう一方のてのひらでふぐりを包んだり離したりするのだ。

彼女の頭が前後に動く。陰茎を口の奥深くまで迎え入れようとしているのだ。

笠が口の最深部の壁にぶつかる。膨脹している笠の外周がひしゃげる。細い切れ込みを守っている両側の肉が開いたり歪んだりしているのもわかる。

「あなたの逞《たくま》しいもの、わたしの軀の奥深くまで入れたい……」

「エリカのこんな情熱的な姿を最初の頃に見たかったな。そうすれば、いやなことを知らずに済んだかもしれないのに……」

「あなたがいけなかったの」

「どうして」

「遠慮していたでしょう？　何から何まで。だからわたし、図に乗ったんじゃないかしら。この人もチヤホヤするだけの人だって、思い違いしたのね」

「ぼくはそんな男じゃない。エリカのためを考えて生きている男なんだからね。チヤホヤしていい気持にさせるだけの男なんて、どこにでもいるじゃないか」

男として、そして夫としての自尊心が甦ってくる。こういう気持にさせてくれるのも、妻としての務めなのだと思う。

笠がまた、口の最深部に当たった。

　高い鼻が陰毛の地肌に触れた。ひんやりとした感触とともに、鋭い快感が下腹部全体に拡がっていく。さすがに巧《うま》い。ＡＶ女優をやり、三人の男の愛人だっただけのことはある。それらはすべて、今ここで巧みにくわえるための修業だったのかもしれないとチラッと思い、真田は彼女に関わったすべての男たちに対して優越感を抱いた。

「わたし、熱い……」

「ぼくもだ。できることなら、この場でつながりたいよ」

「そうして。もう遠慮しないでいいんだから。欲望に忠実になってそれをぶつけあうことが、あなたにとってもわたしにとっても大切なんだから」

「理想はそうだろうけど、現実を考えたら、やっぱり無茶だ」

「ううん、できないことなんてない」

陰茎を口にくわえながら、彼女は頭を横に二度三度強く振った。頭で返答しながら、刺激も加えてきた。偶然そうなったのではないのがわかるから、エリカはすごい。普通のＯＬではここまでの巧さは持ち合わせていないはずだ。

彼女はうずくまりながら、ジャケットを脱いだ。汚れるのも気にすることなく、コンクリートに置いた。ブラウスのボタンも外しはじめた。乱れた長い髪の間から、ブラジャーとともに乳房がつくる深い谷間が見える。

脱ぐつもりなのか？

彼女の大胆さに性感が刺激される。エリカはこんなにも大胆だったのか。彼女が特別というより、自分を晒《さら》している芸能人《ひとけ》だからのように思う。一般人にはとてもできそうにないことだ。もしもこの場所が人気のない山の中だとしたら、普通の女性も裸になれるだろう。でも、ここは代官山だ。

ブラウスのボタンをすべて外した。その手を休ませることなく、スカートに向かった。ファスナーを下ろし、フックを外すと、エリカは腰を落とした。

「裸になるつもりなんだね」

「あなたにすべてを晒したいの。恥ずかしいけど、そうしなくちゃいけないっていう気がしているから……」

「見たいな、エリカの裸」

「お願い、見て。わたしのすべてを」

彼女は立ち上がった。スカートを足元に落とした。ブラウスを脱いだ。

ブラジャーとパンティだけの姿だ。輝いている。深夜の薄闇の中で見ると、彼女自体が発光しているかのようだ。

「今この瞬間は、ぼくがエリカを独占しているんだな」

「これからはずっとよ」

「そう、ずっとだ」

自尊心がくすぐられ、自信が全身にみなぎるのを感じる。裸になりたい。ふたりで裸になって、この場所でつながりたい。夫婦として、求め合う男と女として。ふいにそう思った途端、真田は全身に痺れるような快感が拡がるのを感じた。

4

芸能人というのは、不思議な生き物だ。

エリカをずっと見てきて、つくづくそう思う。

やると決めたら、とにかくとことんやる。中途半端で済ませるということがない。それがどんなことであってもだ。そこがサラリーマンとは違う。曖昧にして時間が過ぎていくのを待っているようなことはしない。

エリカは乳房を強調するかのように、胸を突きだした。ビルがつくる死角とはいえ、誰が通るかわからないのに、ためらいをまったく見せない。堂々としているからか、ブラジャーとパンティだけの姿が神々しい。

月が雲間から現われた。

青白い月光を浴びた下着姿が美しい。

日本人離れした顔立ち、長い手足、白い肌。それらに触れられるのは、夫である自分だけなのだ。自尊心が胸いっぱいに満ちる。それとともに、ズボンの窓から突き出ている陰茎が大きく跳ねる。

「あなたも裸になって、エリカの艶めかしい肢体は、幹の芯にまで響く妖艶さだ。

彼女は言いながら、洋服を脱いで……。ふたりですべてを晒《さら》し合いたいの」

ブラジャーのホックを外して乳房をあらわにした。真田は応えるのを忘れて、彼女にみとれた。

見事な輪郭の乳房だ。乳首が上向き加減になっている。ブラジャーを外しているのに谷間が深い。正面からでも横からでも、乳房の美しさに変わりはない。

「裸になってくれないの？」

「なるよ、なる」

「早く脱いで」

ためらいは許されない。エリカがようやく自分に心を開いてくれたのだから。不安はあったが、急《せ》かされるままにベルトを外し、ズボンを足元に下ろした。ジャケットとシャツを脱ぎ、パンツだけになった。

ビルの谷間を風が吹き抜ける。寒さに心細さが加わる。それでいて、興奮している。鳥肌が立っているのに、全身が火照っている。

「エリカ、寒くないかい？　風邪をひかれたら、ぼくの責任になっちゃうよ」

「わたしたちは軀が資本だけど、それと同じくらい大切なものがあるの。今は、軀のことより、そっちを優先させたいな」

「そっちって、何？」

「心の張り」

「今、エリカは充実しているってことだね。うれしいよ、すっごく」

真田は両手を広げると、エリカをきつく抱きしめた。肌はひんやりとしていた。が、ふたりの肌が重なると、すぐにそこから熱気が放たれるようになった。

初めて夫婦になった気がした。彼女の肌やぬくもりが、自分の内側に染み込んでくるようだった。

これまではそうではなかった。彼女が軀が資本の芸能人ということもあって遠慮するところがあったからだ。夫としてよりも熱烈なファンとしての意識が強かったせいで、妻を抱いていても、大切な宝物に触れているという感じだった。

真田は右手を下ろして、パンティのウエストのあたりに触れた。遠慮もためらいもさほどなかった。高ぶっている妻のパンティを脱がすのに、臆病になることはないのだから。

「わたしたちって、素敵な夫婦になったみたいな気がするな」

「形ではなくて、心が夫婦になったんだ。お互いに、ほんの少し心を開くだけでよかったたんだね」

「夫婦って、ちょっと不思議で刺激的」

「初めてだね、そんなことを言ったのは」

「まさか、あなたと気持が通い合うようになるなんて……。もっと前に、素直になって気持を言い合えればよかった」

「これまでの時間は無駄ではなかったと思うな。いろいろあって、ぼくたちはここまで来られたんだからね」

そこまで囁いたところで、エリカにくちびるを塞がれた。尖った舌が入り込んできた。唾液を吸われた。陰茎をまさぐられ、幹を勢いよくしごかれた。

真田はうっとりしながらも、受け身になってばかりではいなかった。

パンティの中に右手を差し入れ、彼女の首筋に舌を這わせた。湿り気を帯びた陰毛の茂みをいっきに通り抜け、割れ目の端に指先をあてがった。

粘っこいうるみが溢れていた。厚い肉襞をかきわけると、こりこりとした感触が伝わってきた。敏感な芽が硬く尖っている。うれしかった。寒空の下で裸になっていても、エリカは高ぶっていた。それが確かめられたことで、真田は彼女のこれまでの言葉が嘘ではないと実感した。

彼女は陰茎を握ったまま瞼を閉じている。拒む様子はない。愛撫のすべてを受け入れているのだ。

「欲しいの、あなたが……」

「ぼくもだよ、エリカ」

「早く、きて。さあ、奥まで貫いて」

敏感な芽から指を離すと、急いで彼女のパンティを下ろした。でも、すぐにはつながらない。エリカが全裸で街の中にいるのだ。こんな光景は今しか見られないだろう。映像として脳裡に刻みつけておきたい。

エリカはモデルらしい優美な立ち方をしている。左足を半歩前に出し、膝をわずかに曲げている。陰毛の茂みを隠しているわけではない。彼女は洋服を着ているかのように立っている。さすがだ。

「ねえ、早く……。もう十分に、わたしの軀、見たでしょ？」

「もうちょっとだけ」

「見ているだけなんて、面白くないんじゃないのかなあ。触れ合ってこそ、本当に面白いものでしょう？」

「ぼくは夫であると同時に、エリカの大ファンだからね。街の中で裸になっているところなんて、絶対に見られないだろう？」

「あなたがそうしろって言えば、わたしどこでだって、裸になるのに」

「ほんとかなあ」

「夫婦なんですから……。主人の頼みごとを拒むことはありません」

「ぼくたち、夫婦なんだね」

「だから、きて、すぐに」

エリカが妖しい眼差しで見つめてきた。瞳を覆っている潤みが厚みを増し、淫靡な光も強くなっていた。

真田もパンツを下ろした。靴下を穿いているのが不恰好に感じられて、靴とともに靴下も脱いだ。これでふたりとも全裸だ。

不思議なことに、清々しかった。同時に、彼女と秘密を共有している気になり、もう二度と、ふたりの心が離れることはないと強く思った。

彼女ともう一度、抱き合う。パンツを穿いている時よりも密着感がある。たった一枚の肌着があるかないかの違いなのに。肌と肌の触れ合いを本気でしていると実感する。これは、エリカだからできたことだ。ごく普通のＯＬを妻にしたら、こんな特異な経験はできなかっただろう。彼女を妻としたことを今さらながらうれしく思った。

彼女をビルの壁に寄りかからせると、左足を持ち上げた。深い挿入のためには、後ろからのほうがいいのはわかっている。でも、初めてだからこそ、挿入の深い浅いに拘《かかわ》らず、向かい合ってつながりたかった。

割れ目に陰茎の先端をあてがった。

彼女の高ぶりを、うるみに濡れた笠で感じ取れる。めくれた厚い肉襞が、何度も大きくうねっている。内側の薄い肉襞は、笠を引き込むようにまとわりついてくる。求めているのは心だけではない。彼女は夫の軀も求めているのだ。

真田は腰を突き込んだ。

陰茎はするりと割れ目に入った。肉襞が縮こまり、幹を締めつけてきた。彼女の抑え気味の呻き声が夜の闇に響いた。

「すごいわ、あなた。わたし、こんなに興奮したのって、初めて……」

「ぼくもだ」

「ああっ、つながったばかりなのに、わたしもう、いきたくなってる」

「いっていいよ」

「だめ、そんなの。ふたりでいくの。夫婦なんだから」

「無理することないって。女性は何度でもいけるはずだからね」

「それでも、いやっ」

エリカはうわずった声をあげながら、腰を前後に動かす。乳房を胸板に押しつけ、愛撫を求めてくる。陰茎が抜けそうになると、彼女は腰を突き出し、幹のつけ根を指先できつく摘《つま》む。慣れた手つきだ。でも、真田は気にしない。彼女の過去はもうわかったし、受け入れたのだから。それに、今は彼女の指遣いが快楽につながっている。

「椎名冬午のおかげだな。ぼくがあいつと会わなかったら、エリカも彼に呼び出されることはなかったんだからな。人生、どこでどう転がるのか、わからないもんだ」

「あなたって、すごく意地悪」

「どうして？　椎名に感謝したいって言っているだけだよ」

「もうすぐいきそうなのに、どうして、彼の名前を出すの？」

「ごめん、悪かった。デリカシーがなかったかな」

真田は素直に謝った。でも、内心では意図的に椎名の名前を出したのだ。優越感を味わいたかったし、エリカに椎名のことを否定してほしかったからだ。

否定の言葉を聞くことはできない。その代わりに、エリカの喘ぎ声が耳に入ってくる。抑えていたはずの声が高ぶりの強まりとともに大きくなっている。

「いきそうよ、あなた」

彼女は呻きながら、全身を硬直させた。太ももが震えていた。厚い肉襞がうねりながら、締めつけてきた。割れ目の奥からうるみが溢れ出した。

「いく、いくっ」

エリカがしがみついてきた。陰茎の芯に強い脈動が走った。絶頂に昇っていく。ふたり同時に。夫婦になって初めての絶頂だった。

第八章　笑えよ男子

1

代官山での熱い出来事から、二週間が過ぎた。あの時の熱気はつづいていて、ふたりは毎日、軀を重ねた。朝と夜。エリカが求めてくることが多かった。七割くらいだろうか。夫婦になった実感を、彼女はセックスをするごとに強く得ているようだった。

日曜日、午前一一時過ぎ。

今しがた、朝からはじめたセックスを終えたばかりだ。彼女は激しく乱れた。二時間近くも。仕事がオフで、明日も予定がないから心おきなく快楽を貪《むさぼ》ったのだろう。

エリカがシャワーを浴びて出てきた。

さっぱりとした表情に、セックスの名残が色濃く滲んでいた。妖艶だ。出会った頃よりも、今のほうが女として成熟しているように思う。ひいき目に見ているのではない。その証拠に、最近になって、彼女の所属している事務所に、ヌード写真集を出さないかという申し込みが来るようになったらしい。もちろん、彼女は断っている。

「ふたりの休みが一緒って、すごくリラックスできていいわね」

ベッドの端に坐ると、バスローブに隠れていた太ももが剝き出しになった。ほんのりと桜色に染まっている。口元の微笑が妖しい。ベッドに入ってくるのかと思って待ちかまえていると、予想に反して、エリカは立ち上がった。

「あなたもそろそろ、起きてちょうだい。昼に、お客様が来るの」

「えっ？　聞いてなかったけど、誰？」

「秘密に決まってるじゃない。お愉しみにしておいてね」

「初めてだな、エリカがお客さんをこの部屋に招くなんて」

「結婚してすぐの頃は、狭い部屋で生活しているのを見られたくないって思って、絶対に誰も招かないって決めていたんだ」

「でも、心変わりをしたわけだ。代官山の出来事のおかげかな」

「そうね、たぶん」

「で、何時に来るの？」

「一二時っていう約束にしているけど、時間どおりに来るかどうかわからないわ。とにかく、ルーズな人なのよ」

「常識人だとしたら、時間どおりに来るんじゃないかな。特にぼくたちみたいな新婚家庭を訪問する時はね」

「そうだといいけど、非常識人なのよねえ」

「とにかく、支度だけはしておかないといけないな」

真田はベッドから降りると、その足で浴室に入った。シャワーを浴びる。肌についたエリカの汗を流してしまうのが惜しかったた。訪問者にそれを感じて欲しかったくらいだ。

浴室を出た時には、一一時三〇分を過ぎていた。ゆっくりとグルーミングしている時間はなかった。噴き出す汗を拭いながら、髪を慌ただしく乾かした。一〇分前になってようやく支度ができた。セーターを着たところで、部屋のチャイムが鳴った。約束の時間を五分過ぎているだけだった。エリカがオートロックを解いた。真田は彼女に声をかけながら、玄関に向かった。

「非常識人ではなかったみたいだね。ぼくが出るよ」

「わたし、コーヒーを淹《い》れるから、ドア、お願いしますね」

彼女の朗らかな声を背中で受け止めてから、ドアスコープの前で訪問者を待った。

誰だろう。彼女の友だちだとしたら、有名人かもしれない。いや、これまでに親しい芸能人がいるとは聞いていない。ということは、学生時代の友だちだろうか。あれこれ考えていると、バラの匂いを感じた。

ドアスコープを覗き込んだ。

バラの花束が見える。いったい、どれだけの数だろうか。両手いっぱいに抱えている。一〇〇本？　そんな程度の数ではない。三〇〇本くらいはありそうだ。

ドアを開けた。バラの香りに包まれた。

視線を落として靴を確かめた。そこで初めて、訪問者が男だということがわかった。新婚の家に、夫の知らない男を招くなんておかしいと思ったけれど、夫婦としての絆を確かめ合っているからこそできることだと思い直した。

「いらっしゃい。さあ、どうぞ」

バラを抱えた男を招き入れた。真田はその時初めて気づいた。

椎名冬午だった。

エリカは何を考えているのか。椎名という奴は、最低の男だ。まさか、まだつきあっているのだろうか？　いや、そんなことはない。だとしたら、部屋に呼ぶはずがない。

「二週間ぶりですかね、真田さん。代官山では失礼しました」

椎名冬午はバラの花束を抱えたまま、ぺこりと頭を下げた。殊勝な態度だ。でも、本心かどうかわからない。瞳を見ればわかると思ったけれど、ちょうど花束に隠れていた。

追い返すわけにはいかない。でも本当は、こんな男を部屋には入れたくなかった。真田は愛想笑いを浮かべる。彼のためではなく、客人を招いた妻の顔を潰さないためにだ。

「お久しぶりっ。元気だった？」

エリカは満面に笑みを湛えながら明るい声をあげた。代官山のバーで、ひどい言葉を投げつけられたのに。もう忘れたというのか。切り替えが早いのだろうけど、あまりにもあっけらかんとしすぎだ。真田は不満だった。エリカにも椎名にも。

「これ、お土産《みやげ》。部屋に飾ってくれよ」

バラの花束をエリカに渡した。そして部屋を見渡し、言葉をつづけた。

「新婚の部屋かあ。エリカ、いや、エリカさんは本当に結婚したんだな」

「どう？　いいでしょう。椎名さんも遊んでばかりいないで、結婚したほうがいいんじゃないかしら？」

「ぼくはダメさ。家庭生活にまったく向かないタイプの男だからな」

「わたしだってそう思っていたかな。でも、それって勝手な思い込みだったんだよね。相手次第じゃないの？　こんなに素敵な男性と出会わなかったら、結婚して、きちんとした生活を送ろうなんて考えなかったはずよ」

エリカが寄り添ってきた。そしていきなり、頬に軽くキスをした。まるで、椎名に見せつけるように。

「憎いなあ、おふたりさん。お熱いところを、見せつけちゃって」

囃《はや》すように声をあげると、椎名冬午は勝手にダイニングテーブルの椅子に坐った。二週間前に暴言を吐いたことなど、すっかり忘れたかのように堂々としていた。

さすがに名の通った俳優だ。坐っているだけでもさまになっている。オーラもあった。近寄りがたい雰囲気が漂っていた。けれども真田は臆さなかった。エリカが愛しているのは自分だ。その自信がオーラをはね返していた。

コーヒーが出来上がった。真田はエリカを椅子に坐らせて、コーヒーの支度をした。招いた客人と話があるはずだ。だが、声をあげたのは椎名のほうだった。

「あのさあ、エリカさん……。どうして、おれを呼んだのかな」

「べつに特別な理由なんてないんだけど。いけなかった？」

「いけないってわけじゃないけど、おれ、暇じゃないんだよな。学生時代みたいに、時間が腐るほどあるなら別だけどさ」

椎名は眉間にわずかに皺をつくって、ふてくされた表情を見せた。そしてゆっくりと、椅子の背もたれに寄りかかった。

「本当のことを言うとね、椎名さんに、わたしたちを見てほしかったのよ」

「なぜ？」

「だって、代官山でいろいろなことを言われたでしょう？　きっと、わたしが変わったってことがわかっていないんだろうなって気がしたから。それでね、わたしと主人が生活している場所に来てもらえればいいと思ったの」

「エリカさんが変貌したことは、十分に伝わったよ。ご主人だっていい人だ」

「嫌味な言い方に聞こえるな」

「だってさあ、わざわざ、そんなことをしなくたっていいだろ？　ぼくと君との関係はもうとっくの昔に終わっているんだから」

「そのとおりよ。今は、芸能界での先輩と後輩という関係だけね」

エリカはきっぱりと言った。

キッチンでふたりの会話を聞いていた真田は、彼女の口ぶりにほれぼれした。それでこそおれの妻だ。多くの過去に目をつぶった甲斐があるってものだ。

椎名冬午は何も答えなかった。たぶん、ここまでエリカが妻としての自覚を持ったとは想像していなかったのだろう。あわよくば、エッチなことができると考えていたのかもしれない。そんなスケベ心を抱いてやってきたことが間違いだったと気づいたのだ。

「もういいじゃないか、エリカ。先輩がせっかく来てくださったんだからね」

気まずくなりかけていた空気を和らげるために、真田は口を挟んだ。椎名はそれに乗じて、うんうんとうなずいた。だが、エリカはその程度では満足しなかったのか、しなだれかかると頰にキスをした。大胆にも椎名に視線をぶつけながらだ。

「わたし、結婚して本当によかったと思っているの。夫婦ってね、恋人同士とはレベルの違う信頼関係があるのよね」

くちびるを離すと、彼女は立場の違うふたりの男に聞かせるかのように言った。意味深な表情だった。真田はおやっと思った。夫婦になった姿を見せつけて啖呵《たんか》を切ったのは間違いない。でも、彼女の表情にはそれだけではないものが含まれているようだった。それが何かはわからない。だからこそ、おやっと思ったのだ。そして、その「おやっ」が、不安を芽生えさせた。

「信頼されているって、すごく素敵。椎名さん、わかる？　わたしね、本当の自由を手に入れた気分になっているの」

彼女は表情だけでなく、眼差しまでも意味深な色合いを放ちながら言った。

ますます不安が膨らんだ。いったいその言葉の裏には、どんな意味があるのか。そこに椎名だけがわかるサインが含まれているのか？　真田は椎名が目の前にいるにもかかわらず、陰鬱なため息を洩らした。

2

「真田さん、どうしたのかなあ、浮かない顔して……。まさか、エリカの愛の告白を聞いていなかったんですか？」

椎名冬午が大げさに目を見開いて、視線を送ってきた。口元にはうっすらと笑みを浮かべている。小バカにしたような色が、表情に滲んでいた。優位に立つ者の目だ。

真田はさっきから気になっていることがあった。

椎名は妻のことを、エリカと呼び捨てにしていた。これで二度目だ。夫の前で、恋人気取りでもしているというのか。それともまさか、夫に向かって挑発しているわけでもないだろう。恋人だったのは過去のことだ。

非常識な男だ。芸能人同士では許されるのかもしれないけれど、一般人に対しては許されることではない。そういうことさえわからないということなのか、この男は。

「いつだって飄々《ひょうひょう》としていて、自分の気持を明かさないエリカが、素直に心を明かしたっていうのに、聞いていなかったなんてなあ」

椎名はなおも呼び捨てをつづける。楽しそうな目をしながら。

これは挑発だ。

新婚の家にあがり込んだ挙げ句に、夫を挑発するとはいい度胸だ。妻の前でここまでコケにされて黙っているわけにはいかない。夫としての沽券《こけん》にかかわる。

「椎名さん、言葉に気をつけたほうがいいんじゃないかな。さっきから、妻のことを呼び捨てにしているじゃないか」

「そうだった？」

彼は素っ頓狂な声をあげた。明らかにとぼけていた。バカにしたような目がそれを物語っている。いいかげんにしろよ。一般人をバカにして済むとでも思っているのか。

「まあ、とぼけたとしても、エリカがぼくの妻であることは変わらないんですよ。きっとあなたは、別れて初めて、エリカのよさがわかったんじゃないですか？　惜しい気持が募っている時に招かれた。で、バラの花束を持ってノコノコやってきた。真相はそんなところじゃないですか」

「いつも手厳しいなあ、真田さんは」

「そうやってとぼけていればいいですよ。椎名さんは忙しいでしょうから、そろそろ、お帰りになる時間じゃないですか。すごく残念ですけどね」

「追い出そうっていうんですか、ぼくを。今をときめく人気俳優を」

「人聞きの悪い言い方はやめてくれませんか。人気者で忙しいあなたのスケジュールを心配して言ったまでです」

「まだ十分に時間はありますよ。それにまだ、ケーキも食べていないしね」

「甘いものが好きだとは思いませんでした。甘やかされるのは好きでしょうけどね」

「ははっ、やっぱり手厳しいや。こういうやりとりを丁々発止《ちょうちょうはっし》と言うんじゃないかな」

「べつに」

真田は淡々とした口調で言うと、椎名にぶつけていた視線をエリカに向けた。助け舟を出してもらうつもりはない。椎名に早く帰ってほしいだけなのだ。招いたのはエリカであって自分ではない。最後のとどめの言葉を投げるのは彼女の役目だ。ところが、エリカは気づかないようだった。

「おふたりさん、いがみ合ったって意味がないんじゃないかしら。仲良くしてよ。これからも会うことがあるはずだから」

「会わないさ、もう。ぼくの住んでいるサラリーマンの世界に入ってくることはないだろうしね。入ってもこれないか。ここまで非常識な人は」

「嫌味なことを言わないの……。それにしても、椎名さん、意外と我慢強いのね。怒らないのが不思議なくらいだわ」

エリカは椎名の肩に軽く触れた。その後すぐ彼から離れて、真田に寄り添った。ふたりの男の心を弄ぶかのように、彼女はどちらの男にも愛想を振りまいた。

どういうつもりなのか。椎名がいくら先輩芸能人だからといって、夫の前でそこまでの媚《こ》びを売ることはない。彼にまだ未練でもあるというのか？　いや、そんなことはないはずだ。結婚した喜びを堂々と言っていたし、椎名にも結婚を勧めたくらいなのだから。

わからない、エリカがどんな女なのか。結婚したというのに……。

普通の女にはない思考の持ち主だとはわかっているつもりだけれど、理解できないものを含めて丸ごと受け止めることはできない。

「あなたはわたしの夫なの。ご主人様なのよ。もっと自信を持ってもいいんじゃない？　それができないなら……」

彼女はそこで言葉を呑み込んだ。真田はすぐさま次の言葉を引き出そうとして、

「できないなら？」

と、同じ言葉を投げかけた。彼女が口を開くまでの数秒間、苦しかった。離婚を切り出すかもしれないと恐れた。緊張のあまり、呼吸をしていないのではないかとさえ思った。

それにしても、なぜ、椎名の前で言い出すのか理解できなかった。露悪趣味があるのかもしれない。真田はふっと、代官山のビルの谷間での交わりを思い出した。

夜中だったとはいえ、誰に見られるかわからない情況だった。あれも露悪趣味を満足させるためと考えることはできる。エリカは何もかも晒すことで快感を得るタイプの女だったということだろうか。だからこそ注目を浴びる芸能界を目指したのではないか。

「それができないなら、結婚なんて意味ないんじゃないかしら」

あっさりとした口調だっただけに、彼女の本当の気持だと感じた。真意なのかどうか見極めるために、意味がわからない顔をしながら言った。

「どういう意味だよ？」

「わからないのかなあ。ここまで察しが悪い人だとは思わなかった。芸能界ではまず、生きていけないな」

「生きていけなくてけっこう。とにかく、説明してほしいんだけど」

「怖い顔しないでったら。それと、突っかかるような言い方もしないで。女を脅かそうなんて最低の男のやることよ」

「おれが、いつ、脅したんだ？」

真田はムキになって応えながら、どうしてこんな妙な雲行きになったのかと考えていた。責められるべきは椎名だ。夫婦が共闘を組んで椎名を責めるならわかるけれど、なぜ、夫がその立場になるのかということだ。円満だった結婚生活が、なぜ突然、危機的情況に陥ってしまったのか。

どこかで歯止めをかけないといけない。エリカは熱くなると、どこまでも突っ走ってしまう性格だ。

「ねえ、キスして」

エリカはまたしても突拍子もないことを言った。彼女の心の中では自然な流れなのかもしれないが、突然すぎる。ついていけない。それでも真田は、彼女の頰に軽くキスをした。椎名に見られているのを承知で。でも、挨拶のようなキスにしかならなかった。

「もっともっと、熱いキスをしたいの」

「椎名さんが見ているだろ？　やっぱり、帰ってもらったほうがいいな。椎名さん、おわかりいただけたかな？」

「ダメッ。椎名さんの見ている前で、わたしはキスしたいの」

「夫婦のキスだよ。椎名さんが見たいわけないじゃないか」

「いいのよ、そんなこと。わたしがしたいからする。それでいいじゃない。そういうことからも、わたしは自由になりたいの。サラリーマンのあなたにわかる？」

「まったくわからない」

抱きついてきたエリカを受け止めると、ため息を洩らした。これで何度目だろう。わからないという言葉を口にしたのは。胸の裡で呟いた回数を入れたら、うんざりするくらいの回数だ。自己嫌悪に陥りそうになる。

「深刻に考えることはないんじゃない。キスすればいいんだから。ファンだった頃は、わたしとキスすることを夢みていたんでしょう？　今はわたしから求めているのに、それができないのかなあ」

「キスをしたら、自由になれるのかい？」

「すぐには無理かな。あなたの協力が必要だから」

「意味がわからないな、やっぱり……。ぼくの協力って、キスをすること？」

「まずは、キスよ」

彼女はそこまで言うと、椎名が見ているのも気にせずに、くちびるを寄せてきた。

舌をすぐさま差し入れ唾液を送り込んできた。舌先を突っつきながら、甘えたように鼻を鳴らす。抱きつきながら、首の後ろに腕を回す。乳房を押しつけ、同時に、下腹部までも擦りつけてくる。唾液をすする音を意識的にあげる。くちびるだけを吸いながら引っ張る。椎名に見せつけるかのように。真田はそれでも冷静だった。快感はあったが、それでも没頭などできない。

椎名が咳払いをした。ここに見ている男がいることを忘れるな。そんなことを訴えているようだった。真田はそれをきっかけに、エリカの舌から逃れた。

「ほら、椎名さんがバツが悪そうにしているじゃないか」

唾液を手の甲で拭いながら、エリカをたしなめた。彼女はあからさまに不満げな表情を浮かべると、応援を求めるかのように椎名に視線を遣った。椎名が口を開いた。

「奥さんがせがんでいるのに応じないなんて、ダメじゃないですか。その若さでそれじゃ、エリカさんがかわいそうだ。まったく先が思いやられるなあ」

「夫婦のことなんですから、椎名さん、横から茶々を入れないでくださいよ」

真田がきつめの口調で言うと、抱きついたままのエリカが口を挟んできた。いつの間にか、不満げな表情に不快を表わす色合いが混じっていた。

「彼のことは気にしないでよ。あなたは勘違いしているわ。夫婦のことってよりも、わたしのことって言ったほうがいいことなんだから」

「キスをして自由になることが、自分のことだって言うのか？」

「いやになっちゃうなあ……。もっと想像力を働かせて」

「わからないと言っているんだから、説明してくれてもいいじゃないか。わかっていないわかっていないって、ひどい言い草じゃないか？」

「わたしは自由になりたいの。すべてのことから。それでわかって」

「結婚したことで自由になれたと、さっき、言ったばかりだぞ」

「違うの。自由になったけど、わたし、すごく不自由になった気がしているの」

エリカの表情がまた変わった。ひどく悲しげだった。真田はショックのあまり血の気が失せていくのを感じた。

自由にしてあげているつもりだった。芸能人だとわかっているからこそ、夜中だろうが朝方に帰ろうが、帰宅時間で文句を言ったことはなかった。歩けないくらいに酔っぱらって帰ってきても、誰と飲んでいたのかと詮索もしなかった。彼女を縛ることにつながると思うからこそ、真田はぐっと堪《こら》えていた。そこまで気を遣っているのに、なぜ、不自由などと思うのか。信じられない。

エリカがトイレに入った。椎名とふたりきりになった。一瞬にして、気まずい空気が流れた。一部始終を見ていた彼なら、客観的に分析できるはずだ。でも彼を、厄介払いしようとしたばかりだ。それなのに夫婦の今の情況についてのコメントを求めるのは、あまりにもバツが悪かった。けれど、そうするしかない。

「彼女の言うこと、椎名さん、わかりましたか？」

「まあね」

「結婚して不自由になったなんて、ぼくには信じられませんよ。夫ではあるけど、熱烈なファンでもあるんです。自由に活動して欲しいと、誰よりも願っているんですよ」

「だけど、彼女は不自由だって……」

「何が不自由だと思いますか？」

「その前に、彼女は何が好きだと思っているのか、訊きたいな」

椎名は勝ち誇ったような表情を浮かべながら足を組んだ。余裕があると意識的に見せているとわかる。癪だけど、彼に訊かれたことを言うしかない。

「食べることとファッション、それに、パーティかなあ」

「大事なことを忘れているんじゃないかな。それができないから、不自由だって思っているんだよ、きっと」

「ほかに、ですか」

「わかってないんだなあ。彼女の言ったとおりみたいだ」

「何ですか」

「言っていい？　ショックを覚えない？」

「わからないほうがショックですから、はっきりと言ってください」

「だったら言うよ……。彼女はね、セックスが好きなんだ。旦那ひとりで満足していられる女じゃないんだよ」

「妻を淫乱女みたいに言わないでください。本気で怒りますよ」

真田は怒気をはらんだ声をあげた。でも内心では、そうかもしれない、と思った。だからこそ、椎名に見せつけるようにキスをしたのかもしれない。

「セックスで不自由って、どういうことなんですか？　満足できないっていうなら、話はわかりますけどね」

「言葉どおりだと思うけど」

「だから、それがぼくにはわからないって言ってるでしょう」

「奥さんは、夫のあなたに気を遣っているんですよ。セックスしたい男が現われても、我慢しているんじゃないかな」

「そんなのって、当然でしょう」

「彼女は違う。これまで信じられないくらいの経験を積んできた女なんだよ」

「ある程度のことはわかっていますけど、彼女、足を洗ったんですよ」

「軀が覚えているんじゃないかな。それに、彼女は奔放だ。それは彼女の性格なんだよ。それを抑え込むというのは、ちょっと無理があると思うな」

椎名の言葉には一理あると思った。でも、素直に納得するわけにはいかない。納得してしまったら、自分の妻であり、自分の女であることを放棄することになる。

エリカが戻ってきた。ずいぶん長いと思ったら、夜に外出する時のような派手で妖しい化粧をしていた。

「おふたりさん、仲直りしたみたいじゃない。何をコソコソと話していたの？」

「単なる世間話さ」

椎名のほうにチラッと目を遣った後、真田は応えた。ふたりの会話は内緒だ。そんなやりとりを目を合わせただけで交わした。

三〇分近く、三人で雑談をした。とりとめのない会話だ。椎名が中心になって、芸能界での噂話や撮影の裏話で盛り上がった。真田にとってはどうでもいい話だったけれど、エリカが喜んでいたから、彼を帰すわけにもいかずに聞き役に徹していた。

大笑いをした後、ほんの少しの沈黙が流れた。エリカはそのタイミングを待っていたかのように、

「わたしね、見てほしいことがあるの」

と、切り出した。ずっと黙っていた真田はすぐに彼女に訊いた。

「何をだい？」

「映画に出るようになったら、絶対にやってみたいこと。でも、あなたが知ったら、怒っちゃうだろうなあ」

「怒るもんか。仕事のための予行演習をしたいなら、やってみればいいさ。先輩の俳優さん

もいるんだから……」

「いいの？　怒らない？　約束して。どんなことがあっても怒らないって」

エリカに何度も念を押され、いくらか不安になった。仕事のことで口を挟んだことはない。これからもそのつもりはない。微笑を浮かべていると、彼女がいきなり立ち上がった。

「ご主人様のお許しが出たので、やってみたかったことをやらせていただきます」

芝居がかった声音で言うと、エリカはふたりの男それぞれにウインクを送った。振り返ると、液晶テレビの横に置いてあるオーディオに向かった。

マイルス・デイビスのトランペットの音が満ちる。昼の光の中では違和感があったが、それは彼女の最近のお気に入りだ。

彼女はひとりで軀をくねらせはじめた。踊っているのか、漂っているのか。没頭しているようにも見えた。トランペットの音が流れてすぐだったから、たぶん、没頭しようと努めているのだろう。男ふたりは見守るだけだった。そのうちに、彼女は淫靡な表情を浮かべながら、ねっとりとした声で囁いた。

「わたしのやりかったこと。それはね……、ストリップ」

エリカは踊りながら、ブラウスのボタンを外しはじめた。

ストリップだと？　夫の前だけじゃなくて、椎名がいるというのに、本当に服を脱ぐのか？　これがエリカの言う自由というものなのか？　夫に恥をかかせたり嫉妬させることが自由になることか？

　背中を向けたエリカは、前屈みになってお尻を突き出す。スカートをたくし上げながら左右に振る。太ももにぴたりと張り付いているストッキングはガーターだ。ガーターベルトで吊るタイプではなくて、シリコンの粘着力で止めるものだった。音楽に合わせて、ゆっくり脱ぐ。妖しい。椎名がいなければ、勃起しているところだ。いや、それどころか押し倒していたかもしれない。

　声をかけるタイミングがない。途中でやめさせたら、怒り狂うはずだ。ぷいっと部屋を出たきり戻ってこないかもしれない。

「エリカ、いいぞ、すっごくエッチで。そこまでの覚悟ができているなら、どんな役でもできるんじゃないか」

　脱ぐのを後押しするように、椎名が囃し立てる。無責任だ。未婚の男の無責任さと言っていい。目の前にいる夫の気持など、まったく考えていない。

「わたし、自由になりたいの。あなた、わかって」

「ストリップをすることが、自由になることなんだ」

「呆れた？」

「まあ、そういうことだ」

「でもね、これがわたしなの。ストリップをしたかったの。それをあなたがいることで抑えるっていうのが、我慢ならないの」

「結婚したんだぞ、ぼくたちは」

「不自由をつづけなくちゃいけない結婚だったら、わたし、やめる」

エリカはきっぱりと言った。そして椎名のほうに軀を向けて、ブラウスを脱ぎはじめた。

3

椅子に腰かけている椎名の傍らに、下着姿になったエリカが歩み寄った。親しげだ。肩に手をかける。夫に見せつけるかのように、視線を送ってくる。どういうことだ？　戸惑いやら不安やら怒りといった感情がいっきに混じったせいで、ため息しか出てこない。

「ほんとに信頼関係ができているんだな。エリカは、すごい女だ。旦那も人間ができているな、驚いたよ」

椎名冬午の視線には、敬意といった類いのものは感じられなかった。あざけりだとか小バカにしている色合いだけが滲んでいた。本当に失礼な男だ。夫婦の部屋を訪ねてきて、その夫婦をバカにする神経がわからない。

「わたしね、こういう自由が欲しかったの。エリカの大ファンの真田なら、きっと、与えてくれると思ったのよ」

「いい人を見つけたもんだ。だけど、この程度のことが自由なのか？　夫の前で元恋人の肩に手をかけたくらいじゃないか」

「いきなり強烈なことをやったら、驚かれる程度じゃ済まなくなるでしょう？　理解してもらうためには、時間が必要だってこと」

エリカと椎名のふたりだけの会話だ。目の前にいる夫など眼中にない。まるで恋人同士のようだった。

不愉快だ。夫の体面が完璧に穢《けが》されている。椎名にとってはそれが面白いのだろう。

彼がそこまで非常識で図々しい男だったとは。少しくらいは常識をわきまえているかと思っていたけれど、期待外れだった。自分のことばかりを考えているだけの男だったらしい。ルックスのよさにだまされ、彼のことを買いかぶっていた。

睨みつけてやった。彼はにやにやしていた。勝ち誇ったような眼差しだった。エリカも図に乗っている。これ見よがしに、彼の太ももを椅子の代わりにして坐って、首に手を回している。

そんなことまでするのか？　自由が欲しいからといって、夫に嫉妬させてまで望むものなのか？　身勝手な自由だ。これでは夫婦でいる意味がなくなるではないか。

エリカは離婚したいのか？　そのために、こんなくだらない茶番劇をしているのか？

彼女らしくない。離婚したいならはっきりと言えばいいのに。これまでずっと、自分の考えを言ってきたではないか。いろいろな想像が駆け巡る。どれも悪いものばかりだ。夫婦が成長していくという美しい将来像はない。

「ぼくに見せたくて、椎名さんを利用しているのかな？　何かを決意させるためだとしたら、もっとダイレクトに言ってくれないとわからないよ」

「わたしはもっともっと自由になりたいの。あなたに縛られていたくないから……」

「ぼくと暮らすことが？　それとも、結婚生活そのものが窮屈なのかい？」

「結婚生活だと思うの。でも、手放したくないから、離婚したいと思っているなんて勘違いしないでちょうだいね」

「わけがわからないな。結婚生活って窮屈なものなんじゃないか？　そのうえでうまくやっていくもんだろう？」

「わたしはそれがいやなの」

「だから、椎名さんに抱きついているっていうわけか。それを夫であるぼくが認めたら、結婚生活の窮屈さから逃れられるというんだ」

「うん、そう。さすが、わたしの理解者。全部わかってくれたのね」

「言いたいことがわかったというだけだよ。エリカの言うことをすべて呑んだら、結婚生活が壊れる。間違いなく破綻する。だから、それはエリカの理想であって、現実には不可能なことだよ」

「あなただったら、わたしの最高のファンだとしたら、応援してくれてもいいんじゃないかなあ。頭ごなしに否定するなんて、ひどすぎる」

「ファンであり夫なんだ。それを忘れないでほしいな」

エリカは欲張りだ。生活の基盤となる結婚生活はつづけたい。でも、ほかの男と遊ぶことも気がねなくつづけたい。そんな虫のいい話はない。立場を逆にしてみれば、容易にわかるはずなのに。女を連れ込んだのをエリカに見せて、浮気を認めて欲しいと訴えているようなものじゃないか。

「ということは、ぼくも浮気してもいいっていうことかい？　それでお互い様っていうことになるからね」

「あなたは無理にそんなことしなくていいの。わたしのファンでいることが、最大の幸せになる人でしょう？」

「自由も手に入れたいから、ほかにも女が必要だと言ったら？」

「仕方ないかな。ひとりの女を愛しつづけられないのが男だってわかっているから」

エリカは寂しそうな眼差しで見つめてきた。嫉妬も色濃く表われていた。初めて見たから、新鮮な驚きがあった。結婚する前もしてからも、彼女が嫉妬心を見せたことはない。彼女には自分に対して絶対の自信があった。真田もそんな彼女を応援した。自信がなければ、芸能界で生きていけないと考えたからだ。

女の嫉妬心は、男には理解できない。

エリカはいきなり、椎名にキスをした。頬ではない。くちびるにだ。でも、なぜかそれを現実のものとして実感できなかった。演技しているように映った。嫉妬に駆り立てられたうえでのことだと想像はついたが、だからといって本気だとは思えなかった。

舌を絡め合う。エリカの顔が見えないために、まるで安っぽいアダルトビデオを観ているようだ。くちゃくちゃという濁った音をあげながら唾液を吸う。無精髭《ぶしょうひげ》がはえた椎名のくちびるの周りにまで舌を這わせていく。うれしそうな光と嫉妬の色を帯びた光が混じった視線を送りながら。それだけでは飽き足らないのか、乳房まで押しつけている。彼の太ももにまたがって、腰を前後に振ったりもする。

「椎名さん、夫婦のことにつきあわされて、面白くないんじゃないかな」

妻の首筋にくちびるをあてがいはじめた椎名に向かって声を投げた。不思議だけれど、真田はいたって冷静だ。椎名のつまらなそうな表情と、好奇に満ちた瞳の色とのギャップにまで気づいていたくらいだった。

エリカは無視して腰を振っている。背骨がなくなったのではないかと思えるくらいにのけ反《ぞ》り、長い髪を振り乱す。一心不乱といった雰囲気ではあるけれど、必ず、視線を送ってきている。

「これがエリカさんなんだよ。自分の好きなようにしていないと、生きていけないんだ。それが魅力になっているって、おれが言わなくても、あんたがいちばんわかっているんじゃないか？」

「でもね、芸能人であると同時に、結婚して妻になったひとりの女でもあるんだ。その覚悟をしたからこそ、結婚したはずだよ。独身と同じようにしたいとしたら、結婚しなければよかったんだ」

「彼女は欲張りだからな。それに、ほら、いろいろあって、結婚しなくちゃいけない情況になったわけじゃないか」

「流されていったんじゃない。彼女は自分の意思で結婚を決めた。流されてしまうほど、気弱な女じゃないからね、エリカは」

椎名が微笑んだ。親しみを込めた眼差しだった。エリカというややこしくて難しい女に手を焼いた同志。そんなふうに思っている目だった。

「ぼくに抱きしめられている彼女を見て、ご主人はどんなふうに感じているのかな。そのほうが興味あるな」

「いやな気分に決まってる」

「でも、やめさせない。どうしてなんだよ？　力ずくでやめさせたとしてもおかしくないと思うんだけどな」

「そんなことをしても、エリカはやめない。それができれば苦労しないさ」

「ということは、もっと激しいことをしても、あんたは止めに入らないのかい？」

「そうかもしれない……」

真田は本音を吐き出した。

やりたいようにやる。それがエリカだ。彼女の奔放さは根っからのものだ。結婚生活だとか、妻という立場をわきまえろといった、社会常識は通用しないと思ったほうがいい。それが彼女であり、彼女の魅力だ。美人だから魅力があるというのではない。美人なんていくらでもいる。のびやかな心が魅力の根源にある。それを縛ってしまうのは、彼女の魅力を打ち消すことになる。ファンとして、それは本意ではない。

エリカがいきなり、脱ぎはじめた。男ふたりの会話を聞いていたのだ。止めさせられないと言った、夫の言葉に駆り立てられたのかもしれない。

ブラジャーとパンティだけの姿になった。椎名の太ももの上で、彼女ははちきれんばかりの乳房を突き出す。ブラジャーから溢れた乳房のすそ野の曲線が美しい。

妻がそこまでしても、嫉妬心は湧かなかった。椎名を求めていないとわかったからか。彼女は自分の自由を勝ち得るために、そんなデモンストレーションをしているのだ。いさめると、さらに無謀なことをするだろう。だから、真田は黙っていた。

「妻を抱きたいのかな、椎名さん」

「今まさに抱いているじゃないか」

「そうじゃなくて、セックスしたいのかってことだよ」

「あんたの見ている前で？」

「もちろん」

「それは願い下げだな。そういう趣味はないんだ、ぼくには。エリカさんにだってないんじゃないかな。なあ、そうだろ？」

椎名はエリカに向かって囁いた。

「わたしはタブーをなくして、どんなことでもしたいの。やりたいと思ったことをするだけ。夫に遠慮してやらないっていう決断だけはしたくないかな」

「根っからの自由人だな、エリカさんは。だから、言ったじゃないか、結婚なんて無理だって。おれと愉しく遊んでいたほうが、ずっといいって」

「わたしは結婚して本当によかったと思ってるんだから。やせ我慢して言っているんじゃないのよ」

「でも、不満なんだよな」

「束縛されたくないから……。誰だってそうでしょう？　その度合いが、人によって違うってことを、彼にわかってほしいのよ」

エリカは視線を送ってきた。夫に気がねすることなく、誰とでもセックスしたい。そのための自由を手に入れたいというのか。やはり、納得できないし、彼女の気持を認めるわけにはいかない。ファンとしては認められても、夫の立場では無理だ。結婚生活ばかりか、心も破綻する。

椎名がエリカの背中に手を回した。ブラジャーを外す。ひどい男だ。止めないと思うからこそやっている。卑劣な確信犯だ。

「裸にしたいんだけど、いいかな」

「ぼくに同意を求めたって、意味がないんじゃないかな」

「好きにしていいってことだね」

「エリカの好きにしていいってことだよ。あんたではない」

真田はぶっきらぼうに言った。椎名を睨みつけた。憎悪を込めて。そして背中を向けているエリカにも非難の視線を投げつけた。

4

エリカのTバックに、椎名冬午の指先がかかった。ブラジャーを外されている彼女は、両腕で乳房を隠している。

椎名冬午の手つきは落ち着いている。憎らしいくらいに。女性の下着を脱がすことに慣れているのだ。さすがに有名俳優だけのことはある。女に不自由したことがないというのが、彼の指先から伝わってくる。

見たくない。だけど、エリカは見られることを望んでいる。裸に剝かれることを。そして、椎名に抱かれることを……。

無茶なことだ。でも、エリカの考えは違う。無茶だと思う道徳心を持ってしまうことが耐えられないのだ。芸能人なのに一般人と同じ道徳心を持ってしまったら、存在が危うくなってしまうと考えている。バカげている。でも、それがエリカなのだ。

妻がほかの男に抱かれることを良しとする夫などいるはずがない。

Tバックが下ろされていく。椎名が曖昧な笑みを浮かべたまま、指先にパンティを絡ませていく。エリカは平然としている。変化があるとすれば、むっちりとしたお尻がうっすらと赤みを帯びてきた程度だ。椎名の手は堂々としている。怯えたような雰囲気はまったく感じられない。夫の前で妻の下着を脱がしているというのにだ。

エリカは全裸になった。

背中を向けているのが悔しい。乳房や陰部を見せるなら、椎名よりも夫のほうが先ではないか。でも彼女は背中を向けている。

女体は不思議だ。見事にくびれたウエストのおかげで、乳房の豊かさが強調されているからだ。真田はエリカの乳房がDカップだと知っている。乳房そのものが大きいわけではないこともわかっている。巨乳の部類には入らないだろう。たとえば、九五センチだとか一〇〇センチというバストを誇る太めのグラビアアイドルとは違う。エリカのバストサイズは八七から九〇センチといったところだ。でも、迫力がある。それは一〇〇センチのバストとは違う、ウエストのくびれがつくりだしている迫力だ。

真田は淡々とした口調で、背中を向けているエリカに声をかけた。背骨が通っているくぼみのラインまでもが美しい。夫婦ふたりの時よりも、第三者がいるほうが、妻の美しさが心に響いてくるようだった。

「エリカ、ぼくのほうを向いてごらん。裸を見たいんだよ。まさか、いやだなんて言わないよね」

「ちょっと恥ずかしいな」

「椎名さんに見られているのは、恥ずかしくないっていうのかい?」

「裸になってわかったんだけど、すごく複雑な気持になっちゃうのね。もっと自由になれるかと思ったのに……」

「椎名さんがいる前で、ここまでやっただけでも、十分に自由を勝ち得たと思うんだけどな。そうは思わないかい?」

エリカが振り返った。乳房を隠している腕を下ろした。

乳房の美しさに迫力があった。乳房の容積の迫力ではない。だからこそ、ほかの男には見られたくなかった。自分だけのために存在している芸術品であってほしいという感覚だった。

「自由な精神を持ちつづけたいの、わたしは。何度も言ったはず。独身の時のようにね。結婚していながら、独身の精神を持ちつづけたいってこと」

「ようやく、はっきりと言ったね」

「あなたがわかってくれないと思ったからよ。今この瞬間が、わたしの人生にとっての正念場だっていう気もするし」

「大げさじゃないか？　人生の正念場っていう言い方は」

「だって、窮屈な気持のままでいなくちゃいけないのか、心を解き放っていいのか。どちらかが決まるわけでしょう？」

「今決めないといけないことではないと思うけどな。実際にセックスしなくたっていいわけだしね」

「わたしって頭がよくないから、実際にやってみないとわからないの。椎名さんとなら、あなたも少しは気が楽かなって思ったんだけどな」

エリカは照れたような微笑を湛えた。自分の考えがいかにバカげていたのか、それを思い知った微笑に見えた。でも、違った。エリカは手ごわかった。セックスしたいと思った相手とすることが心を解き放つことになる、と彼女は信じている。それが芸能人としての飛躍の糧《かて》になるとも考えている。

やはり、根本的な疑問に戻らざるを得なくなる。どうして結婚したのかと。独身だったらエリカは苦しまなかっただろうし、真田だって苦しめられることはなかった。

モデルと熱烈なファンという関係のままだったら、こんな不幸に見舞われることはなかったはずだ。夫と妻という関係になったことが原因なのだ。

ふたりの会話を遮るように、椎名冬午が立ち上がった。うんざりして帰ろうとしているのか？　咄嗟にそう思った次の瞬間、真田はそれが間違っていたとわかった。

エリカをいきなり抱きしめた。大きな軀で、妻を包み込んだ。白い背中がいっきに桜色に染まり、張りのあるお尻が二度三度、ヒクヒクッと震えた。

椎名を止めなかった。二歩踏み込めば、彼の腕を摑めたのに。芸能人の迫力に気圧《けお》されたのではないし、性欲の噴出に圧倒されたのでもない。意識的にしなかった。エリカの性格を思い遣ったからこそだ。

やると決めたことはやる。それがエリカの性格だ。椎名が抱かなかったら、きっと、ほかの男に抱かれようとするだろう。夫が部屋にいようがいまいが、部屋に連れ込むかもしれない。自分の思いを遂げるためには、何でもやってしまう。それがエリカだ。

どうせなら、自分の目の届くところでやってほしいと思った。咄嗟の判断だったけれど、一分近く経った今もそれは変わっていない。浮気するなら、自分の知らないところでやってほしいと思うのが普通だろう。でも、真田は違った。

すべてを把握しておきたかった。それが理由だ。エリカの心の移ろいのすべてを把握したかった。それこそが、芸能人の妻をもった一般人の夫の務めだと思う。もちろん同時に、エリカの熱烈なファンとしての好奇心も満足させたかった。

エリカがほかの男とどんなセックスをするか。卑しい好奇心だ。でも、知りたいのだから仕方ない。そうした好奇心は今にはじまったことではない。たとえば、インターネットの掲示板に、エリカについての投稿があれば必ずチェックしていた。結婚前は当然だったけれど、結婚してからもそれは欠かさなかった。有料サイトだとしても、会員になってエリカを見ているくらいだ。

「椎名さん、そのままじっとしていてくれないかな」

真田は後じさりしながら言った。ふたりの姿をもう少し客観的に眺めたかったし、最後にもう一度、エリカに意思の確認をしておきたかったからだ。

椎名は素直に従った。エリカのお尻にあてがっている手の動きを止めた。

「抱かれたままでいいから、エリカ、聞いてくれるかい」

「何？　今さら文句を言おうっていうの？　そうだとしたら聞かないから」

「エリカは自分の心に素直に従うことを選ぶんだよね。社会常識よりも、自分の心を優先させるんだよね」

「そのつもり。わたしは窮屈な心のまま生きていたくないの。何度同じ説明をさせるつもりなの？」

「エリカと椎名さんのセックスを目の前で見て、ぼくの気持が離れたとしたら？　そんなことはないと高をくくっているのかな」

「それも成り行き。知りあって深い関係になったのも成り行きなら、結婚したのも成り行き。離婚することになったとしても恨まないわよ、わたし」

エリカは背中を向けたまま言った。彼女なりの覚悟。でも、潔いという印象はなかった。深刻な口調だったけれど、言葉そのものからは重みが伝わってこなかった。エリカの言葉は、自分の感覚を頼りに生きている人たちの言葉と同じだ。自分らしさを表わすためではなく、自分を軽く見られたくないために言葉を選んでいるようだった。だから言葉が軽い印象になるのだ。

「離婚してもいいってことか。成り行きだったから……。ふたりで培ってきたことよりも、自分の感覚のほうを大切にするってことだね」

「そうよ、何度言ったらわかるの？　自由な心でいることは、才能を必要とする芸能人に必要なことなの」

「結婚したのに、ほかの男とセックスすることがタレントとしての自由だなんて本気で思っているかい？」

「変に思ったとしても、あなたは肯定するしかないの。わたしはそういう世界で生きているんだから。サラリーマンの世界だって、変なしきたりとかあるでしょう？　あなたがいくら変だと叫んだところで変えられない。その変なことに従うしかないはず。それと同じよ」

エリカは吐き捨てるように言った。いらついているようだった。椎名とのセックスを邪魔されているとでも思ったのだろうか。

もうこれ以上、邪魔はしない。エリカの好きにするがいい。もちろん、そばにいてずっと見ているつもりだ。彼女のためであり、自分のために。


ふたりはソファに移った。

背もたれには昼の光が差し込んでいる。全裸のエリカとパンツだけの椎名冬午が抱きあっている。キスはしていない。エリカがいやがっているからだ。そのあたりのやりとりを、真田は三メートル程離れたところで聞いていた。

「どうしてキスしないのかな。旦那に操を立てているのかい？　それならそれでいい。でも、きちんと説明してほしいな」

椎名はうわずった声で囁いた。売れっ子俳優だけあって、囁き声がエロティックだ。知性的な顔立ちだけれど、嫌味なところがない。人気が出るのもうなずける。

「キスしたくなったらするから。今したくないだけ。焦って迫られるのって、いやなの。椎名さんなら、わかるでしょ？」

「時間はあるから、焦ることはないか」

「そうよ、それでいいの」

「旦那の視線は、気にならないんだな。図太い神経しているな」

「わたしだけじゃないわ。椎名さんだって、主人だって図太いわ。もしかしたら、主人がいちばん、図太いかもしれない」

「そうだよ、たぶん。あんたの夫がいちばん図太い。そうでなかったら、こんなに間近で、妻がほかの男とセックスしているところを見られるわけないよ」

椎名は呆れたような声音で言いながら、エリカの肩越しに視線を送ってきた。

挑発なのだろうか。真田には理解できなかった。セックスしているのはふたりであって、夫の真田は屈辱にまみれているのだ。心が折れそうにもなっている。挑発を受けられるほどのゆとりはない。

椎名が視線を絡めてくる。やはり挑発としか思えない。視線を外さずに、彼はエリカの乳房を愛撫する。ゆっくりと持ち上げるように。エリカは何度ものけ反る。上体をずらして愛撫しているところが死角になる。そうすると、椎名は意識的に軀の向きを変える。

「ぼくがつきあっている頃と比べると、おっぱいが大きくなったみたいだな。やわらかみも増しているな」

「どっちが好き？」

「男は欲張りだから、そういうふうに訊かれたら必ず、どっちも好き、と答えるもんだよ。

旦那にも訊いてごらん」

「どうなの、あなた」

エリカは首をよじって声を投げてきた。椎名の挑発に乗ることはない。真田は淡々とした声音で答える。ぼくもどっちも好きだ、男はみんな欲張りなんだよ。

「ベッドに行こうか、エリカちゃん」

椎名は言う。囁き声ではない。部屋中に響き渡る声だ。滑舌《かつぜつ》がいいせいで、意図的でわざとらしささえ感じる。

「ベッドはいやだな」

「どうして？　旦那とやっているベッドだから？　エリカがまさかそんなことを言うとは思わなかったな」

「わたしだって、意外に思っているんだから」

「そろそろ、キスしたくなってきたんじゃないか？」

「もうちょっと待って」

「だったら、ぼくの硬くなっているものを鎮めてほしいな。ずっと我慢しているんだから、わかるだろう？」

椎名はパンツの上から陰茎を撫でた。そしてエリカの手首を摑むと、陰部に運んだ。

真田は瞼を閉じた。そろそろ限界だ。フェラチオをさせるつもりなら、ぼくは部屋を出よう。妻がそんなことをしているところなど見たくない。

鼓動が速くなっていく。ごそごそと衣擦《きぬず》れが耳に入る。ソファの上でふたりは何をはじめているのか。目を開いて確かめればいいのに、それができない。妄想を膨らませながらも、部屋を出る心づもりもしていた。夫の心と熱烈なファンの心が複雑に交錯している。

5

真田はずっと目をつぶっていようと思っていた。でも、実際にはそんなことはできるわけがなかった。部屋を出るにしてもこの場に居座るにしても、しっかりと目を開いて、ソファにいるエリカと椎名を見るしかなかった。

瞼を閉じていても、ほんの二、三メートル先のソファでふたりがいちゃついているのがわかる。濃密な気配が漂ってくる。しかも、部屋の中に、先ほどはなかった生々しい匂いまで感じられるようになっているのだ。

薄目を開いた。

想像していたとおりだった。悲しみも驚きも湧いてこなかった。

エリカが椎名のパンツの上から股間を撫でていた。しかも、夫が見ているのを確かめるように、視線をぶつけてきている。救いがあるとすれば、椎名の股間への愛撫がパンツの上からということだった。直接触れるだけの時間もあったはずだ。椎名だってそれを望んでいるようでもあった。なのに、エリカはそこまではしていなかった。

夫に対する忠節なのか。貞操観念を失っていなかったのか。それとも、単にまだそこまで愛撫が進んでいなかっただけなのか。真田は数メートル先のエリカを凝視した。

「どうして黙って見ているの？　わたしにどんなことを期待しているの？」

エリカが声を投げてきた。彼女はその間も、椎名の股間を撫でていた。しかもそれは、彼を気持よくさせるためというより、夫に見せつけるためにやっているようだった。

妻の問いかけに応えられない。真田は視線を逸らすと、小さな吐息をついた。

エリカがやっていることは、パフォーマンスなのか？　だとしたら、何のために？　離婚に気持を向かわせようとしているのか？　それとも、彼女が言ったように結婚したことによる不自由さから逃れるためなのか？

結論など出せない。当のエリカだって、本当の気持などわかっていないはずだ。彼女は計画を考え尽くしたうえで行動するタイプではない。思いつきで行動し、理由は後からついてくると考えるタイプだ。極端なことを言ったら、彼女は自分さえ納得してしまえば、他人を納得させられるかどうかなど気にしないし、理由などなくてもいいとさえ思っている。芸能人として成功するにはこのタイプでないと無理だ。他人の目を気にして協調することを考えていたら、生き馬の目を抜く厳しい世界ではやっていけない。だからそんな彼女の性格を非難するつもりはない。妻の成功を祈っている夫としても、彼女を応援している熱烈なファンとしても……。

「ぼくは何をしたらいいんだい？」

真田はやさしい声を投げる。椎名の姿が視界に入るけれど、まったく気にならなくなっていた。彼の陰部が盛り上がって、陰茎がすっかり勃起しているとわかってもだ。

ふたりだけの世界に入っている。信じられないくらいの集中力がみなぎっていた。つまりそれは、夫婦にとって今がとても大事だと察していたからだ。今この時にエリカと向かい合わなければ一生後悔するという予感が湧き上がってきていた。

「見ていればいいの。目の前で上映している映画とでも思って」

「映画かあ……。そう思えればどんなに楽だろうか。やっぱり、無理だな」

「嫉妬？」

「もちろん、嫉妬しているよ。それに呆れてもいるし、驚いてもいる。うんざりもしているし、さじを投げたい気持にもなっている。とにかく、ひとつの感情ではないってことだよ。わかるかい？　そこには夫としての気持だけでなく、タレントとしての才能を認めている熱烈なファンとしての気持もあるんだからね」

「別れたほうが、あなたのためになるのかなあ、やっぱり」

「そんなことを考えていたのか。エリカは今の生活が気に入っていたんじゃないのかい？

自分からみすみす手放そうと提案するつもりなのか？」

「手放したくはないわよ。でもね、あなたの辛そうな顔は見たくないから……。やっぱり、あなたが理解できるような世界ではなかったということなのかな」

「理解できないってことは、結婚する前からわかっていたことさ。だからこそ、敬意を払ってきたんじゃないか」

真田はいくらか語気を強めた。彼女にどんなに辛いことをされても、彼女がどんなに突飛な行動をとったとしても、真田はタレントとしての彼女への敬意は持ちつづけた。常にそれを心がけるようにしたことで、日本人は他人を妬《ねた》むことは得意だけれど、敬意を払うことが苦手だと気づいた。出る杭を打つのが上手で、そこで敬意を払う気などない。杭が出きってしまい、叩いても引っ込まないくらいまでになると、そこでようやく敬意を払うようになるのだ。

エリカの場合、タレントとしては十分に認知されたとは言い難い。出てきている杭といったところだ。だから打たれる。写真週刊誌に追いかけられるし、週刊誌にスキャンダル記事を書かれてしまう。彼女の地位が中途半端だからこそ、マスコミを含めたすべてが、手ぐすね引いて叩こうとしているのだ。

「どうにかしてくれないかな。おれ、どうしていいか、わからなくなりそうだよ」

陰部を愛撫されているだけで、実際には放っておかれていた椎名が不満げな声をあげた。

無理もない。快感を引き出されてはいるものの、相手にされなくなったのだから。

「わたしのために、もう少し、お願い。このままでいてね」

エリカがねっとりとした甘い声で答えた。やっぱり彼女は芸能人だ。笑顔も美しいし、声だけ聞いていると安らぎを覚える。それは椎名も同じ感覚になったらしい。不満げだった表情は、彼女のそんな言葉だけで柔和になった。

「芸能人というのは、自分が主人公になっていないと満足しない人種なんだよ。エリカちゃんもそれくらいのことはわかるだろ？　ということは、主人公でいるのかどうかってことについて、すっごく敏感なんだよ」

「椎名さんの言いたいことはわかるけど、今はわたしのために黙っていて……。そうしたらすぐに主人公にしてあげるから」

「仕方ないなあ。エリカちゃんにそうまで言われたら、このまま撫でてもらうだけで我慢するしかないいな」

エリカはうなずくと、椎名の陰茎をパンツの上から押した。輪郭がくっきりと浮かび上がり、ウエストのゴムからは先端の笠がわずかに見えた。それでもエリカは穏やかな笑みを湛えていた。椎名が腰を浮かす。それに彼女の指はすかさず応えて、幹を圧迫する。それを股間に視線を落とさずにつづける。

「わたしは自由になりたいの。わかってもらえないのかしら」

「ファンとしては理解できる。でも、夫婦としては、正直どうかな……。たとえば、ぼくが浮気したいとエリカに言ったら、君はどう答えるのかな。自由になるために、浮気をするって言ったら？」

「仕方ないって思うかな。だって、そうしないと自分らしく生きられないんでしょう？　妻に言うってことは、切羽詰《せっぱ》まったから告白して許しを得ようということでしょ？　理解してあげないと、夫がかわいそうだわ」

「ということは、ぼくは浮気を公認してもらったということになるのかな」

「それは違います。あなたは切羽詰まってなんていないでしょう？」

彼女は厳しい口調で問いかけてきた。

嫉妬心を煽ってしまったらしい。椎名の股間にあてがっている指に、あからさまに変化が表われた。パンツの上からの愛撫だったのに、ウエストのゴムを引き下ろして、陰茎に直《じか》に触れた。それればかりか、パンツから陰茎を抜きだし、夫に見えるように、いっきに晒した。売り言葉に買い言葉といっていいし、負けず嫌いの彼女らしい行動とも言える。

エリカの突飛な行動はさらに信じられないものになった。

ソファから自分だけ下りた。引き出した陰茎はその間も握っていた。椎名の足の間に入ったと思ったら、いきなり、陰茎にくちびるをつけたのだ。しかも彼女は、そのまま静止して、視線だけを離れて坐っている夫に送ってきた。口元には笑みさえ浮かべていた。挑戦的な目というより、嫉妬に駆られた瞳の光だった。

「信じられない……。実際に生を見せられると、動揺するなあ。言葉で説明されていた時は理解できなくもなかったけど、生で見せられると、理解なんていう理性的なことなんて吹っ飛んじゃうな」

真田は独り言のように呟きつづけた。何かをしていないと、頭がおかしくなりそうだった。自分のものだと思っていたエリカが、たとえ元の恋人の椎名であっても、実際にフェラチオするとは想像していなかった。単なる挑発だと思っていたのに……。

「夫婦生活を円満に送ることなんて、こんなのを見せられたら、絶対に無理だよ。そうだ、ぼくもエリカに見せつけるために、女性を呼んでフェラチオさせてみようかな。その時、エリカはわかるんじゃないか？　夫を傷つけてしまったってことを。それでもわからないとしたら、人としての心がないってことだ。そんな女と一緒に生活するのは辛い。それに、ぼくが求めている女性は、そんな卑しい女ではない」

真田は言った。やはり独り言になっていた。エリカは聞いていなかった。夫の感情にこだわっていたら、ここまで無茶なことはできない。

「気持いいよ、エリカちゃん。口の奥までくわえてくれるかい？　そう言えばつきあっていた頃は、ぼくが言わなくても、いつでもどこでも、ぼくのモノをくわえようとしていたなあ。その時の情熱が甦ってきたってわけか。生きるエネルギーが、タレントの今村エリカに戻ってきたんだ」

彼女を煽るように、椎名は感極まった声をあげた。演技なのか、本気で感じているのか。いずれにしろ、今のこの特異な情況を愉しんでいることだけは確かだ。瞳が輝いて生き生きとしていた。彼のそんな目を見たのは、外苑の銀杏並木に車を止めて声をかけてきた時だけだ。あの時は、瞳だけでなくて、表情すべてが面白がっていた。

エリカは彼の声に後押しされて、陰茎をさらにくわえ込む。くちびるの端から唾液が洩れている。顎をつたって、ソファの座面にまでしたたり落ちている。淫靡に感じるのが自然のはずなのに、真田には不愉快極まりない卑しい光景に見えた。

「こんなことをすることが、自由を手にすることになるのかい？　心が卑しくなっていくだけじゃないかな。自由になっていると思ってもそれはきっと勘違いだよ。品性を捨てているんだ。それを自由だって思っているんだよ。水は低きに流れるっていうことわざどおりに思えるな」

真田は率直に心情を吐露した。

卑しくなることで自由が手に入ると思ったら大間違いだ。そこにあるのは、卑しい自由だ。言ってみれば、不法行為をして得たお金のようなものである。それがいくら大金だとしても、純粋な喜びにはつながらない。汚れた金を使っても、心は濁るばかりだ。それでも、エリカは大金を手に入れたいと言うなら、応援はできない。たとえファンであってもだ。

「夫として生きるべきか、ファンとして遠くから見守るべきか……」

真田は独り言を呟いた。でも、今度の短いそれはエリカの耳に届いた。

「離婚したいの？　ねえ、そうなの？　だから、ファンとして見守ると言ったの？　あなたはずっとわたしのことを見守ってきたんじゃないの？　それがあなたの役目だったはず。それを貫いて。わたしのために生きてくれるんじゃなかったの？」

「そのつもりだったよ。でも、それは信頼関係が成立してこそじゃないかい？　椎名さんのものをくわえながら、夫婦の信頼関係なんて言っても嘘になるだろう？」

「信頼関係はあるわ。どんなことがあっても、わたしたちの信頼は壊れないと思ったからこそ、ずっと不満に感じていたことを正直に明かしたんじゃない。それがいけなかったということ？　わたしらしくない生き方をしたほうが、あなたは満足だったということ？」

「夫婦の話をする時に、まったく関係のない男がいることがおかしいよ。そうは思わないかな。それも自由を手に入れるためと言うのかな。サラリーマンの世界には、そんな目茶苦茶な自由なんてないんだよ」

真田は吐息を洩らした。諦めのため息。エリカに今何を言ったところで、聞く耳を持たない。夫婦をつづけることより、好きなように生きることを優先させているのだから。その意識でいるとしたら、いくら話をしても平行線のままだ。

離婚したほうがいい。自分の心の平安のためには、今村エリカのひとりの熱烈なファンに戻ったほうがいい。

「君たちに残された道はもう、離婚しかなさそうだな」

椎名が神妙な顔で言った。でも、瞳の色は明るかった。数秒後には、ウキウキとした表情に変わった。口元に微笑を湛えながら、

「ものすごく面白いふたり芝居を見せてもらっているみたいだ。おふたりさん、ありがとう。素晴らしい演劇だよ。人生は演劇だっていう言葉そのものだったな」

彼は言うと、エリカの肩を軽く叩いた。陰茎から離れるようにうながすと、自ら腰を引いて、陰茎をパンツの中にしまった。ズボンのファスナーを引き上げた。短い咳払いをして、部屋に漂っている込み入った雰囲気を変えようとした。

「ぼくはそろそろ帰らせてもらうよ。いいかな。一時間後、雑誌のインタビューの仕事があるんだ。せっかく盛り上がってきたところなのに、悪いね」

彼は立ち上がった。別れ話にもなりそうな厳しい情況なのに、彼はあっさりとしていた。真田は拍子抜けした。彼も当事者ではないのか？

椎名を見送った。エリカとともに。今しがたまで、妻が口にふくんでいた男が去っていく。それを夫婦で見送っているのだ。

玄関のドアの向こうに椎名の後ろ姿が消えたところで、真田は大きなため息を洩らした。何かがおかしい。椎名もエリカも、そして自分自身も……。

6

真田は笑い声を洩らした。最初は小さく。それを数秒つづけると、少しだけ笑い声を大きくした。可笑しかったわけではない。笑わずにはいられなかったのだ。椎名の去ったこの場の奇妙な空気を変えたかった。だからといって、この情況を笑って吹き飛ばせないということもわかっていた。

「おかしい？」

エリカが不快そうに言う。訊いたというよりも、笑うのをやめさせたくて、不快な声を投げてきたようだった。

真田はそれでも笑いつづけた。無理して笑うのは辛かったけれど、先ほどよりもさらに大きな声をあげた。笑い声を長くつづけても、笑いに幸福なものはなかった。それでも笑っていないと、エリカとのこれまでの生活や関係が壊れてしまいそうな気がした。

「わたしも笑いたくなってきたな」

エリカがうんざりした顔で言った。そしてその表情を変えずに笑い声を洩らした。可笑しいわけではないのは歴然としている。

悲しみに満ちた笑い声。そんな声を初めて耳にして、熱烈なファンとしても、夫としても、エリカにそんな笑いをさせていることに自己嫌悪を覚えた。

ふたりの笑い声が重なる。声の大きさを競うことはなかった。声は協調していた。どちらかが大きい笑い声をあげると、もうひとりは小さくなった。互いに勝手に笑っているのではなくて、笑うことによって意思を通じ合わせようとしている感じがした。真田はそんなふうに思ったけれど、エリカがどんな意味を笑い声で運ぼうとしているのか、まったくわからなかった。

三分近く笑い続けただろうか。笑うというのは体力的にも精神的にも疲れるものだ。しかも無理しているのだからなおさらだ。

部屋が静かになった。真田はため息を洩らすと、エリカを見つめた。

「普通は笑うとすっきりするものだけど、全然、すっきりしないな。エリカはどうだい?」

「わたしも同じ。椎名さんの言葉がずっと頭に残っているせいかな」

「どの言葉?　人生は演劇という言葉?」

「ううん、そうじゃない。あの人はこう言ったわ。『君たちに残された道はもう、離婚しかなさそうだな』って。覚えてる?」

「忘れられるわけがない。どうしてエリカはその言葉が頭に残っているのかな」

「だって、それが他人から見た客観的な意見なのかなって思って、びっくりしたから。わたしたちって、うまくいっていたはずなのに、どうしちゃったのかしら」

「たぶん、それはエリカが性的にも自由になりたいと言ったからじゃないかな」

「変だなあ。そんなことで、夫婦の仲が壊れちゃうもの？　わたしたちって、その程度の仲だったってこと？　あなたは熱烈なファンでもあったはずなのに、わたしをバックアップしてくれないなんて変じゃない？」

「変かもしれない。でもね、夫になってみると、妻に向かってほかの男と自由にセックスしてもいいよと微笑むことはできなくなったんだよ。当然じゃないかな」

「その当然という考え方が、わたしにとってはものすごく窮屈なの。その窮屈さから解放されたいっていうのに……」

「わかるよ、その気持は。芸能人というクリエイターだしね」

「そこまでわかっていながら、わたしのことをバックアップしてくれないの？　不貞を働く妻としてしか、わたしのことが見られないってこと？」

「今でも熱烈なファンであることは間違いないよ。でも、夫としての気持のほうがいつの間にか勝ってしまったんだな。結婚すると決めた時も、結婚した後も、ファンとしての気持のほうが強かったんだけどね」

「それって、独占欲のせい？」

「わからないなあ。結婚したことでぼくは今村エリカを完全に独占した気になっていたから、今さら、独占欲と言われても……」

「だったら嫉妬？」

「ずいぶんと追及するんだね」

真田はソファに腰掛けると、穏やかな口調で言った。椎名が今しがたまで坐っていたソファだったけれど、べつに気にならない。

真田にとって大切なのは今だからだ。今この瞬間がどうなっているのかが重要なのだ。数十分前までは椎名がこのソファに坐り、エリカがフェラチオしていたとしても、それは過去だ。今は自分がこのソファに坐り、エリカと向かい合っている。ふたりきりで。しかも彼女の表情には不安の色はない。安心感さえ感じられる表情なのだ。愛する女性を目の前にした男にとって、これ以上の悦《よろこ》びはない。そしてこれ以上の優越感もない。

「あなたの真意がわからないからよ。わたしは自分の望むことを正直に言ったわ。それをあなたはどのように受け止めるの？　気持をはっきりと聞きたいの」

「今この瞬間は満足しているけどな」

「椎名さんがいた時は？」

「満足するわけがない。そんな男は世界中どこを探したっていないよ」

「不満だとしても、気にならないようにしてくれたらいいのに……。わたしの言うことって無茶だってわかってる。でもね、あなたが理解してくれていると思うと、安心できるの。安心して無茶ができるの」

「都合がいいなあ。エリカの頭の中は、男の思考回路でき上がっているみたいだな」

「どうして？」

「男って狡《ずる》いからね。たとえ浮気してもそれは本気じゃない、最後は妻のところに帰るのだからなんてことを平気で言うものだからさ。エリカの言い分は、それと似ているからな」

冷静に考えると、確かにそうだ。真田は自分で言いながら、エリカは男のような考え方をしていたんだと気づいた。クリエイターだからそんなことを考えるというより、身勝手な思考の持ち主だっただけなのだ。とすれば、そこには尊敬に値するものはない。男の身勝手そのものだから。

真田は微笑んだ。自然と笑い声が腹の底から込み上げてきた。エリカの身勝手さの真実が見えた気がして、肩の力がすっと抜けた。軀が楽になって、彼女のことを包み込むように余裕をもって見られる気がした。

「笑うタイミングではないと思うけど？　それとも、わたしを挑発しているの？」

「まさか……。こんなにも可愛らしい奥さんを挑発して怒らせるなんてこと、するはずがないじゃないか」

余裕が生まれると口調は変わるし、表情も柔和になる。真田は立ち上がって、エリカのそばに歩み寄った。

彼女の腰に両手を回した。彼女は細い腕をあげて首に伸ばしてきた。ふたりはチークダンスを踊る時のような恰好になった。こういう時、センスのある男ならばダンスを踊れそうな曲を口ずさむことができるのだろうけど、真田にはそんなものはなかった。黙って微笑みながら、体重を左右の足に交互にかけるくらいしかできなかった。

でも十分だった。エリカには踊りたいという気持は伝わっていた。彼女はゆっくりとステップを踏み、真田の聞いたことのないメロディを口ずさんだ。

「変な人。どうしていきなり、雰囲気を変えたの？」

「エリカの言っていることが、男みたいだなって思ったら、可笑しくなっちゃったんだよ。ぼくたちの家庭にはふたりの男がいたんだ。可笑しいだろう？」

「そうだとしたら、うまくいくはずないわよね……。夫婦の関係がぎくしゃくしていたのって、わたしが男っぽかったから？」

「そういうことになるのかな。意思決定をするのは家庭にひとりいればいいんだから」

「それがあなたの答？」

エリカが声を震わせながら言った。

なぜ、それが答になるのか。ふたりの男がいたけれど、意思決定ができたのはエリカひとりだ。そのことがわかっていないのだろうか。結婚したというのに、夫である自分に主導権はなかった。

「ぼくの答は、意思決定をする男がひとりなら、家庭はうまくいくってことだよ」

「それって、あなたでしょ？」

「もちろん、そうありたい。でも、うちの場合はどうかな。エリカが男になるのかもしれないな」

「あなたは不満でしょ？」

「うまくやっていくためには、必要なことかもしれない。ぼくが折れれば、すべてが丸く収まりそうな気になってきた」

「折れることで不満が溜まっていくんじゃないの？」

「初めから折れる立場になるとわかって折れるのと、折れる必要はないという気持でいながら折れるのとでは、心の有り様は違うだろ？」

「わたしが男でいいの？」

「芸のために必要なことなんだよな、心を開放しておくことが……」

「そうだけど、あなたを犠牲にするみたいで、ちょっと気が引けちゃうな」

エリカがすまなそうに顔を伏せた。悲しげな眼差しだった。熱烈なファンとしては胸が締めつけられた。彼女をもっと自由にさせてあげたい。そうすることに、自分の存在意義がある。それだけで十分満足すべきだ。エリカとともに人生を歩んでいるじゃないか。

「これまで好きなことをさんざんやっておきながら、そんな殊勝なことを言うんだな。こういう時は女になるんだから、エリカはほんとに手ごわいよ」

「わたしのこと、嫌いになったんじゃないかしら」

「エリカのすべてがわかって、ぼくの気持は晴れ晴れとしているかな」

「嫌いになったんでしょう」

「違うよ、その逆だ。好きだということがあらためてわかった。エリカのすべてが好きみたいだ。嫌いなところがあるけど、それさえも好きかな」

胸に湧き上がってきた言葉だった。真田はそれを整理することなく口にした。好きという言葉で十分だ。それがあれば、ぼくたちはうまくいく。

エリカの美しい顔を眺めるうちに、その気持がさらに強まった。好きという想いが深まっていくのも感じた。

彼女への想いが湧き上がったのは久しぶりだ。新鮮な気分。彼女と目が合っただけで笑みが浮かぶ。これが幸せというものなのか。やっと手に入れられたという思いと同時に、幸せとはなんと辛く困難なことの先にあるのだろうと思う。

真田は咳払いをして気分を変えた。感慨にふけってばかりはいられない。なにしろ、厳しい状況は何も変わっていないのだから。心しておかなければいけない。これからはもっと厳しくなる。エリカが好き勝手にやりはじめたら、心の平安が保てなくなるかもしれない。

彼女が男遊びをはじめたら、見て見ぬフリはできないだろう。それでも我慢しなくてはならない。彼女はそれを夫に強いている。それを受け入れられなければ離婚しかない。

ふたりの絆を信じたとしても、嫉妬を抑え込めるかどうか。たぶんできる。それが自問した答だ。しかしそれには限度がある。

「今から椎名さんを呼び戻したら？　できないかな」

「どうしたの、急に。さっきまで椎名さんのことを毛嫌いして、無理に帰らせちゃったのに……」

真田は自分の心を本当にコントロールできるかどうか確かめたかった。つまり、エリカがほかの男と抱きあっていても我慢できるかどうかということだ。椎名冬午の顔が浮かんだ。彼ならば許せると思う。夫としての気持に折り合いをつけるための経験になる。耐えられなければ、別れるしかない。

「ぼくたちはうまくいって信じられるようになったんだ。だからこそ、彼に戻ってきてほしいんだけどな」

「自分を試したいの？」

「そういうことかな。試すなら、ほかの誰かよりも、椎名さんがいいと思ったんだ。もし耐えられなかったとしても、彼なら、ぼくが受ける傷は浅い気がするんだ」

「あなたって、相変わらず複雑だなあ。だけどもういいの」

「いいって、どういうこと？」

「その気がなくなったのよ。意外そうな顔をするのね。いやだなあ、真田さんって、わたしがいつでもどこでも欲情しているとでも思っていたの？」

真田はゆっくりと首を横に振った。椎名を呼ばないということになったために緊張の糸が切れたようだった。軀に力が入らないまま、床に坐り込んだ。何をしていたのか。無謀な決断をした気にもなった。それればかりか、エリカとの仲を悪くさせないためにここまで自分を殺さなければいけないのかとも思った。脱力感が悲しみにつながっていく。

エリカも並んで坐った。

肩が触れ合う。不思議なことに、彼女のことが妻とも芸能人とも思えなかった。言ってみれば戦友だろうか。味方になったり敵になったりしながら戦いを繰り返し、ついには戦いを終えて敵も味方もなくなった関係になった気がした。だからこそ戦友なのだ。新婚の甘さなどない。長年一緒に暮らしてきた夫婦のようだった。ふたりとも心の機微を感じ取れているという実感があった。収穫だ。ふたりのつながりが深まった。

真田はくちびるを寄せた。

いやがられるかなと心配しながらのキスだった。でも数秒後には、そんな不安はすっかり失せた。エリカのほうから積極的に舌を差し入れてきた。甘えたように鼻を鳴らして抱きついてきた。しがみつくようだった。たっぷりとした乳房を押しつけると、自ら、スカートを脱いだ。

ブラジャーとパンティだけになるまで、彼女はくちびるを離さなかった。椎名が触れたブラジャーでありパンティだ。それを直視するのはやはり辛いものがある。しかも、割れ目を覆っているあたりは溢れたうるみに濡れて染みになっていた。

ブラジャーを剝ぐようにして取る。あらわになった乳房に触れるよりも先に、パンティを脱がしてしまう。椎名冬午が触れた下着に、夫である自分が触れるのはやはり我慢ならなかったからだ。エリカがそれを素直に受け入れてくれたことで、真田は自分の気持が鮮明にわかった気がした。

やっぱりいやだったんだ、自分の気持を抑えつけていたんだと……。

全裸になったエリカを待たせて、真田は素早く洋服を脱いだ。

全裸になって抱きあった。心が熱くなった。互いを求めあう抱擁だ。

温かい。彼女に受け止めてもらっているという実感に包まれるし、エリカを包んであげているという意識も強い。夫婦だから、というより、やはり、厳しい情況をくぐり抜けてきた戦友の感覚に近い。それでも性的な興奮は強い。陰茎は痛いくらいに膨脹している。エリカのてのひらが動きはじめる。幹を握って、ゆっくりとしごく。長い爪がキラキラと輝いている。そこに、陰茎の先端に溜まっている透明な粘液の輝きが重なる。なんて美しいんだ。ふたりの輝きがひとつになっている。

胸の奥が熱くなる。

エリカとの出会いから今この時までのことが一瞬にして脳裡を巡る。

最初は美人モデルとファンの関係でしかなかった。それが今では結婚して、裸で抱きあっているのだ。しかも、変わったのはふたりの関係だけである。エリカが芸能界を引退して普通の女性に戻ったわけではないし、真田が芸能界デビューして彼女とあらためて出会ったということでもない。サラリーマンの身分のままエリカと親しくなれた。今にして思えばどこに幸運が転がっているかわからない。そこまで考えたけれど、実際にはこれが果たして最上の幸運なのかどうかわからないなと思い直した。

エリカと直接出会うことなく、熱烈なファンのままだったら？　エリカへの憧れを抱いたままごく普通の結婚をしていたら？　そちらのほうが幸せになれたかもしれない。少なくとも、これほどまでの波瀾万丈の結婚生活を送ることはなかったはずだ。

エリカの豊かな乳房に手を伸ばす。てのひらにおさまりきらない。指の間からやわらかみと弾力に富んだ乳房が溢れ出てくる。こんなエリカを味わえるのは、自分だけだ。この満足感をほかの男に与えたくない。

「どうやらぼくの独占欲って、自分で考える以上に強いみたいだ」

「わかっていたわよ、それくらいのこと。わたしのために無理して抑えようとしてくれたこともね」

「せつない話だよなあ」

「どういうこと、それって。何がせつないっていうの？」

「夫の独占欲の強さに気づいていながら、それを満足させられない妻がいる。そんな妻だとわかっていながら咎めることも正すこともできない夫がいる。そんな夫婦なのに、心が通い合っているという実感があるわけだ」

真田がそこまで言ったところで、エリカがつづけた。

「変だと思う夫と、それがごく普通のことだと思う妻ということになるのね」

彼女の指が陰茎を握り締める。力を入れるばかりではなくて、タイミングよく指先から力を抜いていく。ひとつの刺激をつづけていると、どんなに気持のいい強い刺激でも、弱まってしまうことがわかっている。さすがにアダルトビデオに出演し、その後、三人の男の愛人になっただけのことはある。男の性感帯も、どうすれば気持よさを引き出せるかも、そしてその気持よさを持続させる方法も、彼女は熟知しているのだ。

「うっとりしちゃうよ。エリカの指での愛撫って最高に気持いいんだよ」

「それって、誉めてるつもり？」

「うん、まあね」

「わたしにはそうは思えないな。過去のことをチクリチクリと意地悪く指摘されている気がするんだけど」

「どんな過去があったとしても、認めるし受け止めると言ったはずだよ。流産した時だったかな」

「そんなことがあったわね……」

「エリカだってあの時、過去を書き換えるつもりはないと言ったじゃないか。忘れたかい？　今のエリカがあるのは、過去があったからだって……。過去のことを指摘されたくらいで、不愉快に思うなんて、エリカらしくないんじゃないか？」

「そうね、確かに真田さんの言うとおりだわ。どうしちゃったのかな、わたし」

「裸になっているせいで、いつもの調子がでないのかな？」

「気持よくなりたいってことばっかりに、意識が向いているせいかも」

「エッチな気分が盛り上がっているということ？」

「わざわざ、そういうことを訊くかな」

エリカは睨みつけてきた。瞳が放つ光には、彼女が得意とする軽蔑だとかバカにするといった意味合いはまったくなかった。親しみのこもった色合いだけがあった。だからこそ、こういうやりとりを愉しいと思う。軀だけでなく、言葉でもいちゃつく。真田にとってはそれが男と女の関係での理想だった。ようやくそれができるようになった。

エリカを仰向けにした。ベッドに移ればいいのに、そのまま床に倒れ込んだ。ふたりの熱気が移動を拒んでいた。この瞬間の高ぶりが大切に思えた。この空気を変えてしまうと、ふたりの関係が壊れそうな気がした。もちろん、そこまでもろい関係でないことはわかっている。でも不安だった。だからこそ、ふたりが同じ感覚に浸っているこの瞬間を大切にしたかったのだ。

「ここで、お願い」

「ぼくもそうしたいと思っていたんだ」

「慣れたのかしら？　ベッド以外のところで求められること」

「欲しいと思っていることを、素直に表わせられるようになったんじゃないかな。まあ、いずれにしても、エリカのおかげだと思うよ。代官山で求められてビビった時から比べると、格段の差だからね」

「あれは外だったけど、今はお家《うち》でしょ？　比べられないわ」

「ぼくはたぶん大丈夫だ。エリカを抱くということであればね」

「逞しくなったのねえ」

「おかげさまで。それはエリカにも言えることじゃないか？」

「そうかもしれないなあ……。わたしね、ひとりの時には孤独感に襲われて狂いそうになることが何度もあったけど、今はまったく考えなくなっているの。真田さんのおかげだなって思うわ」

「ずいぶんと素直じゃないか」

「裸で抱きあっているんだから、今素直になれなかったら困るわ」

「これからは洋服を着こんでいる時でも素直であってほしいな」

「無理かも」

エリカが困った顔で囁いた。

彼女はとても正直だ。話の流れを考えて無難に進めるには、洋服を着ても素直になると言ったほうがいいのに、彼女はそんなことはけっして口にしない。自分に対して誠実なのだ。たとえ、ふたりの関係がぎくしゃくしようとも、自分の思いを優先する。

「無理じゃないって」

「おかしな人。わたしが無理かもって言っているのに、それを否定するなんて」

「君を裸にしたも同然なんだから」

「それ、どういうこと？」

「エリカについてのすべてを、ぼくは知っているんだから……。仕事のことや男関係、トラブルについてまで、ぼくは全部知っているんだ。裸に剝いたも同然なんだからね」

「出会った頃なら、怒り狂ったかもしれないけど、今は怒る気にならないな」

「ぼくを認めたからだよ。存在もそうだし、今言ったこともね」

「ねえ、きて」

仰向けになったエリカが足を広げて、男を迎える体勢をつくった。美しい女だ。求められているのに、その高ぶりと同じくらいに、エリカの美しい肢体に感動する。

自分の妻という立場だけに縛っておくのは罪だ。エリカの美しさは才能なのだ。その才能を自分だけのために遣わせてしまってはいけない。美しさのわかる人に、彼女の美の才能を見せるべきである。

エリカの足の間に入った。

真田が腰を操ると、ふたりの陰部は重なった。

「ああっ、すごく大きい……」

「ぴったりだ、エリカ」

「信じられない、わたし。いきなりなのに、すんなりと入っちゃうなんて」

「すごく濡れていたじゃないか。受け入れる準備が整っていたんだよ」

「さあ、きて。思う存分、あなたの情熱をぶつけて」

「すぐだ、エリカ。いくぞ」

真田は彼女に全体重をかけた。エリカの全身が痙攣を起こしたように大きく震えはじめた。昇っている。初めてといっていいくらいに、絶頂に向かっているのがはっきりとわかった。

「すごい、ああっ、すごい。初めてよ、あなた、わたし、初めて」

「何がだい？」

「いくのが……。ああっ、すごい。いくってこういうことだったのね」

「ほんとに初めて？」

「恥ずかしいけど、そうなの。いけそうでいけないっていう感じだった」

「いったことがあったはずだけど。その時のは演技だったのかい？」

「演技ではないわよ。でもね、昇り切るというところまではいかなかったはず。だってわたし、一度も昇り切ったことがなかったんだもの」

「ということは、今のがほんとに初めて？」

「はい、そうです」

エリカは恥ずかしそうに答えると、視線を絡めてきた。美しい瞳が潤みに覆われている。そこから情熱的な光が放たれていて、男の心の奥底まで照らしているようだった。

痙攣はおさまった。初めての絶頂だったのかどうか。本当のところはわからない。真田は、それでも彼女の言葉を信じようと思った。初めての絶頂と言った裏の意味は、エリカの信頼の証ではないか。意外とシャイな性分の彼女なら、そうした意味を込めて「初めて」という言葉を遣ったとしても不思議ではない。

「ぼくたちは強い絆で結びついているんだね。そのことがよくわかったよ」

「真顔で言われたら、どんなふうに答えていいのかわからなくなっちゃうわ」

「真顔で言うべきことだと思わないかい？　そんなふうに思うのが、ぼくの性格だよ」

エリカは照れ臭そうな表情を浮かべながらうなずいた。

可愛らしかった。これまでは彼女のことを知って理解しようと努めてきた。だけどこれからは、彼女に自分のことを知ってもらわなければと思った。

エピローグ

椎名冬午を誘惑した時から三カ月が経つ。

　ふたりは別れてはいない。エリカが椎名と密会しているわけでもない。とにかく、うまくいっているのだ。あの時にいくつものトラブルを乗り越えたからこそ、エリカとの仲が順調にいっているのだと思う。

　ところで、最近の彼女の口癖は、「わたしが知っておくべき夫のすべて」だ。そしてもうひとつ、あれほど性的に自由になりたいと願っていたのに、一度も浮気はしていない。もちろん、隠れてやっていればわからないけれど、彼女の様子からは感じ取れない。

　芸能人としての人気はボチボチだ。それでも、エリカの心から無用な焦りが消えている。地方局ではあるけれど、レギュラー番組をいくつか持てるようになったことが好影響を与えているようだ。

　リビングルームにできた日だまりの中に真田はいる。日曜の午後。目の前には美しいエリカがワインを飲んでいる。

「代官山にふたりで行ってみたいよ。もう一度、同じビルの脇で、同じことをしてみたいんだけどな」

「あん、エッチ」

「どっちかな、エッチなのは。あの時は、エリカが誘ってきたじゃないか」

「今はもうあんな大胆なことできないかな。だけど、あなたがやりたいっていうなら、徹底的にやってみてもいいわよ」

「落ち着いたのか浮ついているのか、守りに入っているのか挑戦的なのかもわからないな」

「あなたの好きなように考えてもらってかまいません」

エリカはグラスに残っていたワインを飲み干した。

美しい女性だ。この女性がそばにいてくれるだけでいい。すべてを知ることの苦しみの先に幸せがあったのだ。

真田は彼女のことが愛しくなって頬に軽くキスをした。

解　説——夢のあとさき

前《まえ》川《かわ》麻《あさ》子《こ》
（作家・女優）

高嶺の花を手中に収めるのは、男性にとって幸福なのか、不幸なのか。

男たちが酒を飲みながら一度は交わすだろう夢想が、そのまま真田くんを悶絶させる葛藤だ。

ありゃいい女だなあ。

あんなのと一回やってみてえなあ。

けどあんなのと付き合ったら身が保たないだろ。

そうかなあ。

そうだろうなあ。

ああいうのは遠くから眺めて妄想で犯してるくらいがちょうどいいんだ。

そうかなあ。

けど一回はお願いしたいよ。

それで人生ダメになってもいいから。

そうか。

そうだよなあ。

どうせ大した人生じゃないしな。

ああ、あんな女とやれるんなら、俺のつまんない人生なんてどうでもいい。

いや、でもやっぱり俺は、平凡でも幸せな人生が欲しい。

ふうん。

あんな女をものにしたら、不幸になるに決まってる。

それはわからないだろ。

ものにするだけで人生の勝ち組だ。

いや、ほんとの勝ち組は、そんな一瞬の幸福じゃない、ささやかでも揺るぎない幸福を手にすることだろう。

そうか。

そうかもな。

それでも俺は、あんな女と一回はやってみたいよ。

などなど。まったくむしのいい話を能天気に繰り返すのが、男の酒だ。

まったく、これじゃいつか白馬の王子様がと夢見る少女と変わらない。いい年してふわふわと夢見がちに娯楽と快楽を追求する女性を「スイーツ（笑）」などと呼んでバカにする傾向があるけれど、その実、実社会での労苦を鎧《よろい》にしてはいても男どもの腹の底こそスイーツ（笑）が溢れているに違いないのだ。

男なんて武装スイーツ（笑）じゃないか。

女の方がまだ潔いよなあ。

スイーツで何が悪いのとばかりに堂々とヌケヌケと自分の幸福を追求し続ける。

甘い夢を見る自分を隠したり誤魔化したり正当化したりしない。

自分で稼いだ給料をドルチェのバイキングで使って何が悪いの。

タレントやアーティストの全国ツアーを追っかけて何が悪いの。

パリやジュネーブやハワイのエステで贅沢して何が悪いの。

グッチやヴィトンやエルメスをコレクションして何が悪いの。

私たちの消費活動のおかげであんたたちの仕事があるんじゃないの。

そもそも、女を幸せにできる男がいないから、自分の力で幸せになろうとしているのに、なんの文句があるの。

などなど。結局、女の本質は男を必要としている、そのことを忘れていないあたりが、潔いではないか。

この原稿を書いている今、ちょうど人気女優の離婚騒動がネット上の話題になっているけれど、彼女だって生身の人間と思えば、興味本位の覗き趣味でワイドショーを追いかけるのも、一人悶々と現実世界での彼女との出逢いを妄想するのも、大差はない。

真田くんほどの真摯な情熱を向けられたら、大概の女は絆《ほだ》される。

生き馬の目を抜く芸能界に生きる孤独を抱えた妙齢女子であれば、尚のこと、「もう一人の自分」を思い描いて、一般人である真田くんとの恋に踏み出したくなるんだろう。

女にとって、今の自分を変えてくれる、どこか違う場所に連れて行ってくれる男は皆、白馬の王子様なのだから。

私は高慢ちきだから、自分の現実を棚上げして人気モデルの今村エリカに自己投影してしまう。

妥協したわけでも利用したわけでもなく、本当に純粋な気持ちで、「もう一人の平凡な自分」を思い描き、強く憧れたのだ。

誰にも騒がれず、責任も追及されず、自由でいられる平凡な自分に憧れる気持ちの中では、真田こそが王子様だ。

真田のような男と一緒にいれば、自分だって凡庸に生きることができるかもしれない。凡庸な日々を嫌う自分を知っているからこそ、切実に焦がれる。

だけど、現実では、芸能人である自分に堂々と近づいて来る男など自分の名声を利用しようとする小賢《こざか》しい男ばかり。どれほど人気があるといってもたかだかモデルだし大した名声じゃないのに、それすら利用しようなんてのはつまんない男としか思えない。

けれど、利用されることで自分には存在価値があると感じられるから、実はそれほど悪い気にはならない。誰も口にしないけれど、そのへんはみんな同じなんだと思う。

お互いにそうと承知だから、利害関係では強い絆を結べても、すべてを曝《さら》せるような、心許せる相手はいない。

うっかり漏らした本音や噂話をリークされたら、人気商売には命取りになりかねないから、誰とも本音で付き合ったりはしない。

それだって同じ業界にいればお互いさまの常識だ。

みんな、ほんとは寂しい。

友達が欲しい。

だから一般人に関心がないわけじゃない。知り合うきっかけさえあれば、一般人とだって付き合っていける。

だけど、痛い目に遭わされるのはいつもこっちだった。

彼らには有名人と知り合いであることを自分のステータスにすり替えてしまう浅ましさがある。

そのたび、血を吐く思いで築き上げた自分のネームバリューが貶《おとし》められる気がする。

仕事で傷つく分にはいくらでも回復できるけど、つまらないそのへんの一般人に傷つけられるのはたまらない。

彼らは無神経で図々しくて自己中心的だ。芸能人を人と思わず、自分たちの玩具にする。

だから近づくのが怖い。

なんて孤独なんだろう。

世の中の人々の娯楽のために、その孤独を押し殺して笑顔を振りまく。

なんて健気なんだろう。

こんな私に、なぜささやかな幸せが与えられないのか。

お金も名声もいらない。

かけがえのない幸せ、崩れ去ることのない自分の居場所が欲しい。

背負ってる全部を脱ぎ捨てて裸で過ごせる場所が欲しい。

恋人じゃダメだ。いつか終わるような関係じゃあ何も変わらない。

夫婦。家族。絆。共犯者として寄り添ってくれる誰か。

それともいっそ、私をここから連れ出して安全なところで守ってくれる、誰か。

ここじゃないどこかで、私じゃない私を心から愛してくれる誰か。

そんな誰かが心から私を愛してくれたら、見た目だけじゃなく、中身もちゃんと愛してくれたら、人気モデルだからじゃなくて、一人の女として、利用価値なんかなくても、大切に愛してくれたら、私だって、今の私じゃないもう一人の私になれるかもしれないのに。

その願いはウソじゃなかった。

ただ、ちょっとだけ、欲張りだったんだと思う。

ささやかな幸せも欲しいけれど、自分の力で摑み取ってきたお金や名声を棄てるのはしのびない。

虚構の世界の自分を頼りに生きている人たちも大勢いる。

彼らを見捨てることはできない。

私には、私の願い以上に、私の名前を背負う責任がある。

一番の理解者である彼が、ほんのちょっと我慢してくれれば、その両方をうまくやれるのに。

わかったふりをして傷つくばかりの彼に、私の胸はちくちくと痛む。

結局、彼には私がどれほど大変な思いをして今ここにいるかがわからないんだろう。出来上がった私を観ているだけだった彼に、その想像は難しいのだ。

私は、彼にできること以上のものを要求してしまっている。彼がどんなに必死になっても、彼に私の願いを適《かな》えることはできない。

ならば私が、ささやかな幸せを諦めるしかない。

金輪際、夢見たりするもんか。

一生涯を泥に咲く花として生きる。

どれほどに孤独でも、それが、美貌と才能を持って生まれた私の宿命なのだ。


こうやってエリカ風に解釈していくと、辿り着く結末は真田を棄てることしかない。

エリカと真田はどうやってもうまくいきっこないのだ。

私なら真田を棄てることに躊躇などしない。

お互いが、手の届かないものに焦がれて夢を見ただけなのだから、やがては身の丈の幸せを手にするだろう。そう楽観させることくらいしか、救いになるものもない。

しかし、本編での二人は見事なハッピーエンドを手にしている。

何故だろう。

私の発想が不幸に染まっているだけなのか。


などと書いていて気がついた。

神崎先生は、私以上にどっぷりとエリカに感情移入して書いておられたのではないか。

大体、作家なんてもんは女々しいに決まってる。

官能小説を書くときに、女の身悶えを再現しつつ書いてる姿を想像すると、そうとしか思えない。

ちまちまと文字を連ねて自分の妄想世界を築くなんてのは、女々しさの極みである。

かたや、女優やモデル、タレントの商売は、女々しいとやっていけない。

セクハラ、パワハラが当たり前の、性差別ありきの業界で生き残るには、娼婦の自分とポン引きの自分を同居させなくちゃならない。

それが商売ってもんだ。

色っぽい女優ほど、素顔はさばさばした男勝りの豪傑だったりする。

そう思って読み返すと、終盤でエリカが初めての絶頂を迎える美しい場面にも、つい「ぷぷ」と笑ってしまいそうになる。

女々しい妄想こそ、男の純情なんだなあと感じ入る。


「婚活殺人」などと呼ばれた事件があった。

独身男性をネット上で見つけて標的とした女の結婚詐欺師の事件である。

騙《だま》すだけでなく、散々貢がせた挙げ句に殺してしまった。

その容疑者の写真が公開されて、皆、驚愕した。

一般的な妄想として一回お願いしたいタイプの女性ではなかったからだ。

だけど、この女性にはものすごい才能があったんじゃないかと思う。

男に夢を見させる才能だ。

容疑者のウソの過去をネット上で見つけ出して「セレブなんてウソ」「料理が得意なんてウソ」と得々と暴いたのは、匿名の女たちだった。

暇な人たち。

男に夢を見させることもできない、つまらない女たち。

たくさんのウソを重ねていたことがわかればたちまち幻滅するのかもしれないけれど、「そうまでして俺と」と都合よく受け止める男だっていなくはない。

それとも、全部ウソと承知で「わかってたよ。それでもいい」と言ってくれる男が、いつか現れたかもしれない。

あの詐欺師で人殺しの女は、そんな切ない夢を追っていたんじゃないかと思ってしまう。幸せにしてくれる男がいないから、お金が必要だった。

本当に欲しかったのは、お金じゃない。

エリカの求めるものは、すべての女が求めるものでもある。

そして、女とは、求めるものに対して、獰猛なほどの雄々しさを見せる生き物なのだ。

ああ、また気づいた。

そんな切実さを体感すべく女々しく女を演じながらも、その実のところの雄々しさにまで筆が届き、壊れた女の純情を真田を通して優しく受け止める神崎先生の懐は、神のようではないか。

エリカと真田の未来には幸福の光が射している。

この結末は、神の純情だ。

作者が、なんとも痛ましい二人を哀れんで、幸せにしてやりたいと、愛を与えたもうたのだ。

ふん。と私は思う。

現実には、どんなに哀れな人生を嘆いていても、神の愛など降ってこない。

現実の真田はぼろぼろに傷ついて棄てられるだけだし、現実のエリカはきっといつかすべてを失って頭のおかしい年増女になるに違いない。

だけど、この結末は、やはり救いだ。

優しい結末だと思う。

身の丈を越えて愛そうとしてくれる男へと向けられる女の優しさ、孤独に囚《とら》われてもがき苦しむ女を受け止める男の優しさ、何より、男と女それぞれが求めるささやかな夢を描いた小説に対する、作家の優しさだ。

ふん。と鼻を鳴らしながら、私は感動した。

エリカ、私が思ってたよりずっと可愛い奴じゃん。

女を可愛く描くなんて、女々しい幻想だなあ、いい年して童貞めいた妄想じゃないか、と頭では思うのだけど、私の中にほんのちょびっと残っている純情は、すっかり感動している。

しかも、真田みたいな男がいればなあ、私だって小説なんか書かないでささやかな幸せを大事にして凡庸に生きていけるかもしれないのに、などとあらぬ夢想まで抱いてしまったのだ。

ふん。と本を閉じて本棚の端っこに押し込むと、自分の純情までそんなふうにどこかに押し込んでいたように思った。

連載当時の原題であった『ぼくが知った君のすべて』というタイトルの、「すべて」ってところが、優しいよなあと思う。

二〇〇八年六月　光文社刊

＊文庫化にあたり、著者が大幅に加筆・修正し、タイトルを、四六判刊行時の『ぼくが知った君のすべて』から改題しました。
（編集部）

光文社文庫

エリカのすべて

著者　神《かん》崎《ざき》京《きょう》介《すけ》

2010年6月20日　初版1刷発行

発行者　駒井　稔
印刷　萩原印刷
製本　榎本製本

発行所　株式会社　光文社
〒112-8011　東京都文京区音羽1-16-6
電話 (03)5395-8149　編集部
8113　書籍販売部
8125　業務部

ISBN978-4-334-74793-0　Printed in Japan

組版　萩原印刷

お願い　光文社文庫をお読みになって、いかがでございましたか。「読後の感想」を編集部あてに、ぜひお送りください。

このほか光文社文庫では、どんな本をお読みになりましたか。これから、どういう本をご希望ですか。

どの本も、誤植がないようつとめていますが、もしお気づきの点がございましたら、お教えください。ご職業、ご年齢などもお書きそえいただければ幸いです。当社の規定により本来の目的以外に使用せず、大切に扱わせていただきます。

光文社文庫編集部